人间有趣

老舍笔下的人生幽默

老舍 著

吉林人民出版社

图书在版编目（CIP）数据

人间有趣：老舍笔下的人生幽默 / 老舍著 . -- 长
春：吉林人民出版社，2020. 12
ISBN 978-7-206-17869-6

Ⅰ.①人…　Ⅱ.①老…　Ⅲ.①中国文学—现代文学—
作品综合集　Ⅳ.①I216.2

中国版本图书馆 CIP 数据核字（2020）第 258262 号

出 品 人：常　宏
选题策划：吴文阁　翁立涛　四季中天
责任编辑：张　娜
助理编辑：刘　涵　丁　昊
封面设计：观止堂＿未　泯

人间有趣：老舍笔下的人生幽默
RENJIAN YOUQU : LAO SHE BI XIA DE RENSHENG YOUMO

著　　者：老　舍
出版发行：吉林人民出版社（长春市人民大街 7548 号　邮政编码：130022）
咨询电话：0431-85378007
印　　刷：天津雅泽印刷有限公司
开　　本：650mm×960mm　　　　1/16
印　　张：21.5　　　　　　　　字　　数：250 千字
标准书号：ISBN 978-7-206-17869-6
版　　次：2021 年 3 月第 1 版　　印　　次：2021 年 3 月第 1 次印刷
定　　价：59.80 元

出版说明

老舍，原名舒庆春，字舍予。中国现代著名小说家、文学家、京派文学领袖、杰出的语言大师，新中国第一位获得"人民艺术家"称号的作家。老舍是一位全才型文学家，其作品除大量小说外，还有散文、话剧、京剧、曲剧、相声、电影剧本、新旧体诗歌等。他的作品被译成20余种文字出版，是一位被世界文坛长期关注的作家。老舍用其独有的、充满生活气息、却又无比幽默的文字影响了一代又一代的中国人。巴金称赞其为"中国知识分子的典型"，曹禺也称他为"中国当代的人杰"。

老舍的作品中，充分运用了夸张、比喻、反语等修辞手法，使幽默的意境更加引人入胜，通过幽默的语言，把场景、人物、情感等表现得更加传神，更加深入人心。本书收录了一些发生在老舍身边的人、情、世、故，除了欣赏老舍雅俗共赏、内敛睿智的幽默之外，也对当时的社会风土人情有一定的了解。生活是种律动，需要你从容走过，哭着、笑着，偶尔幽默，始终真诚。

鉴于此，我们编选了本书，编选说明如下：

一、从老舍大量的作品中编选最适合广大读者阅读、学习的有关作品。

二、保留原作中符合当时语境的表述，只对错别字、常识性错误进行改动。

三、参照 2012 年 6 月实施的《出版物上数字用法》国家标准，在"得体""局部体例一致""同类别同形式"等原则下，对原书中涉及年龄、年月日等数字用法，不做改动（引文、表格和括号内特别注明的除外）。中华人民共和国成立后的年、月、日统一采用公元纪年法表示。

老舍是中国的，也是世界的，他的作品和人格魅力，为我们打开了一扇通向至真、至善、至美的大门。相信广大读者，能够从他的作品中得到有益的启示和借鉴。

编　者

目 录
contents

讨 论

日本兵到了，向来不肯和仆人讲话的阔人，也改变得谦卑和蔼了许多，逃命是何等重要的事，没有仆人的帮助，这命怎能逃得成。在这种情形之下，王老爷向李福说了话：

"李福，厅里的汽车还叫得来吗？"王老爷是财政厅厅长，因为时局不靖，好几天没到厅里去了；可是在最后到厅的那天，把半年的薪水预支了来。

"外边的车大概不能进租界了。"李福说。

"出去总可以吧？向汽车行叫一辆好了。"王老爷急于逃命，只得牺牲了公家的自用汽车。

"铺子已然全关了门。"李福说。

"但是，"王老爷思索了半天才说，"但是，无论如何，我们得离开这日租界；等会儿，大兵到了，想走也走不开了！"

李福没作声。

王老爷又思索了会儿，有些无聊，还叹了口气：

"都是太太任性，非搬到日租界来不可；假如现在还在法界住，那用着这个急！怎办？"

"老爷，日本兵不是要占全城吗？那么，各处就都变成日租界了，搬家不是白费——"

"不会搬到北平去呀？你——"王老爷没好意思骂出来。

"打下天津，就是北平，北平又怎那么可靠呢？"李福说，样子还很规矩，可是口气有点轻慢。

王老爷张了张嘴，没说什么。待了半天：

"那么，咱们等死？在这儿坐着等死？"

"谁愿意大睁白眼的等死呢？"李福微微一笑，"有主意！"

"有主意还不快说，你笑什么？你——"王老爷又压住自己的脾气。

"庚子那年，我还小呢——"

"先别又提你那个庚子！"

"厅长，别忙呀！"李福忽然用了"厅长"的称呼，好像是故意的耍笑。

"庚子那年，八国联军占了北平，我爸爸就一点也不怕，他本是义和团，听说洋兵进了城，他'拍'的一下，不干了，去给日本兵当——当——"

"当向导。"

"对，向导！带着他们各处去抢好东西！"

"亡国奴！"王老爷说。

"亡国奴不亡国奴的，我这是好意，给老爷出个小主意，就凭老爷这点学问身份，到日本衙门去投效，准行！你瞧，我爸爸不过是个粗人，还能随机应变；你这一肚儿墨水，不比我爸爸强？反正老爷在前清也作官——我跟着老爷，快三十年了，是不是？——在袁总统的时候也作官——那时候老爷的官运比现在强，我记得——现在，你还作官；这可就该这么说了：反正是作官，为什么不可以作个日本官？老爷有官作呢，李福也跟着吃碗饱饭，是不是？"

"胡说！我不能卖国！"王老爷有点发怒了。

"老爷，你要这么说呢，李福也有个办法。"

王老爷点了点头，是叫李福往下说的意思。

"老爷既不作卖国贼；要作个忠臣，就不应当在家里坐着，应当到厅里去看着那颗印。《苏武牧羊》，《托兆碰碑》，《宁武关》，那都是忠臣，李福全听过。老爷愿意这么办，我破出这条狗命去陪着老爷！上行下效，有这么一句话没有？唱红脸的，还是唱白脸的，总得占一面，我听老爷的！"

"太太不叫我出去！"王老爷说，"我也没工夫听你这一套废话！"

李福退了两步，低头想了会儿：

"要不然，老爷，这么办：庚子那年，八国联军刚进了齐化门，日本打前敌，老爷。我爸爸一听日本兵进了城，就给全胡同的人们出了主意。他叫他们在门口高悬日本旗；一块白布，当中用胭脂涂个大红蛋，很容易。挂上以后，果然日本兵把别的胡同全抢了，就是没抢我们那条——羊尾巴胡同。现在，咱们跑是不容易了。日本兵到了呢，不杀也得抢；不如挂上顺民旗，先挡一阵！"

"别说了，别说了！你要把我气死！亡国奴！"

李福看老爷生了气，怪扫兴的要往外走。

"李福！"太太由楼上下来，她已听见了他们的讨论。"李福，去找块白布，镜盒里有胭脂。"

王老爷看了太太一眼，刚要说话，只听：

"咣！"一声大炮。

"李福，去找块白布，快！"王老爷喊。

更大一些的想象

要领略济南的美，根本须有些诗人的态度。那就是说：你须客气一点，把不美之点放在一旁，而把湖山的秀丽轻妙地放在想象里浸润着；这也许是看风景而不至于失望的普通原则。反之，你没有这诗意的体谅，而一个萝卜一个坑的去逛大明湖，趵突泉等，先不用说别的，单是人们口中的葱味，路上吱吱扭扭小车子的轮声，与裹着大红袜带的小脚娘们，要不使你想悬梁自尽，那真算万幸。单听济南人说话，谁也梦想不到它有那么美，那么甜，那么清凉的泉水；而济南泉水的甜美清凉确是事实，你不能因济南话难听而否认这上帝的恩赐。好吧，你随我来吧，假如你要对济南下公平的判断，一个公平的判断，永不会使济南损失一点点的光荣。

比如你先跟我上大明湖的北极阁吧，一路之上（不论是由何处动身），请你什么也不看不听，假如你不愿闭上眼与堵上耳，你至少应当决定：不使路上的丑恶影响到最终的判断。你还要必诚必敬的默想着，你是去看个地上的仙境。

到了，看！先别看你脚下的湖；请看南边的山。看那腰中深绿，而头上淡黄的千佛山；看后面那个塔，只是那么一根黑棍儿似的，可是似乎把那一群小山和那片蓝而含着金光的天空联成一体，它好像表现着群山的向上的精神。再往西看，一串小山都像带着不同的绿色往西走呢。远处，只见天边上一些蓝的曲线，随着你的眼力与日光的强弱，忽隐忽现，使你轻叹一声：山，伟大图画中的诗料。到北极阁后面来看，还有山呢，那老得连棵树也懒得长的历山，那孤立不倚的华山，都是不太高不太矮，正合适作个都城的小绿围屏；济南在这一点上像意大利的芙劳那思。你看到这几乎形成一个圆圈的小山，你开始，无疑的，爱济南了。这群小山不像南京的山那样可怕，不像北平的西山北山那样荒伟的在远处默立，这些小山"就"在济南围墙的外边，它们对济南有种亲切的感情，可以使你想到它们也许愿到城里来看看朋友们。不然，它们为什么总像向城里探着头看呢。

看完了山，请你默想一会儿：山是不错，但是只有山，不能使济南风景像江南吧；水可是不易有的，在中国的北方这么想罢，请看大明湖吧。自然现在的湖已成了许多水沟，使你大失所望。我知道，所以我不请你坐小船去游湖，那些名胜，什么历下亭咧，铁公祠咧，都没有什么可看；那些小船既不美，又不贱，而且最恼人的是不划不摇不用篙支不用纤拉，而以一根大棍硬"挺"的驶船方法。这些咱们全不去试验，我只请你设想：设若湖上没有那些蒲田泥坝，这湖的面积该有多大？设若湖上全种着莲花四围界以杨柳，是不是一种诗境？这不是不可能的；本来这湖是个"湖"，而是被人工作成了许多"水沟"；上帝给济南一些小山，也给它一个大湖，人工胜天，生把一个湖改成沟，这是因穷而忘了美的结果，不是自然的过错。

城在山下湖在城中。这是不是一个美女似的城市？你再看，或者说再想，那城墙假如都拆去，而在城河的岸边，杨柳荫中修上平坦的马路，这是不是个仙境？看那护城河的水，绿，静，明，洁，似乎是向你说：你看看我多么甜美！那水藻，一年四季老是那么绿，没有法形容，因为它们似乎是暗示出上帝心中的"绿"便是这样的绿。河岸上，柳荫下假如有些美于济南妇女的浣纱女儿，穿着白衫或红袄，像些团大花似的，看着自己的倒影，一边洗一边唱？

这是看风景呢，还是作梦呢？一点也不是幻想；假如这座城在一个比中国人争气的民族手里，这个梦大概久已是事实了。我决不愿济南被别人管领；我希望中国人应当有比编几副对联或作几首诗（连大明湖上的游船都有很漂亮的对联，可惜没有湖！）更大一些的想象。我请你想象，因为只有想象才足以揭露出济南的本来面目。济南本来是极美的，可被人们给糟蹋了。

载 1932 年 5 月《华年》周刊第 1 卷第 4 期

夏之一周间

我与学界的人们一同分润寒假暑假的"寒"与"暑"，"假"字与我老不发生关系似的。寒与暑并不因此而特别的留点情；可是，一想及拉车的，当巡警的，卖苦力气的，我还抱怨什么？而且假期到底是假期，晚起个三两分钟到底不会耽误了上堂；暂时不作铜铃的奴隶也总得算偌大的自由！况且没有粉笔面子的"双"薰——对不起，一对鼻孔总是一齐吸气，还没练成"单吸"的工夫，虽然作了不少年的教员。

整理已讲过的讲义，预备下学期的新教材，这把"念读写作，四者缺一不可"的工夫已作足。此外，还要写小说呢。教员兼写家，或写家兼教员，无论怎样排列吧，这是最时行的事。单干哪一行也不够养家的，况且我还养着一只小猫！幸而教员兼车夫，或写家兼屠户，还没大行开，这在像中国这么文明的国家里，还不该念佛？

闹钟的铃自一放学就停止了工作，可是没在六点后起来过，小说的人物总是在天亮左右便在脑中开了战事；设若不乘着打得正欢的时候把他们捉住，这一天，也许是两三天，不用打算顺当的调动他们，不管你吸多少枝香烟，他们总是在面前耍鬼脸，及至你一伸手，他们全跑得连个影儿也看不见。早起的鸟捉住虫儿，写小说的也如此。

这决不是说早起可以少出一点汗。在济南的初伏以前而打算不出汗，除非离开济南。早晨，晌午，晚间，夜里，毛孔永远川流不息：只要你一眨巴眼，或叫声"球"——那只小猫——得，遍体生津。早起决不为少出汗，而是为拿起笔来把汗吓回去。出汗的工作是人人怕的，连汗的本身也怕。一边写，一边流汗；越流汗越写得起劲；汗知道你是与它拼个你死我活，它便不流了。这个道理或者可以从《易经》里找出来，但是我还没有工夫去检查。

自六点至九点，也许写成五百字，也许写成三千字，假如没有客人来的话。五百字也好，三千字也好，早晨的工作算是结束了。值得一说的是：写五百字比写三千的时候要多吸至少七八枝香烟，吸烟能助文思不永远灵验，是不是还应当多给文曲星烧股高香？

九点以后，写信——写信！老得写信！希望邮差再大罢工一年！——浇浇院中的草花，和小猫在地上滚一回，然后读欧·亨利。这一闹哄就快十二点了。吃午饭，也许只是闻一闻；夏天闻闻菜饭便可以饱了的。饭后，睡大觉，这一觉非遇见非常的事件是不能醒的。打大雷，邻居小夫妇吵架，把水缸从墙头掷过来，……只是不希望地震，虽然它准是最有效的。醒了，该弄讲义了，多少不拘，天天总弄出一点来。六点，又吃饭。饭后，到齐大的花园去走半点钟，这是一天中挺直脊骨的特许期间，廿四点钟内挺两刻钟的脊骨好像有什么卫生神术在其中似的，不过，挺着胸膛走到底是壮观的；究竟挺直了没有自然是另一问题，未便深究。

挺背运动完毕，回家。屋子里比烤面包的炉子的热度高着多少？无从知道，因为没有寒暑表。屋内的蚊子还没都被烤死呢，我放心了。洗个澡，在院中坐一会儿，听着街上卖汽水、冰激凌的吆喝。心静自然凉，我永远不喝汽水，不吃冰激凌；香片茶是我一年到头的唯一饮料，多喒香片茶是由外洋贩来我便不喝了。九点钟前后就去睡，不管多热，我永远的躺下（有时还没有十分躺好）便能入梦。身体弱多睡觉，是我的格言。一气睡到天明，又该起来拿笔吓走汗了。

　　过去的一周就是这么过去的；没读过一张报纸，不作亡国的事的，与作亡国的事的，或者都不大爱读新闻纸；我是哪一等人呢？良心上分吧。

载 1932 年 9 月 1 日《现代》第 5 期

新年的梦想

梦想的中国

　　我对中国将来的希望不大，在梦里也不常见着玫瑰色的国家。即使偶得一梦，甚是吉祥，又没有信梦的迷信。至于白天做梦，幻想天国降临，既不治自己的肚子饿，更无益于同胞李四或张三。拟个五年或十年计划，是谓有条有理，与中国逻辑根本不合，定会招爱国与卖国志士笑掉门牙。生为胡涂虫，死为胡涂鬼，胡涂的有福了，因为天国是他们的，大有希望，且勿着急。天增岁月人增寿，春满乾坤福满门。天长地久，胡涂的是永生的，这是咱们。得了满洲，再灭了中国，春满乾坤，这是日本。揖让进退是古训，无抵抗主义是新名词，中华民国万岁！

梦想的个人生活

　　谈到我个人，更无所谓。知识是我的老天爷，艺术是我的老天娘娘，虽然不一定把自己砌在象牙之塔内。这不过是你逼着我，我才说；你若不爱听，我给你换梅博士的《武家坡》。

生命何必是快乐的，只求其有趣而已；希望家中的小白女猫生两个小小白猫，有趣，有趣！其余的，似乎没有什么可说的，完了。

载 1933 年 1 月《东方杂志》第 30 卷第 1 号

估　衣

在中国，政府没主张便是四万万人没主意；指望着民意怎么怎么，上哪里去找民意？可有多少人民知道满洲在东南，还是在东北？和他们要主意，等于要求鸭子唱昆腔。

一致抵抗，经济绝交，都好；只要有人计划出，有清正的官吏们肯引着人民去作。反之，执政的只管作官，而把一切问题交给人民，便永远不能解决任何问题。

举个例说，抵制仇货似乎是我们唯一的反抗手段。谁去抵制？人民；人民才不干那回事呢！人民所知道的是什么便宜买什么，不懂得什么仇不仇、货不货。通盘的看看人民的经济力量，通盘的计划我们怎样提倡国货，怎样保护国产工艺，然后才谈得到抵制。不然，瞎说一大回！

受过教育的人懂得看看商标（人家日本人现在是听中国商人的决定而后印商标牌号！），知道多花钱也不要仇货；可是受过教育的人有几个？学校里明白不用洋纸，试问哪个小印刷所能用国货而不赔钱？纸业政策，正如其他丝业、茶业、漆业……政策何在？希望印刷所老板们去决定政策，即使他们是通达的人，他们弄不上饭吃谁管？提倡国货提倡得起，而人民赔不起买不起，还不是瞎说？

在济南，抵制仇货是没有那一回事。这不算新奇。花样在这儿：不但不拒绝新货，而且拼命的买人家的破烂。试到估衣店去看看，卖的是什么？试立在城门左右看看乡下人挑或推出城外的是什么？日本估衣！凡是一家估衣店就有一大堆捆好的东洋旧衣裳、裤子、长衫、布片、腰带、汗衫……捆成一二尺厚的一束，论斤出售。在四马路单有二三十家专卖此项宝贝，不卖别的。乡民推车的推车，持扁担的持扁担，专来运买这种"估衣捆"。拿回家去，拆大改小，一束便能改造好几件衣服，比买新布——国产粗布虽只卖七八分洋钱一尺——要便宜上好几倍。

看乡民买办时的神气，就好像久旱逢甘雨那么喜欢；三两成群，摸摸这束，扯扯那捆，选择唯恐其不精，价钱唯恐其不入骨，选好之后，还要在铺外抽着竹管烟袋，精细的再讨论一番。休息够了，一挑跟一挑，一车跟着一车，全欣欣然有喜色，运出城去。

有位朋友曾劝过几位乡下同胞，不要买那个，他们一个字的回答："贱！"后来他又吓他们，说那是由日本死人身上剥下来的，还是那一个字回答："贱！"

一年由青岛等处来多少船这种估衣，我没有统计。我确知道在济南这是一大宗生意。我也知道抵制仇货若不另想高明主意，而专发些爱国连索，只多是费几张纸而已。

载 1933 年 1 月 14 日《华年》周刊第 2 卷第 2 期

狗之晨

东方既明，宇宙正在微笑，玫瑰的光吻红了东边的云。大黑在窝里伸了伸腿；似乎想起一件事，啊，也许是刚才作的那个梦；谁知道，好吧，再睡。门外有点脚步声！耳朵竖起，像雨后的两枝慈姑叶；嘴，可是，还舍不得项下那片暖，柔，有味的毛。眼睛睁开半个。听出来了，又是那个巡警，因为脚步特别笨重，闻过他的皮鞋，马粪味很大；大黑把耳朵落下去，似乎以为巡警是没有什么趣味的东西。但是，脚步到底是脚步声，还得听听；啊，走远了。算了吧，再睡。把嘴更往深里顶了顶，稍微一睁眼，只能看见自己的毛。

刚要一迷糊，哪来的一声猫叫？头马上便抬起来。在墙头上呢，一定。可是并没看到；纳闷：是那个黑白花的呢，还是那个狸子皮的？想起那狸子皮的，心中似乎不大起劲；狸子皮的抓破过大黑的鼻子；不光荣的事，少想为妙。还是那个黑白花的吧，那天不是大黑几乎把黑白花的堵在墙角么？这么一想，喉咙立刻痒了一下，向空中叫了两声。

"安顿着，大黑！"屋中老太太这么喊。

大黑翻了翻眼珠，老太太总是不许大黑咬猫！可是不敢再作声，并且向屋子那边摇了摇尾巴。什么话呢，天天那盆热气腾腾的食是谁给大黑端来？老太太！即使她的意见不对也不能得罪她，什么话呢，大黑的灵魂是在她手里拿着呢。她不准大黑叫，大黑当然不再叫。假如不服从她，而她三天不给端那热腾腾的食来？大黑不敢再往下想了。

似乎受了刺激，再也睡不着；咬咬自己的尾巴，大概是有个狗蝇，讨厌的东西！窝里似乎不易找到尾巴，出去。在院里绕着圆圈找自己的尾巴，刚咬住，"不棱"，又被（谁？）夺了走，再绕着圈捉。有趣，不觉得嗓子里哼出些音调。

"大黑！"

老太太真爱管闲事啊！好吧，夹起尾巴，到门洞去看看。坐在门洞，顺着门缝往外看，喝，四眼已经出来遛早了！四眼是老朋友：那天要不幸亏是四眼，大黑一定要输给二青的！二青那小子，处处是大黑的仇敌：抢骨头，闹恋爱，处处他和大黑过不去！假如那天他咬住大黑的耳朵？十分感激四眼！"四眼！"热情地叫着。四眼正在墙根找到包箱似的方便所在，刚要抬腿；"大黑，快来，到大院去跑一回？"

大黑焉有不同意之理，可是，门，门还关着呢！叫几声试试，也许老头就来开门。叫了几声，没用。再试试两爪，在门上抓了一回，门纹丝没动！

眼看着四眼独自向大院跑去！大黑真急了，向墙头叫了几声，虽然明知道自己没有上墙的本领。再向门外看看，四眼已经没影了。可是门外走着个叫化子，大黑借此为题，拼命的咬起来。大黑要是有个缺点，那就是好欺侮苦人。见汽车快躲，见穷人紧追，大黑几乎由习惯中形成这么两句格言。叫化子也没影了，大黑想象着狂咬一番，不如是好像不足以表示出自己的尊严，好在想象是不费什么实力的。

　　大概老头快来开门了，大黑猜摸着。这么一想，赶紧跑到后院去，以免大清早晨的就挨一顿骂。果然，刚到后院，就听见老头儿去开街门。大黑心中暗笑，觉得自己的智慧足以使生命十分有趣而平安。

　　等到老头又回到屋中，大黑轻轻的顺着墙根溜出去。出了街门，抖了抖身上的毛，向空中闻了闻，觉得精神十分焕发。然后又伸了个懒腰，就手儿在地上磨了磨脚指甲，后腿蹬起许多的土，沙沙的打在墙上，非常得意。在门前蹲坐起来，耳朵立着，坐着比站着身量高，加上两个竖立的耳朵，觉得自己很伟大而重要。

　　刚这么坐好，黄子由东边来了。黄子是这条胡同里的贵族，身量大，嘴是方的，叫的声音瓮声瓮气。大黑的耳朵渐渐往下落，心里嘀咕：还是坐着不动好呢，还是向黄子摆摆尾巴好呢，还是以进为退假装怒叫两声呢？他知道黄子的厉害，同时，又要顾及自己的尊严。他微微的回了回头，呕，没关系，坐在自己家门口还有什么危险？耳朵又微微的往上立，可是其余的地方都没敢动。

　　黄子过来了！在离大黑不远的一个墙角闻了闻，好像并没注意大黑。大黑心中同时对自己下了两道命令："跑！""别动！"

　　黄子又往前凑了凑，几乎是要挨着大黑了。大黑的胸部有些颤动。可是黄子还好似没看见大黑，昂然走过去。他远了，大黑开始觉得不是味道：为什么不乘着黄子没防备好而扑过去咬他一口？十分的可耻，那样的怕黄子。大黑越想越看不起自己。为发泄心中的怒气，开始向空中瞎叫。继而一想，万一把黄子叫回来呢？登时立起来，向东走去，这样便不会和黄子走个两碰头。

　　大黑不像黄子那样在道路当中卷起尾巴走。而是夹着尾巴顺墙根往前溜；这样，如遇上危险，至少屁股可以拿墙作后盾，减少后方的防务。在这里就可以看出大黑并不"大"；大黑的"大"和小花的"小"，都不许十分叫真的。可是他极重视这个"大"字，特别和他主人在一块的时候，主人一喊"大"黑，他便觉得自己至少有骆驼那么大，跟谁也敢拼一拼。就是主人不在眼前的时候，他也不敢承认自己是小。因为连不敢这么承认还不肯卷起尾巴走路呢；设若根本的自认渺小，那还敢出来走走吗。"大"字是他的主心骨。"大"字使他对小哈巴狗，瘦猫，叫花子，敢张口就咬；"大"字使他有时候对大狗——像黄子之类的——也敢露一露牙，和嗓子眼里细叫几声；而且主人在跟前的时候"大"字使他甚至于敢和黄子干一仗，虽明知必败，而不得不这样牺牲。狗的世界是不和平的，大黑专仗着这个"大"字去欺软怕硬的享受生命。

大黑的长相也不漂亮，而最足自馁的是没有黄子那样的一张方嘴。狗的女性们，把吻永远白送给方嘴；大黑的小尖嘴，猛看像个子粒不足的"老鸡头"，就是把舌头伸出多长，她们连向他笑一下都觉得有失尊严。这个，大黑在自思自叹的时候，不能不归罪于他的父母。虽然老太太常说，大黑的父亲是饭庄子的那个小驴似的老黑，他十分怀疑这个说法。况且谁是他的母亲？没人知道！大黑没有可靠的家谱作证，所以连和四眼谈话的时候，也不提家事；大黑十分伤心，更不敢照镜子；地上有汪水，他都躲开。对于大黑，顾影是不能引起自怜的。那条尾巴！细，软，毛儿不多，偏偏很长，就是卷起来也不威武，况且卷着还很费事；老得夹着！

大黑到了大院。四眼并没在那里。大黑赶紧往四下看看，好在二青什么的全没在那里，心里安定了些。由走改为小跑，觉得痛快。好像二青也算不了什么，而且有和二青再打一架的必要。再和二青打的时候，顶好是咬住他一个地方，死不撒嘴，这样必能致胜。打倒了二青，再联络四眼战败黄子，大黑便可以称雄了。

远处有吠声，好几个狗一同叫呢。细听，有她的声音！她，小花！大黑向她伸过多少回舌头，摆过多少回尾巴；可是她，她连正眼瞧大黑一眼也不瞧！不是她的过错；战败二青和黄子，她自然会爱大黑的。大黑决定去看看，谁和小花一块唱恋歌呢。快跑。别，跑太快了，和黄子碰个头，可不得了；谨慎一些好。四六步的跑。

看见了：小花，喝，围着七八个，哪个也比大黑个子大，声音高！无望！不便于过去。可是四眼也在那边呢；四眼敢，大黑为何不敢？可是，四眼也个子不小哇，至少四眼的尾巴卷得有个样儿。有点恨四眼，虽然是好朋友。

大黑叫开了。虽然不敢过去，可是在远处示威总比那一天到晚闷在家里的小哈巴狗强多了。那边还有个小板凳狗，安然的在家门口坐着，连叫也不敢叫；大黑的身份增高了很多，凡事就怕比较。

那群大狗打起来了。打得真厉害，啊，四眼倒在底下了。哎呀四眼；呕，活该；到底他已闻了小花一鼻子。大黑的嫉妒把友谊完全忘了。看，四眼又起来了，扑过小花去了，大黑的心差点跳出来了，自己耗着转了个圆圈。啊，好！小花极骄慢的躲开四眼。好，小花，大黑痛快极了。

那群大狗打过这边来了，大黑一边看着一边退步，心里说：别叫四眼看见，假如一被看见，他求我帮忙，可就不好办了。往后退，眼睛呆看着小花，她今天特别的骄傲，好看。大黑恨自己！退得离小板凳狗不远了，唉，拿个小东西杀杀气吧！闻了小板凳一下，小板凳跳起来，善意的向大黑腿部一扑，似乎是要和大黑玩耍玩耍。大黑更生气了；谁和你个小东西玩呢？牙露出来，耳朵也立起来示威。小板凳真不知趣：轻轻抓了地几下，腰儿塌着，尾巴卷着直摆。大黑知道这个小东西是不怕他，嘴张开了，预备咬小东西的脖子。正在这个当儿，大狗们跑过来了。小板凳看着他们，小嘴儿撅着巴巴的叫起来，毫无惧意。大黑转过身来，几乎碰着黄子的哥哥，比黄子还大，鼻子上一大道白，这白鼻梁看着就可怕！大黑深恐小板凳的吠声引起他们的注意，而把大黑给围在当中。可是他们只顾追着小花，一群野马似的跑了过去，似乎谁也没有看到大黑。大黑的耻辱算是到了家，他还不如小板凳硬气呢！

　　似乎得设法叫小板凳看出大黑是和那群大狗为伍的：好吧，向前赶了两步，轻轻的叫了两声，瞭了小板凳一眼，似乎是说：你看，我也是小花的情人；你，小板凳，只配在这儿坐着。

　　风也似的，小花在前，他们在后紧随，又回来了！躲是来不及了，大黑的左右都是方嘴——都大得出奇！他们全身没有一根毛能舒坦的贴着肉皮子，全离心离骨的立起来。他的腿好像抽出了骨头，只剩下些皮和筋，而还要立着！他的尖嘴向四围纵纵着，只露出一对大牙。他的尾巴似乎要挤进肚皮里去。他的腰躬着，可是这样缩短，还掩不住两旁的筋骨。小花，好像是故意的，挤了他一下。他一点也不觉得舒服，急忙往后退。后腿碰着四眼的头。四眼并没招呼他。

　　一阵风似的，他们又跑远了。大黑哆嗦着把牙收回嘴中去，把腰平伸了伸，开始往家跑。后面小板凳追上来，一劲巴巴的叫。大黑回头龇了龇牙：干吗呀，你！似乎是说。

回到家中，看了看盆里，老太太还没把食端来。倒在台阶上，舐着腿上的毛。

"一边去！好狗不挡道，单在台阶上趴着！"老太太喊。

翻了翻白眼，到墙根去卧着。心中安定了，开始设想：假如方才不害怕，他们也未必把我怎样了吧！后悔：小花挤了我一下，假使乘那个机会……决定不行，决定不行！那个小板凳！焉知小板凳不是个女性呢，竟自忘了看！谁和小板凳讲交情呢！

门外有人拍门。大黑立刻精神起来，等着老太太叫大黑。

"大黑！"

大黑立刻叫起来，往下扑着叫，觉得自己十二分的重要威严。老太太去看门，大黑跟着，拼命的叫。

送信的。大黑在老太太脚前扑着往外咬！邮差安然不动。老太太踢了大黑一腿："怎这么讨厌，一边去！"

大黑不敢再叫，随着老太太进来，依旧卧在墙根。肚中发空，眼瞭着食盆，把一切都忘了，好像大黑的生命存在与否只看那个黑盆里冒热气不冒！

载 1933 年 1 月 24 日至 2 月 2 日《益世报》

当幽默变成油抹

　　小二小三玩腻了：把落花生的尖端咬开一点，夹住耳唇当坠子，已经不能再作，因为耳坠不晓得是怎回事，全到了他们肚里去；还没有人能把花生吃完再拿它当耳坠！《儿童世界》上的插画也全看完了，没有一张满意的，因为据小二看，画着王家小五是王八的才能算好画，可是插画里没有这么一张。小二和王家小五前天打了一架，什么也不因为，并且一点不是小二的错，一点也不是小五的错；谁的错呢？没人知道。"小三，你当马吧？"小三这时节似乎什么也愿意干，只是不愿意当马。"再不然，咱们学狗打架玩？"小二又出了主意。"也好，可是得真咬耳朵？"小三愿事先问好，以免咬了小二的耳朵而去告诉妈妈。咬了耳朵还怎么再夹上花生当耳坠呢？小二不愿意。唱戏吧？好，唱戏。但是，先看看爸和妈干什么呢。假如爸不在家，正好偷偷的翻翻他那些杂志，有好看的图画可以撕下一两张来；然后再唱戏。

　　爸和妈都在书房里。爸手里拿着本薄杂志，可是没看；妈手里拿着些毛绳，可是没织；他们全笑呢。小二心里说大人也是好玩呀，不然，爸为什么拿着书不看，妈为什么拿着线不织？

　　爸说："真幽默，哎呀，真幽默！"爸嘴上的笑纹几乎通到耳根上去。

　　这几天爸常拿着那么一薄本米色皮的小书喊幽默。

小二小三自然是不懂什么叫幽默，而听成了油抹；可是油抹有什么可笑呢？小三不是为把油抹在袖口上挨过一顿打吗！大人油抹就不挨打而嘻嘻，不公道！

爸念了，一边念一边嘻嘻，眼睛有时候像要落泪，有时候一句还没念完，嘴里便哈哈哈。妈也跟着嘻嘻嘻。念的什么子路——小三听成了紫鹿——又是什么三民主义，而后嘻嘻嘻——一点也不可笑，而爸与妈偏嘻嘻嘻！

决定过去看看那小本是什么。爸不叫他们看："别这儿捣乱，一边儿玩去！"妈也说："玩去，等爸念完再来！"好像这个小薄本比什么都重要似的！也许爸和妈都吃多了；妈常说小孩子吃多了就胡闹，爸与妈也是如此。

念了半天，爸看了看表，然后把小本折好了一页，极小心的放在写字台的抽屉里："晚上再念；得出门了。"

"再念一段！"妈这半天连一针活也没作，还说再念一段呢，真不害羞！小三心里的小手指头直在脸了削，"没羞没臊，当间儿画个黑老道！"

"晚上，晚上！凑巧还许把第十期买来呢！"爸说，还是笑着。

爸爸走了，走到院里还嘻嘻呢；爸是吃多了！

妈拿着活计到里院去了。

小二小三决定要犯犯"不准动爸的书"的戒命。等妈走远了，轻轻的开了抽屉，拿出那本叫爸和妈嘻嘻的宝贝。他们全把大拇指放在嘴里呃着，大气不出的去找那招人笑的小鬼。他们以为书中必是有个小鬼，这个小鬼也许就叫做油抹。人一见油抹就要嘻嘻，或是哈哈。找了半天，一篇一篇全是黑字！有一张画，看不懂是什么，既不是小兔搬家，又不是小狗成亲，简直的什么也不像！这就可乐呀？字和这样的画要是可乐，为什么妈不许我们在墙上写字画图呢？

"咱们还是唱戏去吧？"小三不耐烦了。

"小三，看，这个小盒也在这儿呢，爸不许咱们动，楞偷偷的看看？"小二建议。

已经偷看了书，为什么不再偷看看小盒？就是挨打也是一顿。小三想的很精密。

把小盒轻轻打开，喝，里边一管挨着一管，都是刷牙膏，可是比刷牙膏的管小些细些。小二把小铅盖转了转，挤，咕——挤出滑溜溜的一条小红虫来，哎呀有趣！小三的眼睛得像两个新铜子，又亮又圆。"来，我挤一个！"他另拿了管，咕——挤出条碧绿的小虫来。

一管一管，全挤过了，什么颜色的也有，真好玩！小二拿起盒里的一支小硬笔，往笔上挤了些红膏，要往牙上擦。

"小二，别，万一这是爸的冻疮药呢？"

"不能，冻疮药在妈的抽屉里呢。"

"等等，不是药，也许呀，也许呀——"小三想了半天想不出是什么。

"这么着吧，小三，把小管全挤在桌上，咱们打花脸吧？"

"唱——那天你和爸听什么来着？"小三的戏剧知识只是由小二得来的那些。

"有花脸的那个？嘀咕的嘀咕嘀嘀咕！《黄鹤楼》！"

"就唱《黄鹤楼》吧！你打红脸，我打绿脸。嘀咕嘀——"

"《黄鹤楼》里没有绿脸！"小二觉得小三对扮戏是没发言权的。

"假装的有个绿脸就得了吗！糖挑上的泥人戏出就有绿脸的。"

两个把管里的小虫全挤得越长越好，而后用小硬笔往脸上抹。

"小二，我说这不是牙膏，你瞧，还油亮油亮的呢。喝，抹在脸上有点漆得慌！"

"别说话；你的嘴直动，我怎给你画呀？！"小二给小三的腮上打些紫道，虽然小三是要打绿脸。

正这么打脸，没想到，爸回来了！

"你们俩干什么呢？干什么呢！"

"我们——"小二一慌把小刷子放在小三的头上。

小三，正闭着眼等小二给画眉毛，睁开了眼。

"你们干什么？！"爸是动了气，"二十多块一盒的油！"

"对啦，爸，我们这儿油抹呢！"小三直抓腮部，因为油漆得不好受。

"什么油抹呀？"

"不是爸看这本小书的时候，跟妈说，真油抹，爸笑妈也笑吗？"

"这本小书？"爸指着桌上那本说，"从此不再看《论语》！"

爸真生了气。一下子坐在椅子上，气哼哼的，不自觉的，从衣袋里掏出一本小书——样子和桌上那本一样。

乘着爸看新买来的小书，小二小三七手八脚把小管全收在盒里，小三从头上揭下小笔，也放进去。

爸又看入了神，嘴角又慢慢往上弯。小二们的《黄鹤楼》是不敢唱了，可也不敢走开，敬候着爸的发落。

爸又嘻嘻了，拍了大腿一下："真幽默！"

小三向小二咬耳朵："爸是假装油抹，咱们才是真油抹呢！"

记懒人

一间小屋，墙角长着些兔儿草，床上卧着懒人。他姓什么？或者因为懒得说，连他自己也记不清了。大家只呼他为懒人，他也懒得否认。

在我的经验中，他是世上第一个懒人，因此我对他很注意：能上"无双谱"的总该是有价值的。

幸而人人有个弱点，不然我便无法与他来往；他的弱点是喜欢喝一盅。虽然他并不因爱酒而有任何行动，可是我给他送酒去，他也不坚持到底的不张开嘴。更可喜的是三杯下去，他能暂时的破戒——和我说话。我还能舍不得几瓶酒么？所以我成了他的好友。自然我须把酒杯满上，送到他的唇边，他才肯饮。为引诱他讲话，我能不殷勤些？况且过了三杯，我只须把酒瓶放在他的手下，他自己便会斟满的。

他的话有些，假如不都是，很奇怪可喜的。而且极其天真，因为他的脑子是懒于搜集任何书籍上的与旁人制造的话的。他没有常识，因此他不讨厌。他确是个宝贝，在这可厌的社会中。

据他说，他是自幼便很懒的。他不记得他的父亲是黄脸膛还是白净无须：他三岁的时候，他的父亲死去；他懒得问妈妈关于爸爸的事。他是妈妈的儿子，因为她也是懒得很有个模样儿。旁的妇女是孕后九或十个月就生产。懒人的妈妈怀了他一年半，因为懒得生产。他的生日，没人晓得；妈妈是第一个忘记了它，他自然想不起问。

他的妈妈后来也死了，他不记得怎样将她埋葬。可是，他还记得妈妈的面貌。妈妈，虽在懒人的心中，也难免被想念着；懒人借着酒力叹了一口十年未曾叹过的气；泪是终于懒得落的。

他入过学。懒得记忆一切，可是他不能忘记许多小四方块的字，因为学校里的人，自校长至学生，没有一个不像活猴儿，终日跳动；所以他不能不去看那些小四方块，以得些安慰。最可怕的记忆便是"学生"。他想不出为何他的懒妈将他送入学校去，或者因为他入了学，她可以多心静一些？苦痛往往逼迫着人去记忆。他记得"学生"———一群推他打他挤他踢他骂他笑他的活猴子。他是一块木头。被猴子们向四边推滚。他似乎也毕过业，但是懒得去领文凭。

"老子的心中到底有个'无为'萦绕着，我连个针尖大的理想也没有。"他已饮了半瓶白酒，闭着眼说。

"人类的纷争都是出于好事好动：假如人都变成桂树或梅花，世上当怎样的芬香静美？"我故意诱他说话。

他似乎没有听见，或是故意懒得听别人的意见。

我决定了下次再来，须带白兰地；普通的白酒还不够打开他的说话机关的。

白兰地果然有效，他居然坐起来了。往常他向我致敬只是闭着眼，稍微动一动眉毛。然后，我把酒递到他的唇边，酒过三杯，他开始讲话，可是始终是躺在床上不起来。酒喝足了，在我告辞之际，他才肯指一指酒瓶，意思是叫我将它挪开；有的时候他连指指酒瓶都觉得是多事。

白兰地得着了空前的胜利，他坐起来了！我的惊异就好似看见了死人复活。我要盘问他了。

"朋友，"我的声音有点发颤，大概因为是有惊有喜，"朋友，在过去的经验中，你可曾不懒过一天或一回没有呢？"

"天下有多少事能叫人不懒一整天呢？"他的舌头有点僵硬。我心中更喜欢了：被酒激硬的舌头是最喜欢运动的。

"那么，不懒过一回没有呢？"

他没当时回答我。我看得出，他是搜寻他的记忆呢。他的脸上有点很近于笑的表示——这不过是我的猜测，我没见过他怎样笑。过了好久，他点了点头，又喝下一杯酒，慢慢的说：

"有过一次。许久许久以前的事了。设若我今年是四十岁——没心留意自己的岁数——那必是我二十来岁的事了。"

他又停顿住了。我非常的怕他不再往下说，可是也不敢促迫他；我等着，听得见我自己的心跳。

"你说，什么事足以使懒人不懒一次。"他猛孤丁的问了我一句。

我一时找不到相当的答案；不知道是怎么想起来的，我这么答对了他：

"爱情，爱情能使人不懒。"

"你是个聪明人！"他说。

我也吞了一大口白兰地，我的心几乎要跳出来。

他的眼合成一道缝，好像看着心中正在构成着的一张图画。然后向自己念道："想起来了！"

我连大气也不敢出的等着。

"一株海棠树，"他大概是形容他心里哪张画，"第一次见着她，便是在海棠树下。开满了花，像蓝天下的一大团雪，围着金黄的蜜蜂。我与她便躺在树下，脸朝着海棠花，时时有小鸟踏下些花片，像些雪花，落在我们的脸上，她，那时节，也就是十几岁吧，我或者比她大一些。她是妈妈的娘家的；不晓得怎样称呼她，懒得问。我们躺了多少时候？我不记得。只记得那是最快活的一天：听着蜂声，闭着眼用脸承接着花片，花荫下见不着阳光，可是春气吹拂着全身，安适而温暖。我们俩就像埋在春光中的一对爱人，最好能永远不动，直到宇宙崩毁的时候。她是我理想中的人儿。她和妈妈相似——爱情在静里享受。别的女子们，见了花便折，见了镜子就照，使人心慌意乱。她能领略花木样的恋爱；我是讨厌蜜蜂的，终日瞎忙。可是在那一天，蜜蜂确是不错，它们的嗡嗡使我半睡半醒，半死半生；在生死之间我得到完全的恬静与快乐。这个快乐是一睁开眼便会失去的。"

他停顿了一会儿，又喝了半杯酒。他的话来得流畅轻快了："海棠花开残，她不见了。大概是回了家，大概是。临走的那一天，我与她在海棠树下——花开已残，一树的油绿叶儿，小绿海棠果顶着些黄须——彼此看着脸上的红潮起落，不知起落了多少次。我们都懒得说话。眼睛交谈了一切。"

"她不见了，"他说得更快了，"自然懒得去打听，更提不到去找她。想她的时候，我便在海棠树下静卧一天。第二年花开的时候，她没有来，花一点也不似去年那么美了，蜂声更讨厌。"

这回他是对着瓶口灌了一气。

"又看见她了，已长成了个大姑娘。但是，但是，"他的眼似乎不得力的眨了几下，微微有点发湿，"她变了。她一来到，我便觉出她太活泼了。她的话也很多，几乎不给我留个追想旧时她怎样静美的机会了。到了晚间，她偷偷的约我在海棠树下相见。我是日落后向不轻动一步的，可是我答应了她；爱情使人能不懒了，你是个聪明人。我不该赴约，可是我去了。她在树下等着我呢。'你还是这么懒？'这是她的第一句话，我没言语。'你记得前几年，咱们在这花下？'她又问，我点了点头——出于不得已。'唉！'她叹了一口气，'假如你也能不懒了；你看我！'我没说话。'其实你也可以不懒的；假如你真是懒得到家，为什么你来见我？你可以不懒！咱们——'她没往下说，我始终没开口，她落了泪，走开。我便在海棠下睡了一夜，懒得再动。她又走了。不久听说她出嫁了。不久，听说她被丈夫给虐待死了。懒是不利于爱情的。但是，她，她因不懒而丧了一朵花似的生命！假如我听她的话改为勤谨，也许能保全了她，可也许丧掉我的命。假如她始终不改懒的习惯，也许我们到现在还是同卧在海棠花下，虽然未必是活着，可是同卧在一处便是活着，永远的活着。只有成双作对才算爱，爱不会死！"

"到如今你还想念着她？"我问。

"哼，那就是那次破了懒戒的惩罚！一次不懒，终身受罪；我还不算个最懒的人。"他又卧在床上。

我将酒瓶挪开。他又说了话：

"假如我死去——虽然很懒得死——请把我埋在海棠花下，不必费事买棺材。我懒得理想，可是既提起这件事，我似乎应当永远卧在海棠花下——受着永远的惩罚！"

过了些日子，我果然将他埋葬了。在上边临时种了一株海棠；有海棠树的人家没有允许我埋人的。

载 1933 年 3 月 15 日至 17 日《益世报》

路与车

济南是个大地方。城虽不大，可是城外的商埠地面不小；商埠自然是后辟的。城内的小巷与商埠上的大路正好作个对照。城里有些小巷小得真有意思，巷小再加以高低不平的石头道，坐在洋车上未免胆战心惊：车稍微一歪——而且是常常的歪——车上的人头便有撞到墙上的危险；危险当然应放在"有意思"之内。这些小巷并不热闹，无论多么小的巷里也有铺子，这似乎应作济南的特点之一。而且这些小铺子往往是没有后院，一间屋的进身，便是全铺面的宽窄，作买卖、睡觉、生儿养女，全在这里；因而厨房必须在街上。那就是说炉灶在当街，行人不留神一定会把脚踹入人家面盆或饭锅里去；这也当然是有意思的。灶一律拉风箱，小巷既窄，烟火又旺，空气自然无从鲜美。城里确是人烟太稠了。大明湖是越来越小了，或者便是人口过多，不得不填水成陆的证据。

在另一方面，城外的商埠是很宽展的。街市的分划也极规则，东西是经路，南北是纬路，非常的清楚。商埠的建筑有不少是洋式的，道路上也比较的清洁些。

大买卖虽在商埠，可是乡民到城市来买东西还多半是到城里去。城里的铺面虽小，买卖不见得不大，所以小巷里有时比商埠的大路上还更热闹一些。这大概是历史的关系：商埠究竟是后辟的，而乡下人是恋死地方的；今年在此买货，明年还到这里来；

其实商埠上的东西——特别是那几个大字号铺的——并不见得一定价钱高。这又是城里的小巷所以有意思的原因，因为乡下人拿它们作探险地。

近两年来，济南的路政很有进步。商埠上的大路不时的翻修，而且多加上阴沟。阴沟上复以青石，作单轮小车的"专"路——这种小车还极重要，运煤米货物全是它；响声依然是吱吱格格，制造一依古法；设若在古时这响声是刺耳的，至今仍使人头痛。城里比较宽些的道路也修了不少处，可是还用青石铺成。至于那些小巷里，汽车既走不开，也就引不起翻修的热心，于是便苦了拉车与推车的。看着小车夫推着五六百斤的东西，在步步坑坎的路上走，使人赞美中国人的忍耐性，同时觉得一个狗也不应当享这种待遇！这些小巷也无从展宽，假如叫小屋子们退让一些，那便根本没有了小屋子；前面说过，小屋子是没有后院的，门庭就是街道。不过真希望城里的小石路也修理得好好的——推车的到底是比坐汽车的多，多的多！路平而窄，到底比不平而又窄强些。能不能把城里的居民移一部分到商埠里边去？这是个问题，值得一研究。

更希望巡警不是专为汽车开路，而是负着指挥马车之责的。现在的办法是：每逢汽车的喇叭一响，巡警的棒子便对洋车小车指了去，无论他们怎样困难，也得给汽车让路。这每每使行人、自行车、洋车、小车全跌滚在一处。汽车永远不得耽误一秒钟，以大家跌滚在一处为代价！我们要记得，城里的通衢也不是很宽的。

自然话须两说着，汽车要是没有这点威风，谁还坐汽车呢？也对！

载 1933 年 4 月 8 日《华年》周刊第 2 卷第 14 期

慰 劳

哟，二百块七毛五！哟，还有三打洋袜子，五筐子梨！亲自送去，当然亲自送去，不亲去慰劳还有什么出奇。

四位教员，十位学生，你拿着袜子，我拿着梨，欢天喜地到伤兵医院去，哎哟，这才算爱国出了奇！

哟，袜子不够；哼，一人才分半个梨！二百七毛五，一人分了四毛稍微挂着零！

但是礼轻情谊重，一个梨核也是份心，四毛多钱不算什么，有人倡导才能多得东西。

好吧，逐一的去慰问，礼物不多话值金子。

哟，你的伤那么重，怎么不吃点好东西？

喝，你的胳臂肿得那么高，医生怎不来给你洗？

医生待你好不好？

护士可曾来的勤？

哎呀，可怜的人们，饭食也不好，医生不上心，护士不殷勤，岂有此理，岂有此理！

打倒医生，打倒看护！

师生欢天喜地出了医院，哎呀，爱国爱得出了奇！

他们前脚走，医院马上乱营了！

厨子挨了打，医生挨了骂，两个护士打得满脸花。

　　五百多伤兵，两三位医士，四位看护还有一位病了的。昼夜的忙，连饭都没工夫吃。慰劳的先生未到以前，大家欢欢喜喜，医士高兴，虽然快累死；兵士感激，虽然照顾不周，人心总是肉长的，谁不知道大夫忙，谁不知护士已经几天没休息？

　　可是，慰劳的先生们欢天喜地的走出去，医院马上乱了营，饭特别的不好，医生护士至少该杀。

　　慰劳的先生们回到家，多吃了一碗干饭，作梦还梦见兵士们吃着半个梨，爱国爱得出了奇！

载 1933 年 4 月 11 日《益世报》

辞 工

您是没见过老田，万幸，他能无缘无故的把人气死。就拿昨天说吧。昨天是星期六，照例他休息半天。吃过了午饭，刷刷的下起雨来。老田进来了："先生，打算跟您请长假！"为什么呢？"您看，今天该我歇半天，偏偏下雨！"

"我没叫谁下雨呀！"我说。

"可是您叫我星期六休息，"他说。

"今天出不去，不会明天再补上吗？"我说。

"今天是今天，明天是明天，今天我怎么办？"他说。

"你上吊去，"我说。

"在哪儿上？"他说。

幸而二姐来了，把这一场给解说过去。我指给他一条路，叫他去睡觉。

我不知道他睡着了没有，不大一会儿他又进来了："先生，打算跟您请长假！"

"又怎么了？"我说。

"您看，我刚要睡着，小球过来闻我的鼻子。"他说。

"我没让小球闻你的鼻子，"我说。

"可是您叫我去睡觉，"他说。

"不爱睡就不用睡呀，"我说。

"大下雨的天，不睡干什么？"他说。

"我没求龙王爷下雨呀，"我说。

"可是您叫我星期六休息，"他说。

"好吧，你要走就走，给你两个月的工钱，"我说。

"您还得多给点，外边还有点零碎账儿，"他说。

"有五块钱够不够？"我说。

"够了，"他说。

他拿着钱走出去。

雨小了，南边的天有裂开的样子。

老田抱着小球，在房檐下站着。站的工夫大了，我始终没答理他。他跟小球说开了："小乖球，小白球，找先生去吧？"

我知道他是要进来找我。果然他搭讪着进来了。

"先生，天快晴了，我还是出去走一趟吧。"他说。

"不请长假了？"我说。

他假装没听见。"先生，那五块钱我先拿着吧，家里今年麦秋收得不好。"

"那天你不是说麦子收得很好吗？"我说。

"那，我说的是别人家的麦子。"他说。

"好，去吧；回来的时候给我带几个好桃儿来。"我说。

"这几天没有好桃。"他说。

"你假装的给我找一下，找着呢就买，找不着拉倒。"我说。

"好吧。"他说；走了出去。

到夜里十一点，我睡了，他才回来。

"先生，给您桃儿，直找了半夜，才找到这么几个好的。"他在窗外说。

"先放着吧，"我说："蹦蹦戏什么时候散的？"

"刚散，"他说。

"你怎么听完了戏，又找了半夜的桃呢？"我说。

"哪，我看见别人刚从戏棚里出来；我并没听去。"他说。

今天早晨起来，老田一趟八趟的往外跑，好像等着什么要紧的信或消息似的。

"老田，给我买来的桃呢？"我说。

"我这不是直给您在外边看着吗？等有好的过来给您买几个。"他说。

"那么昨天晚上你没买来？"我说。

"昨晚上您不是睡了吗？早晨买刚下树的多么好！"他说。

载 1933 年 8 月 24 日《申报·自由谈》

买彩票

在我们那村里，抓会赌彩是自古有之。航空奖券，自然的，大受欢迎。头彩五十万，听听！二姐发起集股合作，首先拿出大洋二角。我自己先算了一卦，上吉，于是拿了四角。和二姐算计了好大半天，原来还短着九元四才够买一张的。我和她分头去宣传，五十万，五十万，五十个人分，每人还落一万，二角钱弄一万！举村若狂，连狗都听熟了"五十万"，凡是说"五十万"的，哪怕是生人，也立刻摇尾而不上前一口把腿咬住。闹了整一个星期；十元算是凑齐；我是最大的股员。三姥姥才拿了五分，和四姨五姨共同凑了一股；她们还立了一本账簿。

上哪里去买呢？还得算卦。二姐不信任我的诸葛金钱课，花了五大枚请王瞎子占了个马前神课……利东北。城里有四家代售处；利成记在城之东北；决议，到利成记去买。可是，利成是四家买卖中最小的一号，只卖卷烟煤油，万一把十元拐去，或是卖假券呢！又送了王瞎子五大枚，从新另占。西北也行，他说；不但是行，他细掐过手指，还比东北好呢！西北是恒祥记，大买卖，二姐出阁时的缎子红被还是那儿买的呢。

谁去买？又是个问题。按说我是头号股员，我应当跑一趟。可是我是属牛的，今年是鸡年，总得找属鸡的，还得是男性，女性丧气。只有李家小三是鸡年生的，平日那些属鸡的好像都变了，找不着一个。小三自己去太不放心啊，于是决定另派二员金命的男人妥为保护。挑了吉日，三位进城买票。

票买来了，谁拿着呢？我们村里的合作事业有个特点，谁也不信任谁。经过三天三夜的讨论，还是交给了三姥姥，年高虽不见得必有德，可是到底手脚不利落，不至私自逃跑。

直到开彩那天，大家谁也没睡好觉。以我自己说，得了头彩——还能不是我们得吗？！——就分两万，这两万怎么花？买处小房，好，房的地点，样式，怎么布置，想了半夜。不，不买房子，还是作买卖好，于是铺子的地点、形式、种类，怎么赚钱，赚了钱以后怎样发展，又是半夜。天上的星星，河边的水泡，都看着像洋钱。清晨的鸟鸣，夜半的虫声，都说着"五十万"。偶尔睡着，手按在胸上，梦见一堆现洋压在身上，连气也出不得！特意买了一副骨牌，为是随时打卦。打了坏卦，不算，另打；于是打的都是好卦，财是发准了。

开奖了。报上登出前五彩，没有我们背熟了的那一号。房子，铺子……随着汗全走了。等六彩七彩吧，头五奖没有，难道还不中个小六彩？又算了一卦，上吉；六彩是五百，弄几块作件夏布大衫也不坏。于是一边等着六彩七彩的揭露，一边重读前五彩的号数，替得奖的人们想着怎么花用的方法，未免有些羡妒，所以想着想着便想到得奖人的乐极生悲，也许被钱烧死；自己没得也好；自然自己得奖也不见得就烧死。无论怎说，心中有点发堵。

六彩七彩也登出来了，还是没咱们的事，这才想起对尾子，连尾子都和我们开玩笑，我们的是个"三"，大奖的偏偏是个"二"。没办法！

二姐和我是发起人呀！三姥姥向我们俩要索她的五分。没法不赔她。赔了她，别人的二角也无意虚掷。二姐这两天生病，她就是有这个本事，心里一想就会生病。剩下我自己打发大家的二角。打发完了，二姐的病也好了，我呢，昨天夜里睡得很清甜。

载 1933 年 9 月 1 日《论语》第 24 期

马裤先生

火车在北平东站还没开，同屋那位睡上铺的穿马裤，戴平光的眼镜，青缎子洋服上身，胸袋插着小楷羊毫，足登青绒快靴的先生发了问："你也是从北平上车？"很和气的。

我倒有点迷了头，火车还没动呢，不从北平上车，难道由——由哪儿呢？我只好反攻了："你从哪儿上车？"很和气的。我很希望他说是由汉口或绥远上车，因为果然如此，那么中国火车一定已经是无轨的，可以随便走走；那多么自由！

他没言语。看了看铺位，用尽全身——假如不是全生——的力气喊了声："茶房！"

茶房正忙着给客人搬东西，找铺位。可是听见这么紧急的一声喊，就是有天大的事也得放下，茶房跑来了。

"拿毯子！"马裤先生喊。

"请少待一会儿，先生，"茶房很和气的说，"一开车，马上就给您铺好。"

马裤先生用食指挖了鼻孔一下，别无动作。

茶房刚走开两步。

"茶房！"这次连火车好似都震得直动。

茶房像旋风似的转过身来。

"拿枕头，"马裤先生大概是已经承认毯子可以迟一下，可是枕头总该先拿来。

"先生，请等一等，您等我忙过这会儿去，毯子和枕头就一齐全到。"茶房说的很快，可依然是很和气。

茶房看马裤客人没任何表示，刚转过身去要走，这次火车确是哗啦了半天，"茶房！"

茶房差点吓了个跟头，赶紧转回身来。

"拿茶！"

"先生，请略微等一等，一开车茶水就来。"

马裤先生没任何的表示。茶房故意的笑了笑，表示歉意。然后搭讪着慢慢的转身，以免快转又吓个跟头。转好了身，腿刚预备好快走，背后打了个霹雳，"茶房！"

茶房不是假装没听见，便是耳朵已经震聋，竟自没回头，一直的快步走开。

"茶房！茶房！茶房！"马裤先生连喊，一声比一声高：站台上送客的跑过一群来，以为车上失了火，要不然便是出了人命。茶房始终没回头。马裤先生又挖了鼻孔一下，坐在我的床上。刚坐下，"茶房！"茶房还是没来。看着自己的磕膝，脸往下沉，沉到最长的限度，手指一挖鼻孔，脸好似刷的一下又纵回去了。然后，"你坐二等？"这是问我呢。我又毛了，我确是买的二等，难道上错了车？

"你呢？"我问。

"二等。这是二等。二等有卧铺。快开车了吧？茶房！"

我拿起报纸来。

他站起来，数他自己的行李，一共八件，全堆在另一卧铺上——两个上铺都被他占了。数了两次，又说了话，"你的行李呢？"

我没言语。原来我误会了：他是善意，因为他跟着说，"可恶的茶房，怎么不给你搬行李？"

我非说话不可了："我没有行李。"

"呕？！"他确是吓了一跳，好像坐车不带行李是大逆不道似的。"早知道，我那四只皮箱也可以不打行李票了！"

这回该轮着我了，"呕？！"我心里说，"幸而是如此，不然的话，把四只皮箱也搬进来，还有睡觉的地方啊？！"

我对面的铺位也来了客人，他也没有行李，除了手中提着个扁皮夹。

"呕？！"马裤先生又出了声，"早知道你们都没行李，那口棺材也可以不另起票了？"

我决定了。下次旅行一定带行李；真要陪着棺材睡一夜，谁受得了！

茶房从门前走过。

"茶房！拿手巾把！"

"等等，"茶房似乎下了抵抗的决心。

马裤先生把领带解开，摘下领子来，分别挂在铁钩上：所有的钩子都被占了，他的帽子，风衣，已占了两个。

车开了，他登时想起买报，"茶房！"

茶房没有来。我把我的报赠给他；我的耳鼓出的主意。

他爬上了上铺，在我的头上脱靴子，并且击打靴底上的土。枕着个手提箱，用我的报纸盖上脸，车还没到永定门，他睡着了。

我心中安坦了许多。

到了丰台，车还没站住，上面出了声，"茶房！"

没等茶房答应，他又睡着了；大概这次是梦话。

过了丰台，茶房拿来两壶热茶。我和对面的客人——一位四十来岁平平无奇的人，脸上的肉还可观——吃茶闲扯。大概还没到廊房，上面又开了雷，"茶房！"

茶房来了，眉毛拧得好像要把谁吃了才痛快。

"干吗？先——生——"

"拿茶！"上面的雷声响亮。

"这不是两壶？"茶房指着小桌说。

"上边另要一壶！"

"好吧！"茶房退出去。

"茶房！"

茶房的眉毛拧得直往下落毛。

"不要茶，要一壶开水！"

"好啦！"

"茶房！"

我直怕茶房的眉毛脱净！

"拿毯子，拿枕头，打手巾把，拿——"似乎没想起拿什么好。

"先生，您等一等。天津还上客人呢；过了天津我们一总收拾，也耽误不了您睡觉！"茶房一气说完，扭头就走，好像永远不再想回来。

待了会儿，开水到了，马裤先生又入了梦乡，呼声只比"茶房"小一点，可是匀调而且是继续的努力，有时呼声稍低一点，用咬牙来补上。

"开水，先生！"

"茶房！"

"就在这哪；开水！"

"拿手纸！"

"厕所里有。"

"茶房！厕所在哪边？"

"哪边都有。"

"茶房！"

"回头见。"

"茶房！茶房！！茶房！！！"

没有应声。

"呼——呼呼——呼"又睡了。

有趣！

到了天津。又上来些旅客。马裤先生醒了，对着壶嘴喝了一气水。又在我头上击打靴底。穿上靴子，出溜下来，食指挖了鼻孔一下，看了看外面。"茶房！"

恰巧茶房在门前经过。

"拿毯子！"

"毯子就来。"

马裤先生走出去，呆呆的立在走廊中间，专为阻碍来往的旅客与脚夫。忽然用力挖了鼻孔一下，走了。下了车，看看梨，没买；看看报，没买；看看脚行的号衣，更没作用。又上来了，向我招呼了声，"天津，唉？"我没言语。他向自己说，"问问茶房，"紧跟着一个雷，"茶房！"我后悔了，赶紧的说，"是天津，没错儿。"

"总得问问茶房；茶房！"

我笑了，没法再忍住。

车好容易又从天津开走。

刚一开车，茶房给马裤先生拿来头一份毯子枕头和手巾把。马裤先生用手巾把耳孔鼻孔全钻得到家，这一把手巾擦了至少有一刻钟，最后用手巾擦了擦手提箱上的土。

我给他数着，从老站到总站的十来分钟之间，他又喊了四五十声茶房。茶房只来了一次，他的问题是火车向哪面走呢？茶房的回答是不知道；于是又引起他的建议，车上总该有人知道，茶房应当负责去问。茶房说，连驶车的也不晓得东西南北。于是他几乎变了颜色，万一车走迷了路！？茶房没再回答，可是又掉了几根眉毛。

他又睡了，这次是在头上摔了摔袜子，可是一口痰并没往下睡，而是照顾了车顶。

我睡不着是当然的，我早已看清，除非有一对"避呼耳套"当然不能睡着。可怜的是别屋的人，他们并没预备来熬夜，可是在这种带钩的呼声下，还只好是白瞪眼一夜。

我的目的地是德州，天将亮就到了。谢天谢地！

车在此处停半点钟，我雇好车，进了城，还清清楚楚的听见"茶房！"

一个多礼拜了，我还惦记着茶房的眉毛呢。

载 1933 年《青年界》

开市大吉

我，老王，和老邱，凑了点钱，开了个小医院。老王的夫人作护士主任，她本是由看护而高升为医生太太的。老邱的岳父是庶务兼会计。我和老王是这么打算好，假如老丈人报花账或是携款潜逃的话，我们俩就揍老邱；合着老邱是老丈人的保证金。我和老王是一党，老邱是我们后约的，我们俩总得防备他一下。办什么事，不拘多少人，总得分个党派，留个心眼。不然，看着便不大像回事儿。加上王太太，我们是三个打一个，假如必须打老邱的话。老丈人自然是帮助老邱喽，可是他年岁大了，有王太太一个人就可把他的胡子扯净了。老邱的本事可真是不错，不说屈心的话。他是专门割痔疮，手术非常的漂亮，所以请他合作。不过他要是找揍的话，我们也不便太厚道了。

我治内科，老王花柳，老邱专门痔漏兼外科，王太太是看护士主任兼产科，合着我们一共有四科。我们内科，老老实实的讲，是地道二五八。一分钱一分货，我们的内科收费可少呢。要敲是敲花柳与痔疮，老王和老邱是我们的希望。我和王太太不过是配搭，她就根本不是大夫，对于生产的经验她有一些，因为她自己生过两个小孩。至于接生的手术，反正我有太太决不叫她接生。可是我们得设产科，产科是最有利的。只要顺顺当当的产下来，至少也得住十天半月的；稀粥烂饭的对付着，住一天拿一天的钱。要是不顺顺当当的生产呢，那看事作事，临时再想主意。活人还能叫尿憋死？

我们开了张。"大众医院"四个字在大小报纸已登了一个半月。名字起的好——办什么赚钱的事儿，在这个年月，就是别忘了"大众"。不赚大众的钱，赚谁的？这不是真情实理吗？自然在广告上我们没这么说，因为大众不爱听实话的；我们说的是："为大众而牺牲，为同胞谋幸福。一切科学化，一切平民化，沟通中西医术，打破阶级思想。"真花了不少广告费，本钱是得下一些的。把大众招来以后，再慢慢收拾他们。专就广告上看，谁也不知道我们的医院有多么大。院图是三层大楼，那是借用近邻转运公司的相片，我们一共只有六间平房。

我们开张了。门诊施诊一个星期，人来的不少，还真是"大众"，我挑着那稍像点样子的都给了点各色的苏打水，不管害的是什么病。这样，延迟过一星期好正式收费呀；那真正老号的大众就干脆连苏打水也不给，我告诉他们回家洗洗脸再来，一脸的滋泥，吃药也是白搭。

忙了一天，晚上我们开了紧急会议，专替大众不行啊，得设法找"二众"。我们都后悔了，不该叫"大众医院"。有大众而没贵族，由哪儿发财去？医院不是煤油公司啊，早知道还不如干脆叫"贵族医院"呢。老邱把刀子沾了多少回消毒水，一个割痔疮的也没来！长痔疮的阔老谁能上"大众医院"来割？

老王出了主意：明天包一辆能驶的汽车，我们轮流的跑几趟，把二姥姥接来也好，把三舅母装来也行。一到门口看护赶紧往里搀，接上这么三四十趟，四邻的人们当然得佩服我们。

我们都很佩服老王。

"再赁几辆不能驶的，"老王接着说。

"干吗？"我问。

"和汽车行商量借给咱们几辆正在修理的车，在医院门口放一天。一会儿叫咕嘟一阵。上咱们这儿看病的人老听外面咕嘟咕嘟的响，不知道咱们又来了多少坐汽车的。外面的人呢，老看着咱们的门口有一队汽车，还不唬住？"

我们照计而行，第二天把亲戚们接了来，给他们碗茶喝，又给送走。两个女看护是见一个搀一个，出来进去，一天没住脚。那几辆不能活动而能咕嘟的车由一天亮就运来了，五分钟一阵，轮流的咕嘟，刚一出太阳就围上一群小孩。我们给汽车队照了个像，托人给登晚报。老邱的丈人作了篇八股，形容汽车往来的盛况。当天晚上我们都没能吃饭，车咕嘟得太厉害了，大家都有点头晕。

不能不佩服老王，第三天刚一开门，汽车，进来位军官。老王急于出去迎接，忘了屋门是那么矮，头上碰了个大包。花柳；老王顾不得头上的包了，脸笑得一朵玫瑰似的，似乎再碰它七八个包也没大关系。三言五语，卖了一针六〇六。我们的两位女看护给军官解开制服，然后四只白手扶着他的胳臂，王太太过来先用小胖食指在针穴轻轻点了两下，然后老王才给用针。军官不知道东西南北了，看着看护一个劲儿说："得劲！得劲！得劲！"我在旁边说了话，再给他一针。老邱也是福至心灵，早预备好了——香片茶加了点盐。老王叫看护扶着军官的胳臂，王太太又过来用小胖食指点了点，一针香片下去了。军官还说得劲，老王这回是自动的又给了他一针龙井。我们的医院里吃茶是讲究的，老是香片龙井两着沏。两针茶，一针六〇六，我们收了他二十五块钱。本来应当是十元一针，因为三针，减收五元。我们告诉他还得接着来，有十次管保除根。反正我们有的是茶，我心里说。

把钱交了，军官还舍不得走，老王和我开始跟他瞎扯，我就夸奖他的不瞒着病——有花柳，赶快治，到我们这里来治，准保没危险。花柳是伟人病，正大光明，有病就治，几针六〇六，完了，什么事也没有。就怕像铺子里的小伙计，或是中学的学生，得了药藏藏掩掩，偷偷的去找老虎大夫，或是袖口来袖口去买私药——广告专贴在公共厕所里，非糟不可。军官非常赞同我的话，告诉我他已上过二十多次医院。不过哪一回也没有这一回舒服。我没往下接碴儿。

老王接过去，花柳根本就不算病，自要勤扎点六〇六。军官非常赞同老王的话，并且有事实为证——他老是不等完全好了便又接着去逛；反正再扎几针就是了。老王非常赞同军官的话，并且愿拉个主顾，军官要是长期扎扎的话，他愿减收一半药费：五块钱一针。包月也行，一月一百块钱，不论扎多少针。军官非常赞同这个主意，可是每次得照着今天的样子办，我们都没言语，可是笑着点了点头。

军官汽车刚开走，迎头来了一辆，四个丫环搀下一位太太来。一下车，五张嘴一齐问：有特别房没有？我推开一个丫环，轻轻的托住太太的手腕，搀到小院中。我指着转运公司的楼房说："那边的特别室都住满了。您还算得凑巧，这里——我指着我们的几间小房说——还有两间头等房，您暂时将就一下吧。其实这两间比楼上还舒服，省得楼上楼下的跑，是不是，老太太？"

老太太的第一句话就叫我心中开了一朵花："唉，这还像个大夫——病人不为舒服，上医院来干吗？东生医院那群大夫，简直的不是人！"

"老太太，您上过东生医院？"我非常惊异的问。

"刚由那里来，那群王八羔子！"

乘着她骂东生医院——凭良心说，这是我们这里最大最好的医院——我把她搀到小屋里，我知道，我要是不引着她骂东生医院，她决不会住这间小屋，"您在那儿住了几天？"我问。

"两天；两天就差点要了我的命！"老太太坐在小床上。

我直用腿顶着床沿，我们的病床都好，就是上了点年纪，爱倒。"怎么上那儿去了呢？"我的嘴不敢闲着，不然，老太太一定会注意到我的腿的。

"别提了！一提就气我个倒仰——。你看，大夫，我害的是胃病，他们不给我东西吃！"老太太的泪直要落下来。

"不给您东西吃？"我的眼都瞪圆了。"有胃病不给东西吃？蒙古大夫！就凭您这个年纪？老太太您有八十了吧？"

老太太的泪立刻收回去许多，微微的笑着："还小呢。刚五十八岁。"

"和我的母亲同岁，她也是有时候害胃口疼！"我抹了抹眼睛。"老太太，您就在这儿住吧，我准把那点病治好了。这个病全仗着好保养，想吃什么就吃：吃下去，心里一舒服，病就减去几分，是不是，老太太？"

老太太的泪又回来了，这回是因为感激我。"大夫，你看，我专爱吃点硬的，他们偏叫我喝粥，这不是故意气我吗？"

"您的牙口好，正应当吃口硬的呀！"我郑重的说。

"我是一会儿一饿，他们非到时候不准我吃！"

"胡涂东西们！"

"半夜里我刚睡好，他们把小玻璃棍放在我嘴里，试什么度。"

"不知好歹！"

"我要便盆，那些看护说，等一等，大夫就来，等大夫查过病去再说！"

"该死的玩艺儿！"

"我刚挣扎着坐起来，看护说，躺下。"

"讨厌的东西！"

我和老太太越说越投缘，就是我们的屋子再小一点，大概她也不走了。爽性我也不再用腿顶着床了，即使床倒了，她也能原谅。

"你们这里也有看护呀？"老太太问。

"有，可是没关系，"我笑着说。"您不是带来四个丫环吗？叫她们也都住院就结了。您自己的人当然伺候的周到；我干脆不叫看护们过来，好不好？"

"那敢情好啦，有地方呀？"老太太好像有点过意不去了。

"有地方，您干脆包了这个小院吧。四个丫环之外，不妨再叫个厨子来，您爱吃什么吃什么。我只算您一个人的钱，丫环厨子都白住，就算您五十块钱一天。"

老太太叹了口气："钱多少的没有关系，就这么办吧。春香，你回家去把厨子叫来，告诉他就手儿带两只鸭子来。"

我后悔了：怎么才要五十块钱呢？真想抽自己一顿嘴巴！幸而我没说药费在内；好吧，在药费上找齐儿就是了；反正看这个来派，这位老太太至少有一个儿子当过师长。况且，她要是天天吃火烧夹烤鸭，大概不会三五天就出院，事情也得往长里看。

医院很有个样子了：四个丫环穿梭似的跑出跑入，厨师傅在院中墙根砌起一座炉灶，好像是要办喜事似的。我们也不客气，老太太的果子随便拿起就尝，全鸭子也吃它几块。始终就没人想起给她看病，因为注意力全用在看她买来什么好吃食。

老王和我总算开了张，老邱可有点挂不住了。他手里老拿着刀子。我都直躲他，恐怕他拿我试试手。老王直劝他不要着急，可是他太好胜，非也给医院弄个几十块不甘心。我佩服他这种精神。

吃过午饭，来了！割痔疮的！四十多岁，胖胖的，肚子很大。王太太以为他是来生小孩，后来看清他是男性，才把他让给老邱。老邱的眼睛都红了。三言五语，老邱的刀子便下去了。四十多岁的小胖子疼得直叫唤，央告老邱用点麻药。老邱可有了话：

"咱们没讲下用麻药哇！用也行，外加十块钱。用不用？快着！"

小胖子连头也没敢摇。老邱给他上了麻药。又是一刀，又停住了："我说，你这可有管子，刚才咱们可没讲下割管子。还往下割不割？往下割的话，外加三十块钱。不的话，这就算完了。"

我在一旁，暗伸大指，真有老邱的！拿住了往下敲，是个办法！

四十多岁的小胖子没有驳回，我算计着他也不能驳回。老邱的手术漂亮，话也说得脆，一边割管子一边宣传："我告诉你，这点事儿值得你二百块钱；不过，我们不敲人；治好了只求你给传传名。赶明天你有工夫的时候，不妨来看看。我这些家伙用四万五千倍的显微镜照，照不出半点微生物！"

胖子一声也没出，也许是气胡涂了。

　　老邱又弄了五十块。当天晚上我们打了点酒，托老太太的厨子给作了几样菜。菜的材料多一半是利用老太太的。一边吃一边讨论我们的事业，我们决定添设打胎和戒烟。老王主张暗中宣传检查身体，凡是要考学校或保寿险的，哪怕已经作下寿衣，预备下棺材，我们也把体格表填写得好好的；只要交五元的检查费就行。这一案也没费事就通过了。老邱的老丈人最后建议，我们匀出几块钱，自己挂块匾。老人出老办法。可是总算有心爱护我们的医院，我们也就没反对。老丈人已把匾文拟好——仁心仁术。陈腐一点，不过也还恰当。我们议决，第二天早晨由老丈人上早市去找块旧匾。王太太说，把匾油饰好，等门口有过娶妇的，借着人家的乐队吹打的时候，我们就挂匾。到底妇女的心细，老王特别显着骄傲。

个人计划

没有职业的时候，当然谈不到什么计划——找到事再说。找到了事作，生活较比的稳定了，野心与奢望又自减缩——混着吧，走到哪儿是哪儿；于是又忘了计划。过去的几年总是这样，自己也闹不清是怎么过来的。至于写小说，那更提不到计划。有朋友来信说"作"，我就作；信来得太多了呢，便把后到的辞退，说上几声"请原谅"。有时候自己想写一篇，可是一搁便许搁到永远。一边作事，一边写作，简直不是回事儿！

一九三四年了，恐怕又是马虎的过去。不过，我有个心愿：希望能在暑后不再教书，而专心写文章，这个不是容易实现的。自己的负担太重，而写文章的收入又太薄；我是不能不管老母的，虽然知道创作的要紧。假如这能实现，我愿意暑后到南方去住些日子；杭州就不错，那里也有朋友。

不论怎样吧，这是后半年的话。前半年呢，大概还是一边教书，一边写点东西。现在已经欠下了好几个刊物的债，都该在新年后还上，每月至少须写一短篇。至于长篇，那要看暑假后还教书与否；如能辞退教职，自然可以从容的乱写了。不能呢，长篇即没希望。我从前写的那几本小说都成于暑假与年假中，因除此再找不出较长的时间来。这么一来，可就终年苦干，一天不歇。明年暑假决不再这么干，我的身体实在不能说是很强壮。春假想去跑泰山，暑假要到非避暑的地方去避暑——真正避暑的地方不是为我预备的。我只求有个地点休息一下，暑一点也没关系。能一个月不拿笔，就是死上一回也甘心！

提到身体，我在四月里忽患背痛，痛得翻不了身，许多日子也不能"鲤鱼打挺"。缺乏运动啊。篮球足球，我干不了，除非有意结束这一辈子。于是想起了练拳。原先我就会不少刀枪剑戟——自然只是摆样子，并不能去厮杀一阵。从五月十四开始又练拳，虽不免近似义和团，可是真能运动运动。因为打拳，所以起得很早；起得早，就要睡得早；这半年来，精神确是不坏，现在已能一气练下四五趟拳来。这个，我要继续下去，一定！

自从我练习拳术，舍猫小球也胖了许多，因我一跳，她就扑我的腿，以为我是和她玩耍呢。她已一岁多了，尚未生小猫。扑我的腿，和有时候高声咪喵，或系性欲的压迫，我在来年必须为她定婚，这也在计划之中。

至于钱财，我向无计划。钱到手不知怎么就全另找了去处。来年呢，打算要小心一些。书，当然是要买的。饭，也不能不吃。要是俭省，得由零花上设法。袋中至多只带一块钱是个好办法；不然，手一痒则钞票全飞。就这样吧，袋中只带一元，想进铺子而不敢，则得之矣。

这像个计划与否，我自己不知道。不过，无论怎样，我是有志向善，想把生活"计划化"了。"计划化"惯了，生命就能变成个计划。将来不幸一命身亡，会有人给立一小块石碑，题曰"舒计划葬于此"。新年不宜说丧气话，那么，取销这条。

载 1934 年 1 月《东方杂志》第 31 卷第 1 期

自传难写

　　自古道：今儿个晚上脱了鞋，不知明日穿不穿；天有不测的风云啊！为留名千古，似应早早写下自传；自己不传，而等别人偏劳，谈何容易！以我自己说吧，眼看就快四十了，万一在最近的将来有个山高水远，还没写下自传，岂不是大大的一个缺憾？！

　　可是，说起来就有点难受。自传不难哪，自要有好材料。材料好办；"好材料"，哼，难！自传的头一章是不是应当叙说家庭族系等等？自然是。人由何处生，水从哪儿来，总得说个分明。依写传的惯例说，得略述五千年前的祖宗是纯粹"国种"，然后详道上三辈的官衔，功德，与著作。至少也得来个"清封大夫"的父亲，与"出自名门"的母亲。没有这么适合体裁的双亲，写出去岂不叫人笑掉门牙！您看，这一招儿就把咱撅个对头弯；咱没有这种父母，而且准知道五千年前的祖宗不见得比我高明。好意思大书特书"清封普罗大夫"，与"出自不名之门"么？就是有这个勇气，也危险呀：普罗大夫之子共党耳，推出斩首，岂不糟了？！英雄不怕出身低，可也得先变成英雄啊。汉刘邦是小小的亭长，淮阴侯也讨过饭吃，可是人家都成了英雄，自然有人捧场喝彩。咱是不是英雄？对镜审查，不大像！

　　自传的头一章根本没着落。

再说第二章吧。这儿应说怎么降生：怎么在胎中多住了三个多月，怎么产房里闹妖精，怎么天上落星星，怎么生下来啼声如豹，怎么左手拿着块现洋……我细问过母亲，这些事一概没有。母亲只说：生下来奶不足，常贴吃糕干——所以到如今还有时候一阵阵的发胡涂。

第二章又可以休矣。

第三章得说幼年入学的光景喽。"幼怀大志，寡言笑，囊萤刺股……"这多么好听！可是咱呢，不记得有过大志，而是见别人吃糖馅烧饼就馋得慌——到如今也没完全改掉。逃学的事倒不常干。而挨手板与罚跪说起来似乎并不光荣。第三章，即使勉强写出，也不体面。

没有前三章，只好由第四章写了，先不管有这样的书没有。这一章应写青春时期。更难下笔。假如专为泄气，又何必自传；当然得吹腾着点儿。事情就奇怪，想吹都吹不起来。人家牛顿先生看苹果落地就想起那么多典故来，我看见苹果落地——不，不等它落地就摘下来往嘴里送。青春时期如此，现在也没长进多少，不但没作过惊天动地的事，而且没有存过惊天动地的心。偶尔大喊一声，天并不惊；跺地两脚，地也不动。第四章又是糖心的炸弹，没响儿！

以下就不用说了，伤心！

自传呢，下世再说。好在马上为善，或者还不太晚，多积点阴功，下辈子咱也生在贵族之家，专是自传的第一章就能写八万字。气死无数小布尔乔亚。等着吧，这个事是急不得的。

载 1934 年 1 月《大众画报》第 3 期

眼　镜

宋修身虽然是学着科学，可是在日常生活上不管什么科学科举的那一套。他相信饭馆里苍蝇都是消过毒的，所以吃芝麻酱拌面的时候不劳手挥目送的瞎讲究。他有对儿近视眼，也有对儿近视镜。可是他除非读书的时候不戴上它们。据老说法：越戴镜子眼越坏。他信这个。得不戴就不戴，譬如走路逛街，或参观运动会的时候，他的镜子是在手里拿着。即使什么也看不见，而且脑袋常常的发晕，那也活该。

他正往学校里走。溜着墙根，省得碰着人；不过有时候踩着狗腿。这回，眼镜盒子是卷在两本厚科学杂志里。他准知道这个办法不保险，所以走几步，站住摸一摸。把镜子丢了，上堂听课才叫抓瞎。况且自己的财力又不充足，买对眼镜说不定就会破产。本打算把盒子放在袋里，可是身上各处的口袋都没有空地方：笔记本，手绢，铅笔，橡皮，两个小瓶，一块吃剩下的烧饼，都占住了地盘。还是这么拿着吧，小心一点好了；好在盒子即使掉在地上也会有响声的。

一拐弯，碰上了个同学。人家招呼他，他自然不好不答应。站住说了几句。来了辆汽车，他本能的往里手一躲，本来没有躲的必要，可是眼力不济，得特别的留神，于是把鼻子按在墙上。汽车和朋友都过去了，他紧赶了几步，怕是迟到。走到了校门，一摸，眼镜盒子没啦！登时头上见了汗。抹回头去找，哪里有个影儿。拐弯的地方，老放着几辆洋车。问拉车的，他们都没看见，好像他们也都是近视眼似的。又往回找到校门，只摸了两手的土。心里算是别扭透了！掏出那块干烧饼狠命的摔在校门上，假如口袋里没这些零碎？假如不是遇上那个臭同学？假如不躲那辆闯丧的汽车？巧！越巧心里越堵得慌！一定是被车夫拾了去，瞪着眼不给，什么世界！天天走熟了的路，掉了东西会连告诉一声都不告诉，而捡起放在自己的袋里？一对近视镜有什么用？

宋修身的鼻子按在墙上的时候，眼镜盒子落在墙根。车夫王四看见了。

王四本想告诉一声，可是一看是"他"，一年到头老溜墙根，没坐过一回车。话到了嘴边，又回去了。汽车刚拐过去，他顺手捡起盒子，放在腰中。

当着别的车夫，不便细看，可是心中不由得很痛快，坐在车上舒舒服服的微笑。

他看见宋修身回来了，满头是汗，怪可怜的。很想拿出来还给他。可是别人都说没看见，自己要是招认了，吃了又吐，怪不好意思的。况且给他也是白给，他还能给点报酬？白叫他拿去，而且还得叫朋友们奚落一场——喝，拾了东西连一声都不出，怕我们抢你的？喝，拾了又白给了人家，真大方？莫若也说没看见。拾了就是拾了，活该。学生反正比拉车的阔。

宋修身往回走，王四拉起车来，搭讪着说，"别这儿耗着啦，东边去搁会儿。"心里可是说，"今儿个咱算票不了啦，连盒子带镜子还不卖个块儿八七的？！"到了个僻静地方，放下车，把盒子掏出来。

好破的盒子，大概换洋火也就是换上一小包。盒子上面的布全磨没了，倒好，油汪汪的，上边还好像粘着点柿子汁儿。打开，眼镜框子还不坏，挺粗挺黑——王四就是不喜欢细铁丝似的那路镜框，看见戴稀软活软的镜框的人，他连"车"也不问一声。用手弹了弹耳插子，不像是铁的，可也不是木头的——许是玳瑁的！他心中一跳。

镜子真脏，往外凸着，上面净是一圈一圈的纹，腻着一圈圈的土，越到镜边上越厚。镜子底下还压着半根火柴。他把火柴划着，扔在地上。从车厢里拿出小破蓝布掸子来。给镜子哈了两口气，开始用掸子布擦。连哈了四次气，镜子才有个样儿；又沾了一回唾沫，才完全擦干净。自己戴了戴，不行，架子太小，戴不上；宋修身本是个小头小脸的人。"卖不出去，连自己戴着玩都不行！"王四未免有点失望。可是继而一想：拉车戴眼镜，不大像样儿；再说，怎能卖不出去呢？

拉着车，找着一个破货摊。"嗐，卖给你这个。"

"不要。"摆摊的人——一个红鼻子黄眼的家伙——连看也没看，虽然他的摊上有许多眼镜，而且有老式绣花的镜套子呢。

王四不想打架，连"妈的真和气！"都没说出声来。

又遇上个挑筐买卖破烂的，"嗐，卖给你这个，玳瑁框子！"

"没见过这样的玳瑁！"挑筐的看了一眼，"干脆要多少钱？"

"干脆你给多少？"王四把镜子递过去。

"二十子儿。"

"什么？"王四把镜子抢回来。

"给的不少。平光好卖，老花镜也好卖；这是近视镜。框子是化学的，说不定挑来挑去就弄碎了；白赔二十枚。"

王四的心凉了，可是还不肯卖；二十子？早知道还送给那个溜墙根的学生呢！

不卖了，他决定第二天把镜子送归原主；也许倒能得几毛钱的报酬。

第二天早晨，王四把车放在拐弯的地方。学校打了钟，溜墙根的近视眼还没来。一直等到十点多，还是没他的影儿。拉了趟买卖，约摸有十二点多了，又特意放回来。学生下了课，只是不见那个近视眼。

宋修身没来上课。

眼镜丢了以后，他来到教室里。虽然坐在前面，黑板上的字还是模糊不清。越看不清，越用力看；下了课，他的脑袋直抽着疼。他越发心里堵得慌。第二堂是算术习题。他把眼差不多贴在纸上，算了两三个题，他的心口直发痒，脑门非常的热。他好像把自己丢失了。平日最欢喜算术，现在他看着那些字码心里起急。心中熟记的那些公式，都加上了点新东西——眼镜，汽车，车夫。公式和懊恼搀杂在一块，把最喜爱的一门功课变成了最讨厌的一些气人的东西。他不能再安坐在课室里，他想跑到空旷的地方去嚷一顿才痛快。平日所不爱想的事，例如生命观等，这时候都在心中冒出来。一个破近视镜，拾去有什么用？可是竟自拾去！经济的压迫，白拾一根劈柴也是好的。不怨那个车夫。虽然想到这个，心中究竟是难过。今天的功课交不上。明天当然还是头疼。配镜子去，作不到。学期开始的时候，只由家中拿来七十几块钱，下俩月的饭费还没有着落。家中打的粮不少，可是卖不出去。想到了父亲，哥哥，一天到头受苦受累，粮可是卖不出去。平日他没工夫想这些问题，也不肯想这些问题；今天，算术的公式好像给它们匀出来点地方。他想不出一个办法，他头一次觉得生命没着落，好像一切稳定的东西都随着眼镜丢了，眼前事事模糊不清。他不想退学，也想不出继续求学的意义。

长极了的一点钟，好容易才过去。下课的钟声好像不和平日一样，好像有点特别的声调，是一种把大家都叫到野地去喊叫的口令。他出了教室，有一股怨气引着他走出校门；第三堂不上了，也没去请假。他就没想到还有什么第三堂，什么请假的规则。

溜着墙根，他什么也没想，又像想着点什么。到了拐弯的地方，他想起眼镜。几个车夫在那儿说话呢，他想再过去问问他们，可是低着头走了过去。

第二天，他没去上课。

王四没有等到那个近视眼。一天的工夫，心老在车厢里——那里有那个破眼镜盒子。不知道为什么老忘不了它。

将要收车的时候，小赵来了。小赵家里开着个小杂货铺，可是他不大管铺子里的事。他的父亲很希望他能管点事，可是叫他管事他就偷钱；儿子还不如伙计可靠呢。小赵的父亲每逢行个人情，或到庙里烧香，必定戴上平光的眼镜——八毛钱在小摊儿上买的。大铺户的掌柜和先生们都戴平光的眼镜，以便在戏馆中，庙会上，表示身份。所以小铺掌柜也不能落伍。小赵并不希望他父亲一病身亡，虽然死了也并没大关系。假如父亲马上死了，他想不出怎样表示出他变成了正式的掌柜，除非他也戴上平光的眼镜。八毛钱买的眼镜，价值不限于八毛。那是掌权立业，袋中老带着几块现洋的象征。

他常和王四们在一块儿。每逢由小铺摸出几毛来，他便和王四们押个宝，或者有时候也去逛个土窑子。车夫们都管他叫"小赵"，除非赌急红了脸才称呼他"少掌柜"，而在这种争斗的时节，他自己也开始觉到身份。平日，他没有什么脾气，对王四们都很"自己"。

"押押？我的庄？"小赵叫他们看了看手中的红而脏的毛票，然后掏出烟卷，吸着。

王四从耳朵上取下半截烟，就着小赵的火儿吸着。

大家都蹲在车后面。

不大一会儿，王四那点铜子全另找到了主人。他脑袋上的筋全不服气的涨起来。想往回捞一捞——"嘻，红眼，借给我几个子儿！"

红眼把手中的铜子押上，押了五道；手中既空，自然不便再回答什么，挤着红眼专等看骰子。

王四想不出招儿来。赌气立起来，向四外看了看，看有巡警往这里来没有。虽然自己是输了，可是巡警要抓的话，他也跑不了。

小赵赢了，问大家还接着干不。大家还愿意干，可是小赵得借给他们资本。小赵满手是土，把铜子和毛票一齐放在腰里："别套着烂，要干，拿钱。"

大家快要称呼他"少掌柜"了。卖烧白薯的李六过来了。"每人一块，赵掌柜的给钱！"小赵要宴请众朋友。"这还不离，小赵！"大家围上了白薯挑子。王四也弄了块，深呼吸的吃着。

吃完白薯，王四想起来了："小赵，给你这个。"从车厢里把眼镜找出来："别看盒子破，里面有好玩艺儿。"

小赵一见眼镜，"掌柜的"在心中放大起来；把没吃完的白薯扔在地上，请了野狗的客。果然是体面的镜子，比父亲的还好。戴上试试。不行，"这是近视镜，戴上发晕！"

"戴惯就好了，"王四笑着说。

"戴惯？为戴它，还得变成近视眼？"小赵觉得不上算，可是又真爱眼镜。试着走了几步。然后，摘下来，看看大家。大家都觉得戴上镜子确是体面。王四领着头说：

"真有个样儿！"

"就是发晕呢！"小赵还不肯撒手它。

"戴惯就好了！"王四觉得只有这一句还像话。

小赵又戴上镜子，看了看天。"不行，还是发晕！"

"你拿着吧，拿着吧。"王四透着很"自己"。"送给你的，我拿着没用。拿着吧，等过二年，你的眼神不这么足了，再戴也就合适了。"

"送给我的？"小赵钉了一句。"真的？操！换个盒子还得好几毛！"

"真送给你，我拿着没用；卖，也不过卖个块儿八七的！"王四更显着"自己"了。

"等我数数，"小赵把毛票都掏出来，给了李六白薯钱。"还有六毛，才他妈的赢了两毛！"

"你还有铜子呢！"有人提醒他一声。

"至多也就有一毛来钱的铜子，"小赵可是没往外掏它们，大家也不就深信他的话。小赵可是并不因为赢得少而不高兴；他的确很欢喜。往常，他每耍必输。输几毛原不算什么，不过被大家拿他当"大头"，有些难堪。今天总算恢复了名誉，虽然连铜子算上才三毛来钱——也许是三毛多，铜子的分量怪沉的吗。"王四，我也不白要你的。看见没？有六毛。你三毛，我三毛，像回事儿不像？"

王四没想到他能给三毛。他既然开通，不妨再挤一下："把铜子再掏出点来，反正是赢去的。"

"吹！吉祥钱，腰里带着好。明儿个还得跟你们干呢！"小赵觉得明天再来，一定还要赢的。这两天运气必是不坏。

"好啦，三毛。三毛买那么好的镜子！"王四把票子接过来。放在贴肉的小兜里。

"你不是说送给我吗？这小子！"

"好啦，好啦，朋友们过得多，不在乎这个。"

小赵把眼镜放在盒子里，走开。"明儿再干！"走了几步，又把盒子打开。回头看了看，拉车的们并没把眼看着他。把镜子又戴上，眼前成了模糊的一片。可是不肯马上摘下来——戴惯就好了。他觉得王四的话有理。有眼镜不戴，心中难过。况且掌柜们都必须戴镜子的。眼镜，手表，再安上一个金门牙；南岗子的小凤要不跟我才怪呢！

刚一拐弯，猛的听见一声喇叭。他看不清，不知往哪面儿躲。他急于摘镜子……

学校附近，这些日子了，不见了溜墙根的近视学生，不见了小赵，不见了王四。"王四这些日子老在南城搁车，"李六告诉大家。

观画记

看我们看不懂的事物，是很有趣的；看完而大发议论，更有趣。幽默就在这里。怎么说呢？去看我们不懂得的东西，心里自知是外行，可偏要装出很懂行的样子。譬如文盲看街上的告示，也歪头，也动嘴唇，也背着手；及至有人问他，告示上说的什么，他答以正在数字数。这足以使他自己和别人都感到笑的神秘，而皆大开心。看完再对人讲论一番便更有意思了。譬如文盲看罢告示，回家对老婆大谈政治，甚至因意见不同，而与老婆干起架来，则更热闹而紧张。

新年前，我去看王绍洛先生个人展览的西画。济南这个地方，艺术的空气不像北平那么浓厚。可是近来实在有起色，书画展览会一个接着一个的开起来。王先生这次个展是在十二月二十三日到二十五日。只要有图画看，我总得去看看。因为我对于图画是半点不懂，所以我必须去看，表示我的腿并不外行，能走到会场里去。一到会场，我很会表演。先在签到簿上写上姓名，写得个儿不小，以便引起注意而或者能骗碗茶喝。要作品目录，先数作品的号码，再看标价若干，而且算清价格的总积：假如作品都售出去，能发多大的财。我管这个叫作"艺术的经济"。然后我去看画。设若是中国画，我便靠近些看，细看笔道如何，题款如何，图章如何，裱的绫子厚薄如何。每看一项，或点点头，或摇摇首，好像要给画儿催眠似的。设若是西洋画，我便站得远些看，头部的运动很灵活，有时为看一处的光线，能把耳朵放在肩膀上，如小鸡蹭痒痒然。这看了一遍，已觉有点累得慌，就找个椅子坐下，眼睛还盯着一张画死看，不管画的好坏，而是因为它恰巧对着那把椅子。这样死盯，不久就招来许多人，都要看出这张图中的一点奥秘。如看不出，便转回头来看我，似欲领教者。我微笑不语，暂且不便泄露天机。如遇上熟人过来问，我才低声的说："印象派，可还不到后期，至多也不过中期。"或是："仿宋，还好；就是笔道笨些！"我低声的说，因为怕叫画家自己听见；他听不见呢，我得虎就虎，心中怪舒服的。

其实，什么叫印象派，我和印度的大象一样不懂。我自己的绘画本事限于画"你是王八"的王八，与平面的小人。说什么我也画不上来个偏脸的人，或有四条腿的椅子。可是我不因此而小看自己；鉴别图画的好坏，不能专靠"像不像"；图画是艺术的一支，不是照相。呼之为牛则牛，呼之为马则马；不管画的是什么，你总得"呼"它一下。这恐怕不单是我这样，有许多画家也是如此。我曾看见一位画家在纸上涂了几个黑蛋，而标题曰"群雏"。他大概是我的同路人。他既然能这么干，怎么我就不可以自视为天才呢？那么，去看图画；看完还要说说，是当然的。说得对与不对，我既不负责任，你干吗多管闲事？这不是很逻辑的说法吗？

我不认识王绍洛先生。可是很希望认识他。他画得真好。我说好，就是好，不管别人怎么说。我爱什么，什么就好，没有客观的标准。"客观"，顶不通。你不自己去看，而派一位代表去，叫作客观；你不自己去上电影院，而托你哥哥去看贾波林，叫作客观；都是傻事，我不这么干。我自己去看，而后说自己的话；等打架的时候，才找我哥哥来揍你。

王先生展览的作品：油画七十，素描二十四，木刻七。在量上说，真算不少。对于木刻，我不说什么。不管它们怎样好，反正我不喜爱它们。大概我是有点野蛮劲，爱花红柳绿，不爱黑地白空的东西。我爱西洋中古书籍上那种绘图，因为颜色鲜艳。一看黑漆的一片，我就觉得不好受。木刻，对于我，好像黑煤球上放着几个白元宵，不爱！有人给我讲过相对论，我没好意思不听，可是始终不往心里去；不论它怎样相对，反正我觉得它不对。对木刻也是如此，你就是说得天花乱坠，还是黑煤球上放白元宵。对于素描，也不爱看，不过瘾；七道子八道子的！

我爱那些画。特别是那些风景画。对于风景画，我爱水彩的和油的，不爱中国的山水。中国的山水，一看便看出是画家在那儿作八股，弄了些个起承转合，结果还是那一套。水彩与油画的风景真使我接近了自然，不但是景在那里，光也在那里，色也在那里，它们使我永远喜悦，不像中国山水画那样使我离开自然，而细看笔道与图章。这回对了我的劲，王先生的是油画。他的颜色用得真漂亮，最使我快活的是绿瓦上的那一层嫩绿——有光的那一块儿。他有不少张风景画，我因为看出了神，不大记得哪张是哪张了。我也不记得哪张太刺眼，这就是说都不坏，除了那张《汇泉浴场》似乎有点俗气。那张《断墙残壁》很好，不过着色太火气了些；我提出这个，为是证明他喜欢用鲜明的色彩。他是宜于画春夏景物的，据我看。他能画得干净而活泼；我就怕看抹布颜色的画儿。

关于人物，《难民》与《忏悔》是最惹人注意的。我不大爱那三口儿难民，觉得还少点憔悴的样子。我倒爱难民背后的设景：树，远远的是城，城上有云；城和难民是安定与漂流的对照，云树引起渺茫与穷无所归之感。《官邸与民房》也是用这个结构——至少是在立意上。最爱《忏悔》。裸体的男人，用手捧着头，头低着。全身没有一点用力的地方，而又没一点不在紧缩着，是忏悔。此外还有好几幅裸体人形，都不如这张可喜。永不喜看光身的大胖女人，不管在技术上有什么讲究，我是不爱看"河漂子"的。

花了两点钟的工夫，还能不说几句么？于是大发议论，大概是很臭。不管臭不臭吧，的确是很佩服王先生。这决不是捧场；他并没见着我，也没送给我一张画。我说他好歹，与他无关，或只足以露出我的臭味。说我臭，我也不怕，议论总是要发的。伟人们不是都喜欢大发议论么？

载 1934 年 2 月《青年界》第 5 卷第 2 期

《老舍幽默诗文集》序

不断的有人问我：什么是幽默？我不是美国的幽默学博士，所以回答不出。

可是从实际上看，也能看出一点意思来，虽然不见得正确，但"有此一说"也就不坏。有人这么说："幽默就是讽刺，讽刺是大不该当；所以幽默的文字该禁止，而写这样文字的人该杀头。"这很有理。杀头是好玩的事。被杀者自然也许觉到点痛苦，可是死后或者也就没什么了。所以说，这很有理。

也有人这么说："幽默是将来世界大战的总因；往小处说，至少是文艺的致命伤。"这也很有理。凡是一句话，就有些道理，故此语也有理。

可是有位朋友，大概因为是朋友，这么告诉我："幽默就是开心，如电影中的胖哈台与瘦劳莱，如国剧中的《打沙锅》与《瞎子逛灯》，都是使人开心的玩艺。笑为化食糖，所以幽默也不无价值。"这很有理，因为我自己也爱看胖哈台与瘦劳莱。

另一位朋友——他去年借了五十块钱去，至今没还给我——说："幽默就是讨厌，贫嘴恶舌，和说'相声'的一样下贱！"这很有理。不过我打算告诉他："五十块钱不要了。"这也许能使他换换口气。可是这未必实现；那么，我得说他有理；不然，他更不愿还债了。万一我明天急需五十元钱呢？无论怎样吧，不得罪人为妙。

这些都很有理。只有王二哥说的使我怀疑。他是喝过不少墨水的人，一肚子莎士比亚与李太白。他说："幽默是伟大文艺的一特征。"我不敢深信这句话，虽然也觉得怪有理。

更有位学生，不知由哪里听来这么一句："幽默是种人生的态度，是种宽宏大度的表现。"他问我这对不对。我自然说，这很有理了。学生到底是学生，他往下死钉，"为什么很有理呢？"我想了半天才答出来："为什么没有理呢？"

以上各家之说，都是近一二年来我实际听到的，按公说公有理，婆说婆有理的公式，大家都对——说谁不对，谁也瞪眼，不是吗？

此外我还见到一些理论的介绍，什么西班牙的某人对幽默的解释，什么东班牙的某太太对幽默的研究，……也都很有理；西班牙人说的还能没理么？

我保管你能明白了何为幽默，假如你把上面提到那些说法仔细琢磨一下。设若你还不明白，那么，不客气的说，你真和我一样的胡涂了。

说起"胡涂"来，我近几日非常的高兴，因为在某画报上看见一段文字——题目是《老舍》，里边有这么两句："听说他的性情非常胡涂，抽经抽得很厉害。从他的作品看来，说他性情胡涂，也许是很对的。""抽经"的"经"字或者是个错字，我不记得曾抽过《书经》或《易经》。至于"性情非常胡涂"，在这个年月，是很不易得的夸赞。在如今文明的世界，朋友见面有几个不是"嘴里说好话，脚底下使绊儿"的？彼此不都是暗伸大指，嫉羡对方的精明，而自己拉好架式，以便随时还个"窝里发炮"

么？而我居然落了个"非常胡涂"，我大概是要走好运了！

有了这段胡涂论，就省了许多的麻烦。是这么回事；人们不但问我，什么是幽默；而且进一步的问：你怎么写的那些诗文？你为什么写它们？谁教给你的？你只是文字幽默呢，还是连行为也幽默呢？我没法回答这些问题，可是也没法子只说"你问的很有理"，而无下回分解。现在我有了办法："这些所谓的幽默诗文，根本是些胡涂东西——'从他的作品看来，说他性情胡涂，也许是很对的。'"设若你开恩，把这里的"也许"除去，你也就无须乎和个胡涂人捣乱了。你看这干脆不？

这本小书的印成，多蒙陶亢德与林语堂两先生的帮忙，在此声谢；礼多人不怪。

舍猫小球昨与情郎同逃，胡涂人有胡涂猫，合并声明。

老舍　狗年春初，济南

载《老舍幽默诗文集》，1934 年 4 月时代图书公司

考而不死是为神

考试制度是一切制度里最好的，它能把人支使得不像人了，而把脑子严格的分成若干小块块。一块装历史，一块装化学，一块……

比如早半天考代数，下午考历史，在午饭的前后你得把脑子放在两个抽屉里，中间连一点缝子也没有才行。设若你把 X+Y 和一八二八弄到一处，或者找唐朝的指数，你的分数恐怕是要在二十上下。你要晓得，状元得来个一百分呀。得这么着：上午，你的一切得是代数，仿佛连你是黄帝的子孙，和姓字名谁，全根本不晓得。你就像刚由方程式里钻出来，全身的血脉都是 X 和 Y。赶到刚一交卷，你立刻成了历史，向来没听说过代数是什么。亚历山大、秦始皇等就是你的爱人，连他们的生日是某年某月某时都知道。代数与历史千万别联宗，也别默想二者的有无关系，你是赴考呀，赴考的期间你别自居为人，你是个会吐代数、吐历史的机器。

这样考下去，你把各样功课都吐个不大离，好了，你可以现原形了；睡上一天一夜，醒来一切茫然，代数历史化学诸般武艺通通忘掉，你这才想起"妹妹我爱你"。这是种蛇脱皮的工作，旧皮脱尽才能自由；不然，你这条蛇不会得到文凭，就是你爱妹妹，妹妹也不爱你，准的。

最难的是考作文。在化学与物理中间，忽然叫你"人生于世"。你的脑子本来已分成若干小块，分得四四方方，清清楚楚，忽然来了个没有准地方的东西，东扑扑个空，西扑扑个空，除了出汗没有合适的办法。你的心已冷两三天，忽然叫你拿出情绪作用，要痛快淋漓，慷慨激昂，假如题目是"爱国论"，或"天下兴亡匹夫有责"；你的心要是不跳吧，笔下便无血无泪；跳吧，下午还考物理呢。把定律们都跳出去，或是跳个乱七八糟，爱国是爱了，而定律一乱则没有人替你整理，怎办？幸而不是爱国论，是山中消夏记，心无须跳了。可是，得有诗意呀。仿佛考完代数你更文雅了似的！假如你能逃出这一关去，你便大有希望了，够分不够的，反正你死不了了。被"人生于世"憋死，不是什么稀罕的事。

说回来，考试制度还是最好的制度。被考死的自然无须再提。假若考而不死，你放胆活下去吧，这已明明告诉你，你是十世童男转身。

载 1934 年 7 月 1 日《论语》第 44 期

神的游戏

　　戏剧不是小说。假若我是个木匠；我一定说戏剧不是大锯。由正面说，戏剧是什么，大概我和多数的木匠都说不上来。对戏剧我是头等的外行。

　　可是，我作过戏剧。这只有我与字纸篓知道。看别人写戏，我也试试，正如看别人下海，我也去涮涮脚。原来戏剧和小说不是一回事。这个发现，多少是恼人的。

　　"小说是袖珍戏园。"不错。连卖瓜子的打手巾把的都有地位。形容那位睡着了的观客，和他的梦，都无所不可。一出戏，非把卖瓜子的逐出去不可，那位作梦的先生也该枪毙。戏剧限于台上那点玩艺，而且必定不许台下有人睡觉。一些布景，几个人，说说笑笑或哭哭啼啼，这要使人承认为艺术；天哪，难死人也，景片的绳子松了一些，椅子腿有点活动，都不在话下；她一个劲儿使人明白人生，认识生命，拿揭显代替形容，拿吵嘴当作哲理，这简直不可能。可是真有会干这个的！

　　设若戏剧是"一个"人的发明，他必是个神。小说，二大妈也会是发明人。从头说起吧。立意有了，人物，地点，时间，也都有了，这不应很乐观么？是。于是提起笔来，终于放下，让谁先出来呢？设若是小说，我就大有办法。我能叫一混成旅人一齐出来，也能叫一个人没有而大讲秋天的红叶。戏剧家必是个神，他晓得而且毫不迟疑的怎样开始。他似乎有件法宝，一祭起便成了个诛仙阵，把台下的众灵魂全引进阵去。并且是很简单呀，没有说明书，没有开场词，没有名人的介绍；一开幕便单摆浮搁的把阵式列开，一两个回合便把人心捉住，拿活人演活人的事，而且叫台下的活人郑重其事的感到一些什么，傻子似的笑或落泪。这个本事是真本事，我只能使眼前的白纸老那么白着吧。请想，我面对面的，十二分诚恳的，给二大妈述说一件事，她还不能明白，或是不愿听；怎样将两个人放在台上交谈一阵，就使他明白而且乐意听呢？大概不是她故意与我作难，就是我该死。

勉强的打了个头儿。一开幕，一胖一瘦在书房内谈话，窗外有片雪景，不坏。胖子先说话，瘦子一边听一边看报。也好。谈了两三分钟，胖子和瘦子的话是一个味儿，话都非常的漂亮，只是显不出胖子是怎么个人，瘦子是怎么个人。把笔放下，叹气。

过了十分钟，想起来了。该上女角了。女角一露面，胖子和瘦子之间便起了冲突，一起冲突便有了人格。好极了。女角出来了。她也加入谈话，三个人说的都一个味儿，始终是白开水。她打扮得很好，长得也不坏，说话也漂亮；她是怎么个人呢？没办法。胖子不替她介绍，瘦子也不管详述族谱，她自己更不好意思自述。这位救命星原来也是木头的。字纸篓里增多了两三张纸。

天才不应当承认失败，再来。这回，先从后头写。问题的解决是更难写的；先解决了，然后再倒转回来补充，似乎更保险。小说不必这样，因为无结果而散也是真实的情形。戏剧必须先作茧，到末了变出蛾子来。是的，先出蛾子好了。反正事实都已预备好，只凭一写了。写吧。胖子瘦子和姑娘又都出来了。还是木头的。瘦子娶了姑娘，胖子饮鸩而死，悲剧呀。自己没悲，胖子没悲，虽然是死了！事实很有味儿，就是人始终没活着。胖子和瘦子还打了一场呢，白打，最紧张处就是这一打，我自己先笑了。

念两本前人的悲剧，找点诀窍吧。哼！事实不如我的奇，穿插不如我的巧，言语没有我的俏，可是，也不是从哪找来的，前前后后，里里外外，有股悲劲萦绕回环，好似与人物事实平行着一片秋云，空气便是凉飕飕的。不是闹鬼；定是有神。这位神，把人与事放在一个悲的宇宙里。不知他是先造的人呢，还是先造的那个宇宙。一切是在悲壮的律动里，这个律动把二大妈的泪引出来，满满的哭了两三天，泪越多心里越痛快。二大妈的灵魂已到封神台下去，甘心的等着被封为——哪怕是土地奶奶呢，到底是入了神界！

我完了。神始终不照顾我。他不给我这点力量。我的眼总是迷糊，看不见那立体的一小块——其中有人有事有说有笑，一小块人生，一小块真理，一小块悲史，放在心里正合适，放在宇宙里便和宇宙融成一体，如气之与风。戏剧呀，神的游戏。木匠，还是用你的锯吧。

载 1934 年 7 月 14 日《大公报》

《牛天赐传》广告

《论语》编辑部早就约我写篇较长的文章，有种种原因使我不敢答应。眼看到暑假了，编辑先生的信又来到，附着请帖，约定在上海吃饭。赔上几十块路费，也得去呀，交情要紧。继而一想，不赔上路费而也能圆上脸，有没有办法呢？这一想，便中了计：写文章吧，没有旁的可说。答应了。

答应了，紧跟着是绑上帐来；你到底写什么呢？先具个简单说明，以便预告给读者。我是有罪不敢抬头——写什么？我自己也愿意知道呀！

这可真难倒了英雄好汉。大体上说，长篇总是小说喽；我没有写史诗的本领，对戏剧是超等外行。对科学哲学又都二五八；只能写小说——好坏是另一个问题。

什么样的小说呢？是呀，什么样的小说呢？又被问住了。内容大概是怎回事？赶快想吧，想了好久，决定写《牛天赐传》。为什么？不能说，说破就不灵了。内容？还是不能说，没想出来呢。再逼我，要上吊去了。一定会有这么个"传"，里边有个"牛天赐"。他也许是英雄，碰巧也许是英雄的弟弟。也许写他的一生，也许写他的半生。没有三角恋爱，也许有。

幽默？一定！虽然这很伤心。怎么说呢？是这样：我原想从今以后不再写幽默的文章。有好几位朋友劝告我：老弟，你也该写点郑重的东西，老大不小的了，总是嘻嘻哈哈？这确是良言。于是我决定暂行搁笔，板起面孔者两月有余。敢情不行。一个人的时间有限，才力有限，鸭子上树还不如乌鸦顺眼呢。假若我不忙，也许破出十年功夫写本有点思想的东西。可是我老忙，忙得没工夫去想。在忙中而能写出的那一点，只有幽默。这是我的"地才"——说"天才"怕有人骂街。

幽默是了不得的呀，我没这么说。幽默是该死的呀，我没这样讲。一个人也只好尽其所能的做吧。百鸟朝凤的时节，麻雀也有个地位。各尽所能，铺好一条路，等那真正天才降临；这是句好话吧？整好步骤，齐喊一二三——四，这恐怕只能练习摔脚吧？真希望我能伟大，谁不应这么希望呢？可是生把我的脖子吊起来，以便成个细高挑儿，身长七尺有余，趁早不用费这个事，骆驼和长颈鹿的脖子都比我的更合格。在这忙碌的生活里，一定叫我写作，我实在想不出高明主意来。这不是发牢骚，也不是道歉，这是广告。广告不可骗人过甚，所以我不能说："读完此篇，独得五十万元！"我只说：我要写一本《牛天赐传》，文字是幽默的。将在《论语》上逐期发表几千字；到现在，还一个字没写。

载 1934 年 7 月 16 日《论语》第 45 期

画　像

前些日子，方二哥在公园里开过"个展"，有字有画，画又分中画西画两部。第一天到会参观的有三千多人，气晕了多一半，当时死了四五十位。

据我看，方二哥的字确是不坏，因为墨色很黑，而且缺着笔划的字也还不算多。可是方二哥自己偏说他的画好。在"个展"中，中画的杰作——他自己规定的——是一张人物。松树底下坐着俩老头儿。确是松树，因为他题的是"松声琴韵"。他题的是松，我要是说像榆树，不是找着打架吗？所以我一看见标题就承认了那是松树：为朋友的面子有时候也得叫良心藏起一会儿去。对于那俩老头儿，我可是没法不言语了。方二哥的俩老头儿是一顺边坐着，大小一样，衣装一样，方向一样，活像是先画了一个，然后又照描了一个。"这是怎么个讲究？"我问他。

"这？俩老头儿鼓琴！"他毫不迟疑的回答。

"为什么一模一样？"我问的是。

"怎么？不许一模一样吗？"他的眼里已然冒着点火。

"那么你不会画一个向左，一个向右？"

"讲究画成一样！这是艺术！"他冷笑着。

我不敢再问了，他这是艺术。

又去看西画。他还跟着我。虽然他不很满意我刚才的质问，可究竟是老朋友，不好登时大发脾气。再说，我已承认了他这是艺术。

西画的杰作，他指给我，是油画的几颗鸡冠花，花下有几个黑球。不知为什么标签上只写了鸡冠花，而没管那些黑球。要不是先看了标签，要命我也想不起鸡冠花来——一些红道子夹着蓝道子，我最初以为是阴丹士林布衫上洒了狗血，后来才悟过来那是我永不能承认的鸡冠花。那些黑球是什么呢？不能也是鸡冠花吧？我不能不问了，不问太憋得慌。"那些黑玩艺是什么？"

"黑玩艺？！！！"他气得直瞪眼，"那是鸡！你站远点看！"

我退了十几步，歪着头来回的端详，还是黑球。可是为保全我的性命，我改了嘴："可不是鸡！一边儿大，一样的黑；这是艺术！"

方二哥天真的笑了："这是艺术。好了，这张送给你了！"

我可怪不好意思接受，他这张标价是一千五百元呢。送点小礼物，我们俩的交情确是过得着；一千五，这可不敢当！况且拿回家去，再把老人们气死一两位，也不合算。我不敢要。

我正谦谢，方二哥得了灵感："不要这张也好，另给你画一张，我得给你画像；你的脸艺术！"

我心里凉了！不用说，我的脸不是像块砖头，就是像个黑蛋。要不然方二哥怎说它长得艺术呢？我设尽方法拦阻他：没工夫；不够被画的资格；坐定了就抽风……他不听这一套，非画不可；第二天还就得开始，灵感一到，机关枪也挡不住；不画就非疯了不可！我没了办法。为避免自己的脸变成黑蛋，而叫方二哥入疯人院，我不忍。画就画吧。我可是绕着弯儿递了个口语："二哥，可画细致一点。家里的人不懂艺术，他们专看像不像。我自己倒没什么，你就画个黑球而说是我，我也能欣赏。"

"艺术是艺术，管他们呢！"方二哥说，"明天早晨八点，一准！"

我没说出什么来，一天没吃饭。

第二天，还没到八点，方二哥就来了；灵感催的。喝，拿着的东西多了，都挂着颜色。把东西堆在桌上，他开始惩治我。叫我坐定不动，脸儿偏着，脖子扭着，手放在膝上，别动，连眼珠都别动。我吓开了神。他进三步，退两步，向左歪头，抓抓头发，又向右看，挤挤眼睛。闹腾了半点多钟，他说我的鼻子长的不对。得换个方向，给鼻子点光。我换过方向来，他过来弹弹我的脑门，拉拉耳朵，往上兜兜鼻子，按按头发；然后告诉我不要再动。我不敢动。他又退后细看，头上出了汗。还不行，我的眼不对。得换个方向，给眼睛点光。我忍不住了，我把他推在椅子上，照样弹了他的脑门，拉了他的耳朵……"我给你画吧！"我说。

为艺术，他不能跟我赌气。他央告我再坐下："就画，就画！"

我又坐好，他真动了笔。一劲嘱咐我别动。瞪我一眼，回过头去抹一个黑蛋；又瞪我一眼，在黑蛋上戳上几个绿点；又回过头来，向我的鼻子咧嘴，好像我的鼻子有毒似的。画了一点多钟，他累得不行了，非休息不可，仿佛我歪着头倒使他脖子酸了。我一边揉着脖子，一边去细看他画了什么。很简单，几个小黑蛋凑成的一个大黑蛋，黑蛋上有些高起的绿点。

"这是不是煤球上长着点青苔？"我问。

"别忙啊，还得画十天呢。"他看着大煤球出神。

"十天？我还得坐十天？"

"啊！"

当天下午，我上了天津。两天后，家中来信说：方二哥疯了。疯了就疯了吧，我有什么办法呢？

载 1934 年 10 月《论语》第 51 期

还想着它

钱在我手里，也不怎么，不会生根。我并不胡花，可是钱老出去的很快。据相面的说，我的缝指太宽，不易存财；到如今我还没法打倒这个讲章。在德法意等国跑了一圈，心里很舒服了，因为钱已花光。钱花光就不再计划什么事儿，所以心里舒服。幸而巴黎的朋友还拿着我几个钱，要不然哪，就离不了法国。这几个钱仅够买三等票到新加坡的。那也无法，到新加坡再讲吧。反正新加坡比马赛离家近些，就是这个主意。

上了船，袋里还剩下十几个佛郎，合华币大洋一元有余；多少不提，到底是现款。船上遇见了几位留法回家的"国留"——复杂着一点说，就是留法的中国学生。大家一见如故。不大会儿的工夫，大家都彼此明白了经济状况；最阔气的是位姓李的，有二十七个佛郎；比我阔着块巴来钱。大家把钱凑在一处，很可以买瓶香槟酒，或两枝不错的吕宋烟。我们既不想喝香槟或吸吕宋，连头发都决定不去剪剪，那么，我们到底不是赤手空拳，干吗不快活呢？大家很高兴，说得也投缘。有人提议：到上海可以组织个银行。他是学财政的。我没表示什么，因为我的船票只到新加坡；上海的事先不必操心。

船上还有两位印度学生，两位美国华侨少年，也都挺和气。两位印度学生穿得满讲究，也关心中国的事。在开船的第三天早

晨，他俩打起来：一个弄了个黑眼圈，一个脸上挨了一鞋底。打
架的原因：他俩分头向我们诉冤，是为一双袜子。也不是谁卖给
谁，穿了（或者没穿）一天又不要了，于是打起活来。黑眼圈的
除用湿手绢捂着眼，一天到晚嘟囔着："在国里，我吐痰都不屑
于吐在他身上！他脏了我的鞋底！"吃了鞋底的那位就对我们讲：
"上了岸再说；揍他，勒死，用小刀子捅！"他俩不再和我们讨
论中国的问题，我们也不问甘地怎样了。

那两位华侨少年中的一位是出来游历：由美国到欧洲大陆，
而后到上海，再回家。他在柏林住了一天，在巴黎住了一天，他
告诉我，都是停在旅馆里，没有出门。他怕引诱。柏林巴黎都是
坏地方，没意思，他说。到了马赛，他丢了一只皮箱。那一位少
年是干什么的，我不知道。他一天到晚想家。想家之外，便看法
国姑娘。而后告诉那位出来游历的："她们都钓我呢！"

所谓"她们"，是七八个到安南或上海的法国舞女，最年轻
的不过才三十多岁。三等舱的食堂永远被她们占据着。她们吸
烟，吃饭，抢大腿，练习唱，都在这儿。领导的是个五十多岁的
小干老头儿，脸像个干橘子。她们没事的时候也还光着大腿，有
俩小军官时常和她们弄牌玩。可是那位少年老说她们关心着他。

三等舱里不能算不热闹，舞女们一唱就唱两个多钟头。那个
小干老头似乎没有夸奖她们的时候，差不多老对她们喊叫。可是
她们也不在乎。她们唱或抢腿，我们就瞎扯，扯腻了便到甲板上
过过风。我们的茶房是中国人，永远蹲在暗处，不留神便踩了他
的脚。他卖一种黑玩艺，五个佛郎一小包，舞女们也有买的。

二十多天就这样过去：听唱，看大腿，瞎扯，吃饭。舱中老
是这些人，外边老是那些水。没有一件新鲜事，大家的脸上眼看

着往起长肉，好像一船受填时期的鸭子。坐船是件苦事，明知光阴怪可惜，可是没法不白白扔弃。书读不下去，海是看腻了，话也慢慢的少起来。我的心里还悬虚着：到新加坡怎办呢？

就在那么心里悬虚一天的，到了新加坡。再想在船上吃，是不可能了，只好下去。雇上洋车，不，不应当说雇上，是坐上；此处的洋车夫是多数不识路的，即使识路，也听不懂我的话。坐上，用手一指，车夫便跑下去。我是想上商务印书馆。不记得街名，可是记得它是在条热闹街上；上欧洲去的时候曾经在此处玩过一天。洋车一直跑下去，我心里说：商务印书馆要是在这条街上等着我，便是开门见喜；它若不在这条街上，我便玩完。事情真凑巧，商务馆果然等着我呢。说不定还许是临时搬过来的。

这就好办了。进门就找经理。道过姓字名谁，马上问有什么工作没有。经理是包先生，人很客气，可是说事情不大易找。他叫我去看看南洋兄弟烟草公司的黄曼士先生——在地面上很熟，而且好交朋友。我去见黄先生，自然是先在商务馆吃了顿饭。黄先生也一时想不到事情，可是和我成了很好的朋友；我在新加坡，后来，常到他家去吃饭，也常一同出去玩。他是个很可爱的人。他家给他寄茶，总是龙井与香片两样，他不喜喝香片，便都归了我；所以在南洋我还有香片茶吃。不过，这都是后话。我还得去找事，不远就是中华书局，好，就是中华书局吧。经理徐采明先生至今还是我的好朋友。倒不在乎他给找着个事作，他的人可爱。见了他，我说明来意。他说有办法。马上领我到华侨中学去。这个中学离街市至少有十多里，好在公众汽车（都是小而红的车，跑得飞快）方便，一会儿就到了。徐先生替我去吆喝。行了，他们正短个国文教员。马上搬来行李，上任大吉。有了事作，心才落了实，花两毛钱买了个大柚子吃吃。然后支了点钱，买了条毯子，因为夜间必须盖上的。买了身白衣裳，中不中，西不西，自有南洋风味。赊了部《辞源》；教书不同自己读书，字总得认清了——有好些好些字，我总以为认识而实在念不出。一夜睡得怪舒服；新《辞源》摆在桌上被老鼠啃坏，是美中不足。预备用皮鞋打老鼠，及至见了面，又不想多事了，老鼠的身量至少比《辞源》长，说不定还许是仙鼠呢，随它去吧。老鼠虽大，可并不多。讲多是壁虎。到处是它们：棚上墙上玻璃杯里——敢情它们喜甜味，盛过汽水的杯子总有它们来照顾一下。它们还会唱，吱吱的，没什么好听，可也不十分讨厌。

天气是好的。早半天教书，很可以自自然然的，除非在堂上被学生问住，还不至于四脖子汗流的。吃过午饭就睡大觉，热便在暗中渡过去。六点钟落太阳，晚饭后还可以作点工，壁虎在墙上唱着。夜间必须盖条毯子，可见是不热；比起南京的夏夜，这里简直是仙境了。我很得意，有薪水可拿，而夜间还可以盖毯子，美！况且还得冲凉呢，早午晚三次，在自来水龙头下，灌顶浇脊背，也是痛快事。

可是，住了不到几天，我发烧，身上起了小红点。平日我是很勇敢的，一病可就有点怕死。身上有小红点哟，这玩艺，痧疹归心，不死才怪！把校医请来了，他给了我两包金鸡纳霜，告诉我离死还很远。吃了金鸡纳霜，睡在床上，既然离死很远，死我也不怕了，于是依旧勇敢起来。早晚在床上听着户外行人的足声，"心眼"里制构着美的图画：路的两旁杂生着椰树槟榔；海蓝的天空；穿白或黑的女郎，赤着脚，趿拉着木板，嗒嗒的走，也许看一眼树丛中那怒红的花。有诗意呀。矮而黑的锡兰人，头缠着花布，一边走一边唱。躺了三天，颇能领略这种浓绿的浪漫味儿，病也就好了。

一下雨就更好了。雨来得快，止得快，沙沙的一阵，天又响晴，路上湿了，树木绿到不能再绿。空气里有些凉而浓厚的树林子味儿，马上可以穿上夹衣。喝碗热咖啡顶那个。

学校也很好。学生们都会听国语，大多数也能讲得很好。他们差不多都很活泼。因为下课后便不大穿衣，身上就黑黑的，健康色儿。他们都很爱中国，愿意听激烈的主张与言语。

他们是资本家——大小不同，反正非有俩钱不能入学读书——的子弟，可是他们愿打倒资本家。对于文学，他们也爱最新的，自己也办文艺刊物。他们对先生们不大有礼貌，可不是故意的；他们爽直。先生们若能和他们以诚相见，他们便很听话。可惜有的先生爱耍些小花样！学生们不奢华。一身白衣便解决了衣的问题；穿西服受洋罪的倒是先生们，因为先生们多是江浙与华北的人，多少习染了上海的派头儿。吃也简单，除了爱吃刨冰，他们并不多花钱。天气使衣食住都简单化了。以住说吧，有个床，有条毯子，便可以过去。没毯子，盖点报纸，其实也可以将就。再有个自来水管，作冲凉之用，便万事亨通。还有呢，社会是个工商社会，大家不讲究穿，不讲究排场，也不讲究什么作诗买书，所以学生自然能俭朴。从一方面说，这个地方没有上海或北平那样的文化；从另一方面说，它也没有酸味的文化病。此地不能产生《儒林外史》。自然，大烟窖子等是有的，可是学生还不至于干这些事儿。倒是有内地的先生们觉得苦闷，没有社会。事业都在广东福建人手里，当教员的没有地位，也打不进广东或福建人的圈里去。教员似乎是一些高等工人，雇来的；出钱办学的人们没有把他们放在心里。玩的地方也没有，除了电影，没有可看的。所以住到三个月，我就有点厌烦了。别人也这么说。还拿天气说吧，老那么好，老那么好，没有变化，没有春夏秋冬，这就使人生厌。况且别的事儿也是死板板的没变化呢。学生们爱玩球，爱音乐，倒能有事可作。先生们在休息的时候，只能弄点汽水闲谈。我开始写《小坡的生日》。

本来我想写部以南洋为背景的小说。我要表扬中国人开发南洋的功绩：树是我们栽的，田是我们垦的，房是我们盖的，路是我们修的，矿是我们开的。都是我们作的。毒蛇猛兽，荒林恶瘴，我们都不怕。我们赤手空拳打出一座南洋来。我要写这个。我们伟大。是的，现在西洋人立在我们头上。可是，事业还仗着我们。我们在西人之下，其他民族之上。假如南洋是个糖烧饼，我们是那个糖馅。我们可上可下。自要努力使劲，我们只有往上，不会退下。没有了我们，便没有了南洋；这是事实，自自然然的事实。马来人什么也不干，只会懒。印度人也干不过我们。西洋人住上三四年就得回家休息，不然便支持不住。干活是我们，作买卖是我们，行医当律师也是我们。住十年，百年，一千年，都可以，什么样的天气我们也受得住，什么样的苦我们也能吃，什么样的工作我们有能力去干。说手有手，说脑子有脑子。我要写这么一本小说。这不是英雄崇拜，而是民族崇拜。所谓民族崇拜，不是说某某先生会穿西装，讲外国话，和懂得怎样给太太提着小伞。我是要说这几百年来，光脚到南洋的那些真正好汉。没钱，没国家保护，什么也没有。硬去干，而且真干出玩艺来。我要写这些真正的中国人，真有劲的中国人。中国是他们的，南洋也是他们的。那些会提小伞的先生们，屁！连我也算在里面。

可是，我写不出。打算写，得到各处去游历。我没钱，没工夫。广东话，福建话，马来话，我都不会。不懂的事还很多很多。不敢动笔。黄曼士先生没事就带我去看各种事儿，为是供给我点材料。可是以几个月的工夫打算抓住一个地方的味儿，不会。再说呢，我必须描写海，和中国人怎样在海上冒险。对于海的知识太少了；我生在北方，到二十多岁才看见了轮船。

那么，只好多住些日子了。可是我已离家六年，老母已七十多岁，常有信催我回家。为省得闲着，我开始写《小坡的生日》。本来想写的只好再等机会吧。直到如今，啊，机会可还没来。

写《小坡的生日》的动机是：表面的写点新加坡的风景什么的。还有：以儿童为主，表现着弱小民族的联合——这是个理想，在事实上大家并不联合，单说广东与福建人中间的成见与争斗便很厉害。这本书没有一个白小孩，故意的落掉。写了三个多月吧，得到五万来字；到上海又补了一万。

这本书中好的地方，据我自己看，是言语的简单与那些像童话的部分。它不完全是童话，因为前半截有好些写实处——本来是要描写点真事。这么一来，实的地方太实，虚的地方又很虚，结果是既不像童话，又非以儿童为主的故事，有点四不像了。设若有工夫删改，把写实的部分去掉，或者还能成个东西。可是我没有这个工夫。顶可笑的是在南洋各色小孩都讲着漂亮——确是漂亮——的北平话。

《小坡的生日》写到五万来字，放年假了。我很不愿离开新加坡，可是要走这是个好时候，学期之末，正好结束。在这个时节，又有去作别的事情的机会。若是这些事情中有能成功的，我自然可以辞去教职而仍不离开此地，为是可以多得些经验。可是这些事都没成功，因为有人从中破坏。这么一来，我就决定离开。我不愿意自己的事和别人捣乱争吵。在阳历二月底，我又上了船。

到现在想起来，我还很爱南洋——它在我心中是一片颜色，这片颜色常在梦中构成各样动心的图画。它是实在的，同时可以是童话的，原始的，浪漫的。无论在经济上，商业上，军事上，民族竞争上，诗上，音乐上，色彩上，它都有种魔力。

载 1934 年 10 月《大众画报》第 12 期

写　字

假若我是个洋鬼子，我一定也得以为中国字有趣。换个样儿说，一个中国人而不会写笔好字，必定觉得不是味儿；所以我常不得劲儿。

写字算不算一种艺术，和作官算不算革命，我都弄不清楚。我只知道好字看着顺眼。顺眼当然不一定就是美，正如我老看自己的鼻子顺眼而不能自居姓艺名术字子美。可是顺眼也不算坏事，还没有人因为鼻子长得顺眼而去投河。再说，顺眼也颇不容易；无论你怎样自居为宝玉，你的鼻子没有我的这么顺眼，就干脆没办法；我的鼻子是天生带来的，不是在医院安上的。说到写字，写一笔漂亮字儿，不容易。工夫，天才，都得有点。这两样，我都有，可就是没人求我写字，真叫人起急！

看着别人写，个儿是个儿，笔力是笔力，真馋得慌。尤其堵得慌的是看着人家往张先生或李先生那里送纸，还得作揖，说好话，甚至于请吃饭。没人理我。我给人家作揖，人家还把纸藏起去。写好了扇子，白送给人家，人家道完谢，去另换扇面。气死人不偿命，简直的是！

只有一个办法：遇上丧事必送挽联，遇上喜事必送红对，自己写。敢不挂，玩命！人家也知道这个，哪敢不挂？可是挂在什么地方就大有分寸了。我老得到不见阳光，或厕所附近，找我写的东西去。行一回人情总得头疼两天。

顶伤心的是我并不是不用心写呀。哼，越使劲越糟！纸是好纸，墨是好墨，笔是好笔，工具满对得起人。写的时候，焚上香，开开窗户，还先读读碑帖。一笔不苟，横平竖直；挂起来看吧，一串倭瓜，没劲！不是这个大那个小，就是歪着一个。行列有时像歪脖树，有时像曲线美。整齐自然不是美的要素；要命是个个字像傻蛋，怎么要俏怎么不行。纸算糟蹋远了去啦。要讲成绩的话，我就有一样好处，比别人糟蹋的纸多。

可是，"东风常向北，北风也有转南时"，我也出过两回锋头。一回是在英国一个乡村里。有位英国朋友死了，因为在中国住过几年，所以留下遗言。墓碣上要几个中国字。我去吊丧，死鬼的太太就这么跟我一提。我晓得运气来了，登时包办下来；马上回伦敦取笔墨砚，紧跟着跑回去，当众开彩。全村子的人横是差不多都来了吧，只有我会写；我还告诉他们：我不仅是会写，而且写得好。写完了，我就给他们掰开揉碎的一讲，这笔有什么讲究，哪笔有什么讲究。他们的眼睛都睁得圆圆的，眼珠里满是惊叹号。我一直痛快了半个多月。后来，我那几个字真刻在石头上了，一点也不瞎吹。"光荣是中国的，艺术之神多着一位。天上落下白米饭，小鬼儿啊啊的哭；因为仓颉泄露了天机！"我还记得作了这样高伟的诗。

第二回是在中国，这就更不容易了。前年我到远处去讲演。那里没有一个我的熟人。讲演完了，大家以为我很有学问，我就棍打腿的声明自己的学问很大，他们提什么我总知道，不知道的假装一笑，作为不便于说，他们简直不晓得我吃几碗干饭了，我更不便于告诉他们。提到写字，我又那么一笑。喝，不大会儿，玉版宣来了一堆。我差点乐疯了。平常老是自己买纸，这回我可捞着了！我也相信这次必能写得好：平常总是拿着劲，放不开胆，所以写得不自然；这次我给他个信马由缰，随笔写来，必有佳作。中堂，屏条，对联，写多了，直写了半天。写得确是不坏，大家也都说好。就是在我辞别的时候，我看出点毛病来：好些人跟招待我的人嘀咕，我很听见了几句："别叫这小子走！""那怎好意思？""叫他赔纸！""算了吧，他从老远来的。"……招待员总算懂眼，知道我确是卖了力气写的，所以大家没一定叫我赔纸；到如今我还以为这一次我的成绩顶好，从量上质上说都下得去。无论怎么说，总算我过了瘾。

我知道自己的字不行，可有一层，谁的孩子谁不爱呢！是不是，二哥？

载 1934 年 12 月 16 日《论语》第 55 期

读　书

若是学者才准念书，我就什么也不要说了。大概书不是专为学者预备的；那么，我可要多嘴了。

从我一生下来直到如今，没人盼望我成个学者；我永远喜欢服从多数人的意见。可是我爱念书。

书的种类很多，能和我有交情的可很少。我有决定念什么的全权；自幼儿我就会逃学，楞挨板子也不肯说我爱《三字经》和《百家姓》。对，《三字经》便可以代表一类——这类书，据我看，顶好在判了无期徒刑以后去念，反正活着也没多大味儿。这类书可真不少，不知道为什么；也许是犯无期徒刑罪的太多；要不然便是太少——我自己就常想杀些写这类书的人。我可是还没杀过一个，一来是因为——我才明白过来——写这样书的人敢情有好些已经死了，比如写《尚书》的那位李二哥。二来是因为现在还有些人专爱念这类书，我不便得罪人太多了。顶好，我看是不管别人；我不爱念的就不动好了。好在，我爸爸没希望我成个学者。

第二类书也与咱无缘：书上满是公式，没有一个"然而"和"所以"。据说，这类书里藏着打开宇宙秘密的小金钥匙。我倒久想明白点真理，如地是圆的之类；可是这种书别扭，它老瞪着我。书不老老实实的当本书，瞪人干吗呀？我不能受这个气！有一回，一位朋友给我一本《相对论原理》，他说：明白这个就什么都明白了。我下了决心去念这本宝贝书。读了两个"配纸"，我遇上了一个公式。我跟它"相对"了两点多钟！往后边一看，公式还多了去啦！我知道和它们"相对"下去，它们也许不在乎，我还活着不呢？

可是我对这类书，老有点敬意。这类书和第一类有些不同，我看得出。第一类书不是没法懂，而是懂了以后使我更胡涂。以我现在的理解力——比上我七岁的时候，我现在满可以作圣人了——我能明白"人之初，性本善"。明白完了，紧跟着就胡涂了；昨儿个晚上，我还挨了小女儿——玫瑰唇的小天使——一个嘴巴。我知道这个小天使性本不善，她才两岁。第二类书根本就看不懂，可是人家的纸上没印着一句废话；懂不懂的，人家不闹玄虚，它瞪我，或者我是该瞪。我的心这么一软，便把它好好放在书架上；好打好散，别太伤了和气。

这要说到第三类书了。其实这不该算一类；就这么算吧，顺嘴。这类书是这样的：名气挺大，念过的人总不肯说它坏，没念过的人老怪害羞的说将要念。譬如说《元曲》，太炎"先生"的文章，罗马的悲剧，辛克莱的小说，《大公报》——不知是哪儿出版的一本书——都算在这类里，这些书我也都拿起来过，随手便又放下了。这里还就属那本《大公报》有点劲。我不害羞，永远不说将要念。好些书的广告与威风是很大的，我只能承认那些广告作得不错，谁管它威风不威风呢。

"类"还多着呢，不便再说；有上面的三项也就足以证明我怎样的不高明了。该说读的方法。

怎样读书，在这里，是个自决的问题；我说我的，没勉强谁跟我学。第一，我读书没系统。借着什么，买着什么，遇着什么，就读什么。不懂的放下，使我胡涂的放下，没趣味的放下，不客气。我不能叫书管着我。

第二，读得很快，而不记住。书要都叫我记住，还要书干吗？书应该记住自己。对我，最讨厌的发问是："那个典故是哪儿的呢？""那句书是怎么来着？"我永不回答这样的考问，即使我记得。我又不是印刷机器养的，管你这一套！

读得快，因为我有时候跳过几页去。不合我的意，我就练习跳远。书要是不服气的话，来跳我呀！看侦探小说的时候，我先看最后的几页，省事。

第三，读完一本书，没有批评，谁也不告诉。一告诉就糟："嘿，你读《啼笑因缘》？"要大家都不读《啼笑因缘》，人家写它干吗呢？一批评就糟："尊家这点意见？"我不惹气。读完一本书再打通儿架，不上算。我有我的爱与不爱，存在我自己心里。我爱念什么就念，有什么心得我自己知道，这是种享受，虽然显得自私一点。

再说呢，我读书似乎只要求一点灵感。"印象甚佳"便是好书，我没工夫去细细分析它，所以根本便不能批评。"印象甚佳"有时候并不是全书的，而是书中的一段最入我的味；因为这一段使我对这全书有了好感；其实这一段的美或者正足以破坏了全体的美，但是我不去管；有一段叫我喜欢两天的，我就感谢不尽。因此，设若我真去批评，大概是高明不了。

第四，我不读自己的书，不愿谈论自己的书。"儿子是自己的好"，我还不晓得，因为自己还没有过儿子。有个小女儿，女儿能不能代表儿子，就不得而知。"老婆是别人的好"，我也不敢加以拥护，特别是在家里。但是我准知道，书是别人的好。别人的书自然未必都好，可是至少给我一点我不知道的东西。自己的，一提都头疼！自己的书，和自己的运气，好像永远是一对儿累赘。

第五，哼，算了吧。

有钱最好

既是苦命人，到处都得受罪。穷大奶奶逛青岛，受洋罪；我也正受着这种洋罪。

青岛的青山绿水是给诗人预备的，我不是诗人。青岛的洋楼汽车是给阔人预备的，我有时候袋里剩三个子儿。享受既然无缘，只好放在一边，单表受罪。

第一先得说房。大小不拘，这里的房全是洋式。由房东那方面看，租钱不算多；由住房的看，像我这样的人，简直一月月的干给房钱赶网。吃也不算贵，喝也不算贵；房没有贱的。房既然贵，自然住不起一整所儿，所以大多数的楼房是分租，一层儿两三间房租给一家。住楼上的呢，得上下跑腿；而且费煤，因为高处得风，墙又不厚。住楼下的，自然省了脚，也较比的暖一点，可是乐不抵苦。您别看大家都洋服嘟儿的，讲到公德心，青岛的人并不比别处的文明，楼的建筑根本是二五八，楼板也就是一寸来厚，而楼上的人们，绝不会想到楼下还有人。希望大家铺地毯，未免所求过奢；能垫上点席子的便很难得。要赶上楼上有那么七八个孩子，那就蛤蟆垫桌腿儿，死挨。人家能把楼板踩得老忽闪忽闪的动，时时有塌下来的可能。自然没人能管住小孩不走不跳，可是能够作到的也没人作。比如说椅子腿上包点布，或者不准小孩拉椅子，这很容易办吧？哼，没那回事。你莫名其妙楼上怎会有那么多椅子，更不知道为什么老在那儿拉。你晓得楼上拉椅子多么难听，它钻脑子，叫人想马上自杀。可是谁叫你住楼下呢！你乘早不用去请求，住楼上的理直气壮。"哟，我们的孩子会闹？那可奇怪！拉椅子？我们的小孩可就是喜欢拉椅子玩。在楼上踢毽？可不是，小孩还能不玩？"楼上的人都这么和气而且近情近理。你只有一条路，搬家。

搬吧，都调查好了，同楼的小孩少，大人也规矩，你很喜欢。搬过去一看，院里有八条狗！青岛是带洋派的地方，讲究养狗。可是养狗的人想不起去溜溜它们，狗屎全摆在院中。狗名儿都是洋的，什么济美、什么邦走；敢情洋名的狗拉洋屎，也是臭的。济美们还叫呢，要赶上你要睡会儿觉，或是孩子刚睡着，人家才叫得凶呢。

还得搬哪！这回可好，没有小孩，也没有狗。早晨七点来钟，人家唱上了。青岛的京戏最时兴。早晨唱过了，那敢情不过是喊喊嗓子。大轴子是在晚上，胡琴拉着，生末净旦丑俱全，唱开了没头儿。唱得好听的自然不是没有哇；叫人想自杀的也不少。你怎办？还得搬家。

搬一回家，要安一回灯，挂一回帘子；洋房吗。搬一回家，要到公司报一回灯，报一回水，洋派吗。搬一回家，要损失一些东西，损失一些钱，洋罪吗。

好房子有哇，也得住得起呀。算了吧，房子够了。

带洋字的，还就是洋车好，干净，雨布风帘也齐全；可就是贵。一上车就是一毛钱，稍微远那么一点就得两毛。我的办法是不坐。这有点对不起"车友"们，可是有什么办法呢？自行车也不好骑，净是山路，坡得要命。最好是坐汽车，其次就是走，据我看。汽车呢，连那个喇叭咱也买不起；即使勉强的买个喇叭，不是还得自己走路；干脆，咱走就是了。青岛的空气却是不坏，可惜脚受点委屈！

关于食，没有什么可说的。饭馆子不少，中菜西菜都有。价钱都可以的。所以咱还是消极抵抗，不吃。自己家里做菜倒不贵，鱼虾现成，而且新鲜。别的肉类菜蔬也说不上贵来；吃饱了拉倒，这倒好办。馋了呢？活该！

穿，随便。青年人多数穿洋服，也很有些穿得很讲究的。咱向来不讲究穿，给它个不在乎。这占了已结婚的便宜。设若正在"追求"期间，我想我也得多一份洋罪。不穿洋服，可是我天天刮胡子，这一来是耍洋派，二来表示我并不完全不怕太太。完全不怕太太的人不易发财，真的！

说到了玩，此地没有什么游艺场。此地根本是个避暑的所在，成年价在这儿住，当然是别扭。京戏偶尔来几个名角，戏价总要两三块，咱犯不上去。平日呢，老有蹦蹦戏，听着又不过瘾。电影院有几处，夏天才来好片子；冬天只是对付事儿，我假装的避宿，赶到惊蛰再去，也还不迟。公园真好，道路真好，海岸真好，遇上晴天我便去走，既不用花钱，而且接近了自然。在别方面受的罪，由这个享受补过来，这叫作穷欢喜。

总起来说，青岛不是个坏地方，官员们也真卖力气建设。所谓洋罪，是我的毛病，穷。假若我一旦发了财，我必定很喜欢这里。等着吧，反正咱不能穷一辈子。

载 1935 年 3 月 1 日《论语》第 60 期

又是一年芳草绿

悲观有一样好处，它能叫人把事情都看轻了一些。这个可也就是我的坏处，它不起劲，不积极。您看我挺爱笑不是？因为我悲观。悲观，所以我不能板起面孔，大喊："孤——刘备！"我不能这样。一想到这样，我就要把自己笑毛咕了。看着别人吹胡子瞪眼睛，我从脊梁沟上发麻，非笑不可。我笑别人，因为我看不起自己。别人笑我，我觉得应该；说得天好，我不过是脸上平润一点的猴子。我笑别人，往往招人不愿意；不是别人的量小，而是不像我这样稀松，这样悲观。

我打不起精神去积极的干，这是我的大毛病。可是我不懒，凡是我该作的我总想把它作了，总算得点报酬养活自己与家里的人——往好了说，尽我的本分。我的悲观还没到想自杀的程度，不能不找点事作。有朝一日非死不可呢，那只好死喽，我有什么法儿呢？

这样，你瞧，我是无大志的人。我不想当皇上。最乐观的人才敢作皇上，我没这份胆气。

有人说我很幽默，不敢当。我不懂什么是幽默。假如一定问我，我只能说我觉得自己可笑，别人也可笑；我不比别人高，别人也不比我高。谁都有缺欠，谁都有可笑的地方。我跟谁都说得来，可是他得愿意跟我说；他一定说他是圣人，叫我三跪九叩报门而进，我没这个瘾。我不教训别人，也不听别人的教训。幽默，据我这么想，不是嬉皮笑脸，死不要鼻子。

也不是怎股子劲儿，我成了个写家。我的朋友德成粮店的写帐先生也是写家，我跟他同等，并且管他叫二哥。既是个写家，当然得写了。"风格即人"——还是"风格即驴"？——我是怎个人自然写怎样的文章了。于是有人管我叫幽默的写家。我不以这为荣，也不以这为辱。我写我的。卖得出去呢，多得个三块五块的，买什么吃不香呢。卖不出去呢，拉倒，我早知道指着写文章吃饭是不易的事。

稿子寄出去，有时候是肉包子打狗，一去不回头；连个回信也没有。这，咱只好幽默；多咱见着那个骗子再说，见着他，大概我们俩总有一个笑着去见阎王的。不过，这是不很多见的，要不怎么我还没想自杀呢。常见的事是这个，稿子登出去，酬金就睡着了，睡得还是挺香甜。直到我也睡了，它忽然来了，仿佛故意吓人玩。数目也惊人，它能使我觉得自己不过值一毛五一斤，比猪肉还便宜呢。这个咱也不说什么，国难期间，大家都得受点苦，人家开铺子的也不容易，掌柜的吃肉，给咱点汤喝，就得念佛。是的，我是不能当皇上，焚书坑掌柜的，咱没那个狠心，你看这个劲儿！不过，有人想坑他们呢，我也不便拦着。

这么一来，可就有许多人看不起我。连好朋友都说："伙计，你也硬正着点，说你是为人类而写作，说你是中国的高尔基；你太泄气了！"真的，我是泄气，我看高尔基的胡子可笑。他老人家那股子自卖自夸的劲儿，打死我也学不来。人类要等着我写文章才变体面了，那恐怕太晚了吧？我老觉得文学是有用的；拉长了说，它比任何东西都有用，都高明。可是往眼前说，它不如一尊高射炮，或一锅饭有用。我不能吆喝我的作品是"人类改造丸"，我也不相信把文学杀死便天下太平。我写就是了。

别人的批评呢？批评是有益处的。我爱批评，它多少给我点益处；即使完全不对，不是还让我笑一笑吗？自己写的时候仿佛是蒸馒头呢，热气腾腾，莫名其妙。及至冷眼人一看，一定看出许多错儿来。我感谢这种指摘。说的不对呢，那是他的错儿，不干我的事。我永不驳辩，这似乎是胆儿小；可是也许是我的宽宏大量。我不便往自己脸上贴金。一件事总得由两面瞧，是不是？

对于我自己的作品，我不拿她们当作宝贝。是呀，当写作的时候，我是卖了力气，我想往好了写。可是一个人的天才与经验是有限的，谁也不敢保了老写的好，连荷马也有打盹的时候。有的人呢，每一拿笔便想到自己是但丁，是莎士比亚。这没有什么不可以的，天才须有自信的心。我可不敢这样，我的悲观使我看轻自己。我常想客观的估量估量自己的才力；这不易做到，我究竟不能像别人看我看得那样清楚；好吧，既不能十分看清楚了自己，也就不用装蒜，谦虚是必要的，可是装蒜也大可以不必。

对做人，我也是这样。我不希望自己是个完人，也不故意的招人家的骂。该求朋友的呢，就求；该给朋友做的呢，就做。做的好不好，咱们大家凭良心。所以我很和气，见着谁都能扯一套。可是，初次见面的人，我可是不大爱说话；特别是见着女人，我简直张不开口，我怕说错了话。在家里，我倒不十分怕太太，可是对别的女人老觉着恐慌，我不大明白妇女的心理；要是信口开河的说，我不定说出什么来呢，而妇女又爱挑眼。男人也有许多爱挑眼的，所以初次见面，我不大愿开口。我最不喜辩论，因为红着脖子粗着筋的太不幽默。我最不喜欢好吹腾的人，可并不拒绝与这样的人谈话；我不爱这样的人，但喜欢听他的吹。最好是听着他吹，吹着吹着连他自己也忘了吹到什么地方去，那才有趣。

可喜的是有好几位生朋友都这么说："没见着阁下的时候，总以为阁下有八十多岁了。敢情阁下并不老。"是的，虽然将奔四十的人，我倒还不老。因为对事轻淡，我心中不大藏着计划，做事也无须耍手段，所以我能笑，爱笑；天真的笑多少显着年轻一些。我悲观，但是不愿老声老气的悲观，那近乎"虎事"。我愿意老年轻轻的，死的时候像朵春花将残似的那样哀而不伤。我就怕什么"权威"咧，"大家"咧，"大师"咧，等等老气横秋的字眼们。我爱小孩，花草，小猫，小狗，小鱼；这些都不"虎事"。偶尔看见个穿小马褂的"小大人"，我能难受半天，特别是那种所谓聪明的孩子，让我难过。比如说，一群小孩都在那儿看变戏法儿，我也在那儿，单会有那么一两个七八岁的小老头说："这都是假的！"这叫我立刻走开，心里堵上一大块。世界确是更"文明"了，小孩也懂事懂得早了，可是我还愿意大家傻一点，特别是小孩。假若小猫刚生下来就会捕鼠，我就不再养猫，虽然它也许是个神猫。

我不大爱说自己，这多少近乎"吹"。人是不容易看清楚自己的。不过，刚过完了年，心中还慌着，叫我写"人生于世"，实在写不出，所以就近的拿自己当材料。万一将来我不得已而做了皇上呢，这篇东西也许成为史料，等着瞧吧。

载 1935 年 3 月 6 日《益世报》

春 风

　　济南与青岛是多么不相同的地方呢！一个设若比作穿肥袖马褂的老先生，那一个便应当是摩登的少女。可是这两处不无相似之点。拿气候说吧，济南的夏天可以热死人，而青岛是有名的避暑所在；冬天，济南也比青岛冷。但是，两地的春秋颇有点相同。济南到春天多风，青岛也是这样；济南的秋天是长而晴美，青岛亦然。

　　对于秋天，我不知应爱哪里的：济南的秋是在山上，青岛的是海边。济南是抱在小山里的；到了秋天，小山上的草色在黄绿之间，松是绿的，别的树叶差不多都是红与黄的。就是那没树木的山上，也增多了颜色——日影、草色、石层，三者能配合出种种的条纹，种种的影色。配上那光暖的蓝空，我觉到一种舒适安全，只想在山坡上似睡非睡的躺着，躺到永远。青岛的山——虽然怪秀美——不能与海相抗，秋海的波还是春样的绿，可是被清凉的蓝空给开拓出老远，平日看不见的小岛清楚的点在帆外。这远到天边的绿水使我不愿思想而不得不思想；一种无目的的思虑，要思虑而心中反倒空虚了些。济南的秋给我安全之感，青岛的秋引起我甜美的悲哀。我不知应当爱哪个。

　　两地的春可都被风给吹毁了。所谓春风，似乎应当温柔，轻吻着柳枝，微微吹皱了水面，偷偷的传送花香，同情的轻轻掀起禽鸟的羽毛。济南与青岛的春风都太粗猛。济南的风每每在丁香海棠开花的时候把天刮黄，什么也看不见，连花都埋在黄暗中，青岛的风少一些沙土，可是狡猾，在已很暖的时节忽然来一阵或一天的冷风，把一切都送回冬天去，棉衣不敢脱，花儿不敢开，海边翻着愁浪。

两地的风都有时候整天整夜的刮。春夜的微风送来雁叫，使人似乎多些希望。整夜的大风，门响窗户动，使人不英雄的把头埋在被子里；即使无害，也似乎不应该如此。对于我，特别觉得难堪。我生在北方，听惯了风，可也最怕风。听是听惯了，因为听惯才知道那个难受劲儿。它老使我坐卧不安，心中游游摸摸的，干什么不好，不干什么也不好。它常常打断我的希望：听见风响，我懒得出门，觉得寒冷，心中渺茫。春天仿佛应当有生气，应当有花草，这样的野风几乎是不可原谅的！我倒不是个弱不禁风的人，虽然身体不很足壮。我能受苦，只是受不住风。别种的苦处，多少是在一个地方，多少有个原因，多少可以设法减除；对风是干没办法。总不在一个地方，到处随时使我的脑子晃动，像怒海上的船。它使我说不出为什么苦痛，而且没法子避免。它自由的刮，我死受着苦。我不能和风去讲理或吵架。单单在春天刮这样的风！可是跟谁讲理去呢？苏杭的春天应当没有这不得人心的风吧？我不准知道，而希望如此。好有个地方去"避风"呀！

载 1935 年 3 月 24 日《益世报》

谈教育

叫我谈现代教育，这可不容易办！我这个家伙不会瞪着眼批评。我最喜欢和朋友们瞎扯，用不着"诗云"，也用不着"子曰"；想叫我有头有尾的说一遍，我没那个本事。是呀，我偶尔心血来潮，也能看出事情的好坏来。可是，我的脾气永远使我以好坏为事实；这就是说，我承认事实而不愿再想一遍——好的怎能再好，坏的怎当矫正。我不会这一套，我不会把自己放在高山上，指挥着大家应怎么怎么；何者对，何者不对；使世界成一条线，串起一切众生，都看齐立正开步走。

对于现代教育，我说什么呢？我不怕人家笑我说的不对，我怕歪打正着的偏偏说对，而被人称为大师，或二师，或师弟，甚至于师妹。我要是有饭吃，我决不当教员。我最大的希望是有人每月供给我二百块钱，什么事也不做，闲着一劲的吃饭与瞎扯。

提起现代的教育，我以为这是应该高兴的。先由教员说吧，要是没有教育，这群人——连我算上——上哪儿挣钱去？由这一点往下想，教育仍当扩充；薪水最好也再增高一些；对教员应使之"清"，而不宜使之"苦"。

说到学生，现在的学生实在可羡慕：念许多书，学洋文，知天文，晓地理，还看报纸，也会踢球，这也就很够了。这样的青年，拿到一张文凭，去作官，去发财，去恋爱，本是分所应得，近情近理。不过是呢，穷人不大容易享受这些利益，未免是个缺点。可细那么一想呢，种瓜得瓜，种银元得金镑；蛤蟆垫桌腿，本当死挨，那有什么法儿呢！

至于学校，那太好了。一个个衙门似的，这个课长，那个主任，出布告，写讲义，有科学馆，体育场，图书馆，可谓应有尽有，诸事大吉。教书有种种教员，训育有主任，指导赛跑也有专员。由学校看，中国显然有了极大的进步。虽然由学校与人口的比例上看，学校还微嫌少着两三个，可是能有这么多，这么好，也就满说得下去了。

统而言之，我觉得现在中国的教育够甲等。也许这太乐观了些。可是在这个年月，不乐观又怎样呢？

载 1935 年 4 月 1 日《论语》第 62 期

忙

近来忙得出奇。恍忽之间，仿佛看见一狗，一马，或一驴，其身段神情颇似我自己；人兽不分，忙之罪也！

每想随遇而安，贫而无谄，忙而不怨。无谄已经作到；无论如何不能欢迎忙。

这并非想偷懒。真理是这样：凡真正工作，虽流汗如浆，亦不觉苦。反之，凡自己不喜作，而不能不作，作了又没什么好处者，都使人觉得忙，且忙得头疼。想当初，苏格拉底终日奔忙，而忙得从容，结果成了圣人；圣人为真理而忙，故不手慌脚乱。即以我自己说，前年写《离婚》的时候，本想由六月初动笔，八月十五交卷。及至拿起笔来，天气热得老在九十度以上，心中暗说不好。可是写成两段以后，虽腕下垫吃墨纸以吸汗珠，已不觉得怎样难受了。"七"月十五日居然把十二万字写完！因为我爱这种工作哟！我非圣人，也知道真忙与瞎忙之别矣。

所谓真忙，如写情书，如种自己的地，如发现九尾彗星，如在灵感下写诗作画，虽废寝忘食，亦无所苦。这是真正的工作，只有这种工作才能产生伟大的东西与文化。人在这样忙的时候，把自己已忘掉，眼看的是工作，心想的是工作，作梦梦的是工作，便无暇计及利害金钱等等了；心被工作充满，同时也被工作洗净，于是手脚越忙，心中越安怡，不久即成圣人矣。情书往往成为真正的文学，正在情理之中。

所谓瞎忙，表面上看来是热闹非常，其实呢它使人麻木，使文化退落，因为忙得没意义，大家并不愿作那些事，而不敢不作；不作就没饭吃。在这种忙乱情形中，人们像机器般的工作，作完了一饱一睡，或且未必一饱一睡，而半饱半睡。这里，只有奴隶，没有自由人；奴隶不会产生好的文化。这种忙乱把人的心杀死，而身体也不见得能健美。它使人恨工作，使人设尽方法去偷油儿。我现在就是这样，一天到晚在那儿作事，全是我不爱作的。我不能不去作，因为眼前有个饭碗；多咱我手脚不动，那个饭碗便拍的一声碎在地上！我得努力呀，原来是为那个饭碗的完整，多么高伟的目标呀！试观今日之世界，还不是个饭碗文明！

因此，我羡慕苏格拉底，而恨他的时代。苏格拉底之所以能忙成个圣人，正因为他的社会里有许多奴隶。奴隶们为苏格拉底作工，而苏格拉底们乃得忙其所乐意忙者。这不公道！在一个理想的文化中，必能人人工作，而且乐意工作，即便不能完全自由，至少他也不完全被责任压得翻不过身来，他能把眼睛从饭碗移开一会儿，而不至立刻拍的一声打个粉碎。在这样的社会里，大家才会真忙，而忙得有趣，有成绩。在这里，懒是一种惩罚；三天不作事会叫人疯了；想想看，灵感来了，诗已在肚中翻滚，而三天不准他写出来，或连哼哼都不许！懒，在现在的社会里，是必然的结果，而且不比忙坏；忙出来的是什么？那末，懒又有什么不可以呢？

世界上必有那么一天，人类把忙从工作中赶出去，大家都晓得，都觉得，工作的快乐，而越忙越高兴；懒还不仅是一种羞耻，而是根本就受不了的。自然，我是看不到那样的社会了；我只能在忙得——瞎忙——要哭的时候这么希望一下吧。

载 1935 年 6 月 30 日《益世报》

暑 避

有福之人，散处四方，夏日炎热，聚于青岛，是谓避暑。无福之人，蛰居一隅，寒暑不侵，死不动窝；幸在青岛，暑气欠猛，随着享福，是谓暑避。前者是师出有名，堂堂正正，好不威风；后者是歪打正着，马马虎虎，穷混而已。可是，有福之人到底命大，无福之人泄气到底：有福者避暑，而暑避矣；无福者暑避，而罪来矣。就拿在下而言，作事于青岛，暑气天然不来，是亦暑避者流也。可是，海岸走走，遇上二三老友，多年不见，理当请吃小馆。避暑者得吃得喝，暑避者几乎破产；面子事儿，朋友的交情，死而不怨，毛病在天。吃小馆而外，更当伴游湛山崂山等处，汽车鸣鸣，洋钱铮铮，口袋无底，望洋兴叹。逝者如斯夫，洋钱一去不复返。炮台已看过十八次，明天又是"早八点见，看看德国的炮台，没错儿！"为德国吹牛，仿佛是精神胜利。

海岸不敢再去，闭门家中坐，连苍蝇也进不来，岂但避暑，兼作蛰宿。哼，快信来矣，"祈到站……"继以电报，"代定旅舍……"于是拿起腿来，而车站，而码头，而旅馆，而中国旅行社……昼夜奔忙，慷慨激昂，暑避者大汗满头，或者是五行多水。

这还是好的，更有三更半夜，敲门如雷；起来一看，大小三军，来了一旅，俱是知己哥儿们，携老扶幼，怀抱的娃娃足够一桌，行李五十余件。于是天翻地覆，楼梯底下支架木床，书架上横睡娃娃，凉台上搭帐棚，一直闹到天亮，大家都夸青岛真凉快。

再加上四届"铁展"，乃更伤心。不去吧，似嫌怯懦；去吧，还能不带皮夹？牙关咬定，仁者有勇，直奔"铁展"，售品所处有"吸钞石"，票子自己会飞。饱载而归，到家细看，一样儿必需的没有，开始悲观。

由此看来，暑避之流顶好投海，好在还方便。

载 1935 年 7 月 28 日《青岛民报·避暑录话》

檀香扇

中华民族是好是坏，一言难尽，顶好不提。我们"老"，这说着似乎不至有人挑眼，而且在事实上也许是正确的。科学家在中国不大容易找饭吃，科学家的话也每每招咱们头疼；因此，我自幸不是个科学家，也不爱说带定律味儿的话。"革命"就是"劫数"，美国总统也请人相面，说着都另有股子劲儿，和包文正《打龙袍》一样能讨咱们喜欢。谈到民族老不老的问题，自然也不便刨根问底，最好先点头咂嘴，横打鼻梁："我们老得多；你们是孙子！"于是，即使祖父被孙子揍了，到底孙子是年幼无知；爽性来个宽宏大量，连忤逆也不去告。这叫作"劲儿"。明白这点劲儿，莫谈国事乃更见通达。

您就拿看电影说吧，总得算洋派儿。可是赶上邻座是洋人，您就觉得有点不得劲；洋派儿和洋人到底是两回事，无论您的洋服多么讲究，反正赶不上洋人地道。您有点气馁，不是不能不设法捧自己的场，于是您就那么一比较：啊，原来洋人身上，甚至于连手上，都有长长的毛；有时候洋人老太太带着小胡子嘴儿。野人。那么也就是孙子了。您吐一口气，摸摸自己的手，光润无毛，文明得厉害。

夏天到电影院去，更怕遇见"洋"她们。她们穿得很少很薄，白白的脖儿，胖胖的臂，原有个看头儿。可是您的鼻子受了委屈，香水味里裹着一股像臭豆腐加汽水的味儿，又臭又辣，使您恶心。不论好莱坞的女明星怎么美妙，您从此大概不会再想娶洋姨太太。民族老幼不可同日而语，香臭也会使人们决定"东是东，西是西"，没法儿调和，只好掩鼻而过。

"铁展"救了我一命。那天我去看《块肉余生》，左边坐着位重三百磅的洋太太，右边坐着三位洋姑娘——体重差一些，可是三位呢。左右逢源，自制的氯气阵阵加紧。我知道是要坏；我不能堵上鼻看电影：堵得太严，满有死去的希望；不堵呢，大概比死去还难受，感谢"铁展"！我手中拿着前一天刚买来的檀香扇！看完电影，我念念有词，作了两句标语：

"老民族是香的！中华万岁！"

"檀香扇打倒帝国主义！"

载 1935 年 8 月 11 日《青岛民报》

青岛与我

这是头一次在青岛过夏。一点不吹，咱算是开了眼。可是，只能说开眼；没有别的好处。就拿海水浴说吧，咱在海边上亲眼看见了洋光眼子！可是咱自家不敢露一手儿。大概您总可以想象得到：一个比长虫——就是蛇呀——还瘦的人儿，穿上上不着天，下不着地的浴衣，脖子上套着太平圈，浑身上下骨骼分明，端立海岸之上，这是不是故意的气人？即使大家不动气，咱也不敢往水里跳呀；脖子上套着皮圈，而只在沙土上"憧憬"，泄气本无不可，可也不能泄得出奇。咱只能穿着夏布大衫，远远的瞧着；偶尔遇上个异教卫道的人，相对微笑点首，叹风化之不良；其实他也跟我一样，不敢下水。海水浴没了咱的事。

白天上海岸，晚上呢自然得上跳舞场。青岛到夏天，的确是热闹：白舞女，黄舞女，黑舞女，都光着脚，脚指甲上涂得通红晶亮，鞋只是两根绊儿和两个高底。衣服，帽子，花样之多简直说不尽。按说咱既不敢下海，晚上似乎该去跳了，出点汗，活动活动。咱又没这个造化。第一，晚上一过九点就想睡；到舞场买票睡觉，似乎大可不必。第二呢，跳倒可以敷衍着跳一气，不过人家不踩咱的脚指，而咱只踩人家的，虽说有独到之处，到底怪难以为情。莫若早早的睡吧，不招灾，不惹祸。况且这么规规矩矩，也足引起太太的敬意，她甚至想登报颂扬我的"仁政"，可是被我拦住了，我向来是不好虚荣的。

　　既不去赶热闹，似乎就该在家中找些乐事；唱戏，打牌，安无线广播机等等都是青岛时行的玩艺。以唱戏说，不但早晨在家中吊嗓子的很多，此地还有许多剧社，锣鼓俱全，角色齐备，倒怪有个意思。我应当加入剧社，我小时候还听过谭鑫培呢，当然有唱戏的资格。找了介绍人，交了会费，头一天我就露了一出《武家坡》。我觉得唱得不错，第二天早早就去了，再想露一出拿手的。等了足有两点钟吧。一个人也没来，社员们太不热心呀，我想。第三天我又去了，还是没人，这未免有点奇怪。坐了十来分钟我就出去了，在门口遇见了个小孩。"小孩，"我很和气的说，"这儿怎样老没人？"小孩原来是看守票房李六的儿子，知道不少事儿。"这两天没人来，因为呀，"小孩笑着看了我一眼，"前天有一位先生唱得像鸭子叫唤，所以他们都不来啦；前天您来了吗？"我摇了摇头，一声没出就回了家。回到家里，我一咂摸滋味，心里可真有点不得劲儿。可是继而一想呢，票友们多半是有习气的，也许我唱得本来很好，而他们"欺生"。这么一想，我就决定在家里独唱，不必再出去怄闲气。唱，我一个人可就唱开了，"文武代打"，好不过瘾！唱到第三天，房东来了，很客气的请我搬家，房东临走，向敝太太低声说了句："假若先生不唱呢，那就不必移动了，大家都是朋友！"太太自然怕搬家，先生自然怕太太，我首先声明我很讨厌唱戏。

　　我刚要去买播音机，邻居郑家已经安好，我心中不大好过。在青岛，什么事走迟了一步，风头就被别人出尽；我不必再花钱了，既然已叫郑家抢了先。再说呢，他们播放，我听得很真，何必一定打对仗呢。我决定等着听便宜的。郑家的机器真不坏，据说花了八百多块。每到早十点，他们必转弄那个玩艺。最初是像火车挂钩，嘎！哗啦，哗啦！哗啦了半天，好似怕人讨厌它太单调，忽然改了腔儿，细声细气的啊啊，像老牛害病时那样呻吟。猛古丁的又改了办法，啪啪，喔——喔，越来越尖，咯喳！我以为是院中的柳树被风刮折了一棵！这是前奏曲。一切静寂，有五分钟的样子，忽然兜着我的耳根子："南京！"也就是我呀，修养差一点的，管保得惊疯！吃了一丸子定神丸，我到底要听听南京怎样了。呕，原来南京的底下是——"王小姐唱《毛毛雨》"。这个《毛毛雨》可与众不同：第一声很足壮，第二声忽然像被风刮了走，第三声又改了火车挂钩，然后紧跟着刮风，下雨，打雷，空军袭击城市，海啸；《毛毛雨》当然听不到了。闹了一大阵，兜着我的耳根子——"北平！"我堵上了耳朵。早晨如是，下午如是，夜间如是；这回该我找房东去了。我搬了家。

还就是打个小牌，大概可以不招灾惹祸，可是我没有忍力。叫我打一圈吗，还可以；一坐下就八圈，我受不了。况且十几张牌，咱得把它们摆成五行，连这么办还有时把该留着的打出去。在我，这是消遣，慢慢的调动，考虑，点头，迟疑，原无不可；可是别人受得了吗。莫若多一事不如少一事，不必招人讨厌。

您说青岛这个地方，除了这些玩耍，还有什么可干的？干脆的说吧，我简直和青岛不发生关系，虽然是住在这里。有钱的人来青岛，好。上青岛来结婚，妙。爱玩的人来青岛，行。对于我，它是片美丽的沙漠。

对，有一件事我做还合适，而且很时行。娶个姨太太。是的，我得娶个姨太太。又体面，又好玩。对，就这么办啦。我先别和太太商量，而暗中储蓄俩钱儿。等到娶了姨太太之后，也许我便唱得比鸭子好听，打牌也有了忍力……您等我的喜信吧！

载 1935 年 8 月 16 日《论语》第 70 期

立秋后

去年来青岛，已是秋天。秋水秋山，红楼黄叶，自是另一番风味；虽未有见到夏日的热闹，可是秋夜听潮，或海岸独坐，亦足畅怀。

秋去冬来，野风横吹，湿冷入骨；日落以后，市上海滨俱少行人；未免觉得寂苦。

春到甚迟，直到樱花开了，才能撤去火炉，户外活动渐渐增多，可是春假里除了崂山旅行，也还想不出更好的办法。

六七月之间才真看到青岛的光荣，尤其是初次看到，更觉得有点了不得。可是一两星期过去，又仿佛没有什么了：士女是为避暑而来，自然表现着许多洋习气，以言文化，乃在寇丹指甲与新奇浴衣之间，所谓浪漫，亦不过买票跳舞，喝冷咖啡而已。闭户休息，寂寞不减于冬令，自叹命薄福浅！

有一件事是可喜的，即夏日有会友的机会。别已二年五载，忽然相值，相与话旧，真一乐事。再说呢，一向糊口四方，到处受友人的招待，今则反客为主，略尽地主之谊，也能更明白些交友的道理。况且此地是世外桃源，平日少见寡闻，于今各处朋友带来各处消息，心泉渐活，又回到人间，不复梦梦。

立秋以后，别处天气渐凉，此地反倒热起来；朋友们逐渐走去，车站码头送别，"明夏再来呀！"能不黯然销魂！

载 1935 年 8 月 18 日《青岛民报》

等 暑

青岛并非不暑，而是暑得比别处迟些。这么一句平常话，也需要一年的经验才敢说。秋天很暖——我是去年秋天来的——正因为夏未全去；以此类推，方能明白此地春之所以迟迟，六七月间之所以不热，哼，和八月间之所以大热起来。仿佛别人早已这样告诉过我："仿佛"就有点记不真切的意思，"不相信"是其原因。青岛还会热？问号打得很清楚。赶到今年八月，才理会过来，可是马上归功于自己的经验，别人说过与否终于打入"仿佛"之下。以此为证，人鲜有不好吹者！

来避暑的人总是六七月来而八月走去，这时间的选取实在就够避暑的资格；于此，我更愿发财，有钱的人不必用整年的工夫去发现七月凉八月热，他们总是聪明的。高粱一熟，螃蟹下市，别处的蝉声已带哀意；仍然住在青岛，似乎专为等着"秋老虎"，其愚或可及，其穷定不可及。有钱的能征服自然，没钱的蛤蟆垫桌腿而已。

可是等暑之流也有得意之处：八月中若来个远地朋友，箱中带着毛衣，手不持扇，刚一下车便满身是汗，抢过我的扇子，连呼"这里也这么热！"我乃似笑非笑，徐道经验，有如圣人，乐得心中发痒。

若是这位可怜的朋友叨唠上没完，不怨自己缺乏经验，而充分的看不起青岛，我可必得为青岛辩护，把六七月间的光景如诗一般的述说，仿佛青岛是我家里的。心理的变化与矛盾有如是者，此我之所以每每看不起自己者也。

载 1935 年 8 月 26 日《青岛民报》

丁

　　海上的空气太硬，丁坐在沙上，脚指还被小的浪花吻着，疲乏了的阿波罗——是的，有点希腊的风味，男女老幼都赤着背，可惜胸部——自己的，还有许多别人的——窄些；不完全裸体也是个缺欠"中国希腊"，窄胸喘不过气儿来的阿波罗！

　　无论如何，中国总算是有了进步。丁——中国的阿波罗——把头慢慢的放在湿软的沙上，很懒，脑子还清楚、有美、有思想。闭上眼，刚才看见的许多女神重现在脑中，有了进步！那个像高中没毕业的女学生！她妈妈也许还裹着小脚。健康美，腿！进步！小脚下海，呕，国耻！

　　背上太潮。新的浴衣贴在身上，懒得起来，还是得起，海空气会立刻把背上吹干。太阳很厉害，虽然不十分热。得买黑眼镜——中山路药房里，圆的，椭圆的，放在阿司匹灵的匣子上。眼圈发干，海水里有盐，多喝两口海水，吃饭时可以不用吃咸菜；不行，喝了海水会疯的，据说：喝满了肚，啊，报上——什么地方都有《民报》；是不是一个公司的？ ——不是登着，二十二岁的少年淹死；喝满了肚皮，危险，海绿色的死！

　　炮台，一片绿，看不见炮，绿得诗样的美；是的，杀人时是红的，闲着便是绿的，像口痰。捶了胸口一拳，肺太窄，是不是肺病？没的事。帆船怪好看，找个女郎，就这么都穿着浴衣，坐一只小帆船，飘，飘，飘到岛的那边去；那个岛，像蓝纸上的一个苍蝇；比拟得太脏一些！坐着小船，摸着……浪漫！不，还是上崂山，有洋式的饭店。洋式的，什么都是洋式的，中国有了进步！

一对美国水兵搂着两个妓女在海岸上跳。背后走过一个妇人，哪国的？腿有大殿的柱子那样粗。一群男孩子用土埋起一个小女孩，只剩了头，"别！别！"尖声的叫。海哗啦了几下，音乐，呕，茶舞。哼，美国水兵浮远了。跳板上正有人往下跳，远远的，先伸平了胳臂，像十字架上的耶稣；溅起水花，那里必定很深，救生船。啊，那个胖子是有道理的，脖子上套着太平圈，像条大绿蟒。青岛大概没有毒蛇？印度。一位赤脚而没穿浴衣的在水边上走，把香烟头扔在沙上，丁看了看铁篮——果皮零碎，掷入篮内。中国没进步多少！

"哈喽，丁，"从海里爬出个人鱼。

妓女拉着水兵也下了水，传染，应当禁止。

"孙！"丁露出白牙；看看两臂，很黑；黑脸白牙，体面不了；浪漫？

胖妇人下了海，居然也能浮着，力学，力学，怎么来着？呕，一入社会，把书本都忘了！过来一群学生，一个个黑得像鬼，骨头把浴衣支得净是棱角。海水浴，太阳浴，可是吃的不够，营养不足，一口海水，准死，问题！早晚两顿窝窝头，练习跑万米！

"怎着，丁？"孙的头发一缕一缕的流着水。

"来歇歇，不要太努力，空气硬，海水硬！"丁还想着身体问题；中国人应当练太极拳，真的。

走了一拨儿人，大概是一家子：四五个小孩，都提着小铁桶；四十多岁的一个妇人，改组脚，踹印在沙上特别深；两位姑娘，孙的眼睛跟着她们；一位五十多的男子，披着绣龙的浴袍。退职的军官！

岛那边起了一片黑云，炮台更绿了。

海里一起一浮，人头，太平圈，水沫，肩膀，尖尖的呼叫；黄头发的是西洋人，还看得出男女来。都动，心里都跳得快一些，不知成全了多少情侣，崂山，小船，饭店；相看好了，浑身上下，巡警查旅馆，没关系。

孙有情人。丁主张独身，说不定遇见理想的女郎也会结婚的。不，独身好，小孩子可怕。一百五，自己够了；租房子，买家具，雇老妈，生小孩，绝不够。性欲问题。解决这个问题，不必结婚。社会，封建思想，难！向哪个女的问一声也得要钻石戒指！

"孙，昨晚上你哪儿去了？"想着性欲问题。

"秉烛夜游，良有以也。"孙坐在丁旁边。退职的军官和家小已经不见了。

丁笑了，孙荒唐鬼，也挣一百五！还有情人。

不，孙不荒唐。凡事揩油；住招待所，白住；跟人家要跳舞票；白坐公众汽车，火车免票；海水浴不花钱，空气是大家的；一碗粥，二十锅贴，连小帐一角五；一角五，一百五，他够花的，不荒唐，狡猾！

"丁，你的照像匣呢？"

"没带着。"

"明天用，上崂山，坐军舰去。"孙把脚埋在沙子里。

水兵上来了，臂上的刺花更蓝了一些，妓女的腿上有些灰瘢，像些苔痕。

胖妇人的脸红得像太阳，腿有许多许多肉摺，刚捆好的肘子。

又走了好几群人，太阳斜了下去，走了一只海船，拉着点白线，金红的烟筒。

"孙，你什么时候回去？还有三天的假，处长可厉害！"

"我，黄鹤一去不复返，来到青岛，住在青岛，死于青岛，三岛主义，不想回去！"

那个家伙像刘，不是。失望！他乡遇故知。刘，幼年的同学，快乐的时期，一块跑得像对儿野兔。中学，开始顾虑，专门学校，算术不及格，毕了业。一百五，独身主义，不革命，爱国，中国有进步。水灾，跳舞赈灾，孙白得两张票；同女的一块去，一定！

"李处长？"孙想起来了，"给我擦屁股，不要！告诉你，弄个阔女的，有了一切！你，我，专门学校毕业，花多少本钱？有姑娘的不给咱们给谁？咱们白要个姑娘么？你明白。中国能有希望，只要我们舒舒服服的替国家繁殖，造人。要饭的花子讲究有七八个，张公道，三十五，六子有靠；干什么？增加土匪，洋车夫。我们，我们不应当不对社会负责任，得多来儿女，舒舒服服的连丈人带夫人共值五十万，等于航空奖券的特奖！明白？"

"该走喽。"丁立起来。

"败败！估败！"孙坐着摇摇手，太阳光照亮他的指甲。"明天这儿见！估拉克！"

丁望了望，海中人已不多，剩下零散的人头，与救生船上的红旗，一块上下摆动，胖妇人，水兵，妓女，都不见了。音乐，远处有人吹着口琴。他去换衣服，噗——嘎——嘟嘟！马路上的汽车接连不断。

出来，眼角上撩到一个顶红的嘴圈，上边一鼓一鼓的动，口香糖。过去了。腿，整个的黄脊背，高底鞋，脚踵圆亮得像个新下的鸡蛋。几个女学生唧唧的笑着，过去了。他提着湿的浴衣，顺着海滨公园走。大叶的洋梧桐摇着金黄的阳光，松把金黄的斜日吸到树干上；黄石，湿硬，看着白的浪花。

一百五。过去的渺茫，前游……海，山，岛，黄湿硬白浪的石头，白浪。美，美是一片空虚。事业，建设，中国的牌楼，洋房。跑过一条杂种的狗。中国有进步。肚中有点饿，黄花鱼，大虾，中国渔业失败，老孙是天才，国亡以后，他会白吃黄花鱼的。到哪里去吃晚饭？寂寞！水手拉着妓女，退职军官有妻子，老孙有爱人。丁只有一身湿的浴衣。皮肤黑了也是成绩。回到公事房去，必须回去，青岛不给我一百五。公事房，烟，纸，笔，闲谈，闹意见。共计一百五十元，扣所得税二元五角，支票一百四十七元五角，邮政储金二十五元零一分。把湿浴衣放在黄石上，他看着海，大自然的神秘。海阔天空，从袋中掏出漆盒，只剩了一支"小粉"包，没有洋火！海空气太硬，胸窄一点，把漆盒和看家的那支烟放回袋里。手插在腰间，望着海，山，远帆，中国的阿波罗！

……

"完了"

"避暑录话"原定共出十期，今天这是末一次；有中秋节在这儿拦着，即使有力继续也怪不好意思。广东月饼和青岛避暑似乎打不到一气。

完了就完了吧，没有什么可说的，也不必多说什么。原没打算以此治国平天下，今天也就用不着以"呜呼"收场，以示其一片忠心。至于这十期的作品是好是坏，我们愿听别人批评，自己不便于吹，也不便于贬。天下大事都有英雄俊杰在那儿操心，我们只向文海投了块小石，多少起些波圈，也正自不虚此"避"。若一定得说说，我们曾为这小刊物出过几身汗倒是真的。刊物小并不就容易，用五六百字写一篇东西，有时比写万言书还难一些。要好，要漂亮，要完整，要有意思，就凭那么五六百个字？为录避暑之话而出汗，自己找罪受而已；往好里说，这是我们努力，可是谁肯给自己叫好呢。

还有一层也须说到，因为这只有我们自己晓得：我们的避暑原是带手儿的事，我们在青岛都有事作。在这里，我们并不能依照"避暑生活"去消磨时日；况且我们也没都能在青岛过这一夏呢。克家早早的就回到乡间，亚平是到各处游览山水，少侯上了北平，伯箫赶回济南……这就又给了许多困难：短文既不易作，而有事者有事，行路者行路，不幸而有三两位交白卷，塌台乃必不可免。我们不想夸奖自己，可是说到这儿没法不自己喝声彩了。事实胜于雄辩，我们说十期就出了十期，而且每期是满膛满馅！这必得说是我们的纪律不错。在艺术里，演剧与奏乐必须有纪律，"随便"一定失败。文艺也须有纪律还是由办这小刊物得来的经验与觉悟，文人相轻，未必可信；而杂牌军队，必难取胜。于此又来了点感想：假设能有些文人，团结起来，共同负责办一个刊物，该谁写就写，该修改就得去修改，相互鼓励，也彼此批评，不滥收外稿，不乱拉名家，这个刊物或者能很出色。"避暑录话"未能把这些都办到，可是就这短短十期的经过，可以断定这个企冀不是全无可能。纪律是头一件该注意的事，自然也是最难的事。

无论怎说吧，"避暑录话"到了"完了"的时候，朋友散归四方，还在这儿的也难得共同写作的机会，想起来未免有些恋恋不舍。明年，谁知道明年夏天都准在什么地方呢；这个小刊物就似乎更可爱了，即使这完全是情感上的。

"完了！"

载 1935 年 9 月 15 日《青岛民报》"避暑录话"第 10 期

钢笔与粉笔

钢笔头已生了锈，因为粉笔老不离手。拿粉笔不是个好营生，自误误人是良心话，而良心扭不过薪水去。钢笔多么有意思：黑黑的管，尖尖的头，既没粉末，又不累手。想不起字来，沾沾墨水，或虚画几个小圈；如在灯下，笔影落纸上似一烛苗。想起来了，刷刷写下去，笔道圆，笔尖儿滑，得心应手，如蜻蜓点水，轻巧健丽。写成一气，心眼俱亮，急点上香烟一支，意思冉潮，笔尖再动，忙而没错儿，心在纸上，纸滑如油，乐胜于溜冰。就冲这点乐趣，好像为文艺而牺牲就值得，至少也对得起钢笔。

钢笔头下什么都有。要哭它便有泪，要乐它就会笑，要远远在天边，要美美如雪后的北平或春时中的西湖。它一声不出，可是能代达一切的感情欲望，而且不慌不忙，刚完一件再办一件，笔尖老那么湿润润的，如美人的唇。

可是，我只能拿粉笔！特别是这半年，因这半年特别忙。可以说是一个字没有写，这半年！毛病是在哪里呢？钢笔有一个缺点，一个很大的缺点。它——不——能——生——钱！我只瞪着眼看它生锈，它既救不了我，我也救不了它。它不单喝墨水，也喝脑汁与血。供给它血的得先造血，而血是钱变的。我喂不起它呀！粉笔比它强，我喂它，它也喂我。钢笔不能这个。虽然它是那么可爱与聪明。它的行市是三块钱一千字，得写得好，快，应时当令，而且不激烈，恰好立于革命与不革命之间，政治与三角恋爱之外，还得不马上等着钱用。它得知道怎样小心，得会没墨水也能写出字，而且写得高明伟大；它应会办的事太多了，它的报酬可只是三块钱一千字与比三块钱还多一些的臭骂。

　　钢笔是多么可爱的东西呢，同时又是多么受气的玩艺啊！因为钢笔是这样，那么写东西不写也就没什么关系了。任它生锈，我且拿粉笔写黑板去者！

载 1935 年 12 月 15 日《益世报》

新年试笔

　　新新年已过了半个月，旧新年还差着十来天。两对付着，用"新年试笔"，大概还是免不了"过犹不及"。这可也真无法！一九三六年来到，我不敢施礼向前，道完新禧，赶紧拿笔，我等着炮声呢。一九三六年不是顶可怕的么？元旦开炮简直是必不可免的，还有心拿笔？笔不敢拿，更不用说还想过年喝酒。除夕，我九点就睡了。元旦，很早的起来，等候死亡。大失所望，炸弹并没雪片般的往下降。一直等到初二，还无消息，一九三六年大概没什么出息了；灰心，就不愿动笔。

　　五号以后，天天看报。仿佛北方又丢失了几县，可是没听见一声大炮。原来最可怕的一九三六年并不特别开打，而是袖里来袖里去；黄河也许不久就成为人家杯里的香槟。可怜的一九三六年，你只能在非洲撒野，在东方的乐土就没有你的事儿！

　　又闹学生呢，这可不是好现象。果然，破坏和平者无赦。是这么着！

　　最近两三天，我听见了炮声；不是大炮，是小爆竹——欢迎旧新年的先声。我不能不拿笔了，天下已经太平，还能不高高兴兴的预备过旧新年么，新新年既然是空过去；即使一九三六年有翻天覆地的本领，也抵不过我干脆不答理它，而快快活活的欢迎鼠儿年。设若我再得个胖儿子，他是属鼠儿的，根本与一九三六年无关。这笔账儿我自以为算得不错，我等着听除夕彻夜的鞭炮，我等着看元旦娘娘庙进香，我等着看大年初二祭财神，我等着看……总而言之吧，鼠儿年一定是万紫千红，好一片太平景象。就是有战事的话，你放心，那是人家打，咱们总会维持和平。老鼠万岁！

载 1936 年 1 月 19 日《益世报》

不说谎的人

一个自信是非常诚实的人，像周文祥，当然以为接到这样的一封信是一种耻辱。在接到了这封信以前，他早就听说过有个瞎胡闹的团体，公然扯着脸定名为"说谎会"。在他的朋友里，据说，有好几位是这个会的会员。他不敢深究这个"据说"。万一把事情证实了，那才怪不好意思：绝交吧，似乎太过火；和他们敷衍吧，又有些对不起良心。周文祥晓得自己没有什么了不得的才干，但是他忠诚实在，他的名誉与事业全仗着这个；诚实是他的信仰。他自己觉得像一块笨重的石头，虽然不甚玲珑美观，可是结实硬棒。现在居然接到这样的一封信：

"……没有谎就没有文化。说谎是最高的人生艺术。我们怀疑一切，只是不疑心人人事事都说谎这件事。历史是谎言的纪录簿，报纸是谎言的播音机。巧于说谎的有最大的幸福，因为会说谎就是智慧。想想看，一天之内，要是不说许多谎话，得打多少回架；夫妻之间，不说谎怎能平安的度过十二小时。我们的良心永远不责备我们在情话情书里所写的——一片谎言！然而恋爱神圣啊！胜者王侯败者贼，是的，少半在乎说谎的巧拙。文化是谎的产物。文质彬彬，然后君子——最会扯谎的家伙。最好笑的是人们一天到晚没法掩藏这个宝物，像孕妇故意穿起肥大的风衣那样。他们仿佛最怕被人家知道了他们时时在扯谎，于是谎上加谎，成为最大的谎。我们不这样，我们知道谎的可贵，与谎的难能，所以我们诚实的扯谎，艺术的运用谎言，我们组织说谎会，为的是研究它的技巧，与宣传它的好处。我们知道大家都说谎，更愿意使大家以后说谎不像现在这么拙劣，……素仰先生惯说谎，深愿彼此琢磨，以增高人生幸福，光大东西文化！倘蒙不弃……"

没有念完，周文祥便把信放下了。这个会，据他看，是胡闹；这封信也是胡闹。但是他不能因为别人胡闹而幽默的原谅他们。他不能原谅这样闹到他自己头上来的人们，这是污辱他的人格。"素仰先生惯于说谎？"他不记得自己说过谎。即使说过，也必定不是故意的。他反对说谎。他不能承认报纸是制造谣言的，因为他有好多意见与知识都是从报纸得来的。

说不定这封信就是他所认识的，"据说"是说谎会的会员的那几个人给他写来的，故意开他的玩笑，他想。可是在信纸的左上角印着"会长唐翰卿；常务委员林德文，邓道纯，费穆初；会计何兆龙"。这些人都是周文祥知道而愿意认识的，他们在社会上都有些名声，而且是有些财产的。名声与财产，在周文祥看，绝对不能是由瞎胡闹而来的。胡闹只能毁人。那么，由这样有名有钱的人们所组织的团体，按理说，也应当不是瞎闹的。附带着，这封信也许有些道理，不一定是朋友们和他开玩笑。他又把信拿起来，想重新念一遍。可是他只读了几句，不能再往下念。

不管这些会长委员是怎样的有名有福，这封信到底是荒唐。这是个恶梦！一向没遇见这样矛盾，这样想不出道理的事！

周文祥是已经过了对于外表勤加注意的年龄。虽然不是故意的不修边幅，可是有时候两三天不刮脸而心中可以很平静；不但平静，而且似乎更感到自己的坚实朴简。他不常去照镜子；他知道自己的圆脸与方块的身子没有什么好看；他的自爱都寄在那颗单纯实在的心上。他不愿拿外表显露出内心的聪明，而愿把面貌体态当作心里诚实的说明书。他好像老这么说："看看我！内外一致的诚实！周文祥没别的，就是可靠！"

把那封信放下，他可是想对镜子看看自己；长久的自信使他故意的要重新估量自己一番，像极稳固的内阁不怕，而且欢迎，"不信任案"的提出那样。正想往镜子那边去，他听见窗外有些脚步声。他听出来那是他的妻来了。这使他心中突然很痛快，并不是欢迎太太，而是因为他听出她的脚步声儿。家中的一切都有定规，习惯而亲切，"夏至"那天必定吃卤面，太太走路老是那个声儿。但愿世界上所有的事都如此，都使他习惯而且觉得亲切。假如太太有朝一日不照着他所熟习的方法走路，那要多么惊心而没有一点办法！他说不上爱他的太太不爱，不过这些熟习的脚步声儿仿佛给他一种力量，使他深信生命并不是个乱七八糟的恶梦。他知道她的走路法，正如知道他的茶碗上有两朵鲜红的牡丹花。

他忙着把那封使他心中不平静的信收在口袋里，这个举动作得很快很自然，几乎是本能的；不用加什么思索，他就马上决定了不能让她看见这样胡闹的一封信。

"不早了，"太太开开门，一只脚登在门坎上，"该走了吧？"

"我这不是都预备好了吗？"他看了看自己的大衫，很奇怪，刚才净为想那封信，已经忘了是否已穿上了大衫。现在看见大衫在身上，想不起是什么时候穿上的。既然穿上了大衫，无疑的是预备出去。早早出去，早早回来，为一家大小去挣钱吃饭，是他的光荣与理想。实际上，为那封信，他实在忘了到公事房去，可是让太太这一催问，他不能把生平的光荣与理想减损一丝一毫："我这不是预备走吗？"他戴上了帽子。"小春走了吧？"

"他说今天不上学了，"太太的眼看着他，带出作母亲常有的那种为难的样子，既不愿意丈夫发脾气，又不愿儿子没出息，可是假若丈夫能不发脾气呢，儿子就是稍微有点没出息的倾向也没多大的关系。"又说肚子有点痛。"

周文祥没说什么，走了出去。设若他去盘问小春，而把小春盘问短了——只是不爱上学而肚子并不一定疼。这便证明周文祥的儿子会说谎。设若不去管儿子，而儿子真是学会了扯谎呢，就更糟。他只好不发一言，显出沉毅的样子；沉毅能使男人在没办法的时候显出很有办法，特别是在妇女面前。周文祥是家长，当然得显出权威，不能被妻小看出什么弱点来。

走出街门，他更觉出自己的能力本事。刚才对太太的一言不发等等，他作得又那么简净得当，几乎是从心所欲，左右逢源。没有一点虚假，没有一点手段，完全是由生平的朴实修养而来的一种真诚，不必考虑就会应付裕如。想起那封信，瞎胡闹！

公事房的大钟走到八点三十二分，他迟到了两分钟。这是一个新的经验；十年来，他至迟是八点二十八分到，他在作梦的时候，钟上的长针也总是在半点的"这"一边。世界好像宽出二分去，一切都变了样！他忽然不认识自己了，自己一向是八点半"这"边的人；生命是习惯的积聚，新床使人睡不着觉；周文祥把自己丢失了，丢失在两分钟的外面，好似忽然走到荒凉的海边上。

可是，不大一会儿，他心中又平静起来，把自己从迷途上找回来。他想责备自己，不应该为这么点事心慌意乱；同时，他觉得应夸奖自己，为这点小事着急正自因为自己一向忠诚。

坐在办公桌前，他可是又想起点不大得劲的事。公司的规则，规则，是不许迟到的。他看见过同事们受经理的训斥，因为迟到；还有的扣罚薪水，因为迟到。哼，这并不是件小事！自然，十来年的忠实服务是不能因为迟到一次而随便一笔抹杀的，他想。可是假若被经理传去呢？不必说是受申斥或扣薪，就是经理不说什么，而只用食指指周文祥——他轻轻的叫着自己——一下，这就受不了；不是为这一指的本身，而是因为这一指便把十来年的荣誉指化了，如同一股热水浇到雪上！

是的，他应当自动的先找经理去，别等着传唤。一个忠诚的人应当承认自己的错误，受申斥或惩罚是应该的。他立起来，想去见经理。

又站了一会儿，他得想好几句话。"经理先生，我来晚了两分钟，几年来这是头一次，可是究竟是犯了过错！"这很得体，他评判着自己的忏悔练习。不过，万一经理要问有什么理由呢？迟到的理由不但应当预备好，而且应当由自己先说出来，不必等经理问。有了："小春，我的男小孩——肚子疼，所以……"这就非常的圆满了，而且是真事。他并且想到就手儿向经理请半天假，因为小春的肚子疼也许需要请个医生诊视一下。他可是没有敢决定这么作，因为这么作自然显着更圆到，可是也许是太过火一点。还有呢，他平日老觉得非常疼爱小春，也不知怎的现在他并不十分关心小春的肚子疼，虽然按着自己的忠诚的程度说，他应当相信儿子的腹痛，并且应当马上去给请医生。

他去见了经理，把预备好的言语都说了，而且说得很妥当，既不太忙，又不吞吞吐吐的惹人疑心。他没敢请半天假，可是稍微露了一点须请医生的意思。说完了，没有等经理开口，他心中已经觉得很平安了，因为他在事前没有想到自己的话能说得这么委婉圆到。他一向因为看自己忠诚，所以老以为自己不长于谈吐。现在居然能在经理面前有这样的口才，他开始觉出来自己不但忠诚，而且有些未经发现过的才力。

正如他所期望的，经理并没有申斥他，只对他笑了笑。"到底是诚实人！"周文祥心里说。

微笑不语有时候正像怒视无言，使人转不过身来。周文祥的话已说完，经理的微笑已笑罢，事情好像是完了，可是没个台阶结束这一场。周文祥不能一语不发的就那么走出去，而且再站在那里也不大像话。似乎还得说点什么，但又不能和经理瞎扯。一急，他又想起儿子。"那么，经理以为可以的话，我就请半天假，回家看看去！"这又很得体而郑重，虽然不知道儿子究竟是否真害肚疼。

经理答应了。

周文祥走出公司来，心中有点茫然。即使是完全出于爱儿子，这个举动究竟似乎差点根据。但是一个诚实人作事是用不着想了再想的，回家看看去好了。

走到门口，小春正在门前的石墩上唱"太阳出来上学去"呢，脸色和嗓音都足以证明他在最近不曾犯过腹痛。

"小春，"周文祥叫，"你的肚子怎样了？"

"还一阵阵的疼，连唱歌都不敢大声的喊！"小春把手按在肚脐那溜儿。

周文祥哼了一声。

见着了太太，他问："小春是真肚疼吗？"

周太太一见丈夫回来，心中已有些不安，及至听到这个追问，更觉得自己是处于困难的地位。母亲的爱到底使她还想护着儿子，真的爱是无暇选取手段的，她还得说谎："你出去的时候，他真是肚子疼，疼得连颜色都转了，现在刚好一点！"

"那么就请个医生看看吧？"周文祥为是证明他们母子都说谎，想起这个方法。虽然他觉得这个方法有点欠诚恳，可是仍然无损于他的真诚，因为他真想请医生去，假如太太也同意的话。

"不必请到家来了吧，"太太想了想，"你带他看看去好了。"

他没想到太太会这么赞同给小春看病。他既然这么说了，好吧，医生不会给没病的孩子开方子，白去一趟便足以表示自己的真心爱子，同时暴露了母子们的虚伪，虽然周家的人会这样不诚实是使人痛心的。

他带着小春去找牛伯岩——六十多岁的老儒医，当然是可靠的。牛老医生闭着眼，把带着长指甲的手指放在小春腕上，诊了有十来分钟。

"病不轻！"牛伯岩摇着头说，"开个方子试试吧，吃两剂以后再来诊一诊吧！"说完他开着脉案，写得很慢，而字很多。

小春无事可作，把垫腕子的小布枕当作沙口袋，双手扔着玩。

给了诊金，周文祥拿起药方，谢了谢先生。带着小春出来；他不能决定，是去马上抓药呢，还是干脆置之不理呢？小春确是，据他看，没有什么病。那么给他点药吃，正好是一种惩罚，看他以后还假装肚子疼不！可是，小春既然无病，而医生给开了药方，那么医生一定是在说谎。他要是拿着这个骗人的方子去抓药，就是他自己相信谎言，中了医生的诡计。小春说谎，太太说谎，医生说谎，只有自己诚实。他想起"说谎会"来。那封信确有些真理，他没法不这么承认。但是，他自己到底是个例外，所以他不能完全相信那封信。除非有人能证明他——周文祥——说谎，他才能完全佩服"说谎会"的道理。可是，只能证明自己说谎是不可能的。他细细的想过去的一切，没有可指摘的地方。由远而近，他细想今天早晨所作过的那些事，所说过的那些话，也都无懈可击，因为所作所说的事都是凭着素日诚实的习惯而发的，没有任何故意绕着作出与说出来的地方，只有自己能认识自己。

他把那封信与药方一起撕碎，扔在了路上。

载 1936 年 5 月 3 日《益世报》

鬼与狐

　　我所见过的鬼都是鼻眼俱全，带着腿儿，白天在街上蹓跶的。夜里出来活动的鬼，还未曾遇到过；不是他们的过错，而是因为我不敢走黑道儿。平均的说，我总是晚上九点后十点前睡觉，鬼们还未曾出来；一睁眼就又天亮了，据说鬼们是在鸡鸣以前回家休息的。所以我老与鬼们两不照面，向无交往。即使有时候鬼在半夜扒着窗户看看我，我向来是睡得如死狗一般，大概他们也不大好意思惊动我。据我推测，鬼的拿手戏是在吓唬人；那么，我夜间不醒，他也就没办法。就是他想一口冷气把我吹死，到底未能先使我的头发立起如刺猬的样子，他大概是不会过瘾的。

　　假若黑夜的鬼可以躲避，白天的鬼倒真没法儿防备。我不能白天也老睡觉。只要我一上街，总得遇上他。有时候在家中静坐，他会找上门来。夜里的鬼并不这样讨人嫌。还有呢，夜间的鬼有种种奇装异服与怪脸面，使人一见就知道鬼来了，如披散着头发，吐着舌头，走道儿没声音，和驾着阴风等等。这些特异的标帜使人先有个准备，能打呢就和他开仗，如若个子太高或样子太可怕呢，咱就给他表演个二百米或一英里竞走，虽然他也许打破我的纪录，而跑到前面去，可是到底我有个希望。白天的鬼，哼，比夜间的要厉害着多少倍，简直不知多少倍。第一，他不吐舌头，也不打旋风；他只在你不留神的时候，脚底下一绊，你准得躺下。他的样子一点也不见得比我难看，十之八九是胖胖的，一肚子鬼胎。他要能吓唬你，自然是见面就"虎"一气了；可是一般的说，他不"虎"，而是嬉皮笑脸的讨人喜欢，等你中了他的计策之后，你才觉出他比棺材板还硬还凉。他与夜鬼的分别是这样：夜鬼拿人当人待，他至多不过希望拉个替身；白日鬼根本不拿人当人，你只是他的诡计中的一个环节，你永远逃不出他的圈儿。夜鬼大概多少有点委屈，所以白脸红舌头的出出恶气，这情有可原。白日鬼什么委屈也没有，他干脆要占别人的便宜。夜鬼不讲什么道德，因为他晓得自己是鬼；白日鬼很讲道德，嘴里讲，心里是男盗女娼一应俱全。更厉害的是他比夜鬼的心眼多，他知道怎样有组织，用大家的势力摆下迷魂大阵，把他所要收拾的一一的捉进阵去。在夜鬼的历史里，很少有大头鬼、吊死鬼等等联合起来作大规模运动的。白日鬼可就两样了，他们永远有团体，有计划，使你躲开这个，躲不开那个，早晚得落在他们的手中。夜鬼因为势力孤单，他知道怎样不专凭势力，而有时也去找个清官，如包老爷之流，诉诉委屈，而从法律上雪冤报仇。白日鬼不讲这一套，世上的包老爷多数死在他们的手里，更不用说别人了。这种鬼的存在似乎专为害人，就是害不死人，也把人气死。他们什么也晓得，只是不晓得怎样不讨厌。他们的心眼很复杂，很快，很柔软——像块皮糖似的怎揉怎合适，怎方便怎去。他们没有半点火气，地道的纯阴，心凉得像块冰似的，口中叼着大吕宋烟。

这种无处无时不讨厌的鬼似乎该有个名称，我想"不知死的鬼"就很恰当。这种鬼虽具有人形，而心肺则似乎不与人心人肺的标本一样。他在顶小的利益上看出天大的甜头，在极黑暗的地方看出美，找到享乐。他吃，他唱，他交媾，他不知道死。这种玩艺们把世界弄成了鬼的世界，有地狱的黑暗，而无其严肃。

鬼之外，应当说到狐。在狐的历史里，似乎女权很高，千年白狐总是变成妖艳的小娘子——可惜就是有时候露出点小尾巴。虽然有时候狐也变成白发老翁，可是究竟是老翁，少壮的男狐精就不大听说。因此，鬼若是可怕，狐便可怕而又可喜，往往使人舍不得她。她浪漫。

因为浪漫，狐似乎有点傻气，至少比"不知死的鬼"傻多了。修炼了千年或更长的时间才能化为人形，不刻苦的继续下工夫，却偏偏为爱情而牺牲，以至被张天师的张手雷打个粉碎，其愚不可及也。况且所爱的往往不是有汽车高楼的痴胖子，而是风流年少的穷书生；这太不上算了，要按着世上女鬼的逻辑说。

狐的手段也不高明。对于得罪他们的人，只会给饭锅里扔把沙子，或把茶壶茶碗放在厕所里去。这种办法太幼稚，只能恼人而不叫人真怕他们。于是人们请来高僧或捉妖的老道，门前挂上符咒，老少狐仙便即刻搬家。在这一点上，狐远不及鬼，更不及白日的鬼。鬼会在半夜三更叫唤几声，就把人吓得藏在被窝里出白毛汗，至少得烧点纸钱安慰安慰冤魂。至于那白日鬼就更厉害了，他会不动声色的，跟你一块吃喝的工夫，把你送到阴间去，到了阴间你还不知道是怎回事呢。

我以为说鬼说狐的故事与文艺大概多数的是为造成一种恐怖，故意的供给一种人为的哆嗦，好使心中空洞的人有些一想就颤抖的东西——神经的冷水浴。在这个目的以外，也许还有时候含着点教训，如鬼狐的报恩等等。不论是怎样吧，写这样故事的人大概都是为避免着人事，因为人事中的阴险诡诈远非鬼所能及；鬼的能力与心计太有限了，所以鬼事倒比较的容易写一些。至于鬼狐报恩一类的事，也许是求之人世而不可得，乃转而求诸鬼狐吧。

载 1936 年 7 月 1 日《论语》第 91 期

谈幽默

　　"幽默"这个字在字典上有十来个不同的定义。还是把字典放下，让咱们随便谈吧。据我看，它首要的是一种心态。我们知道，有许多人是神经过敏的，每每以过度的感情看事，而不肯容人。这样人假若是文艺作家，他的作品中必含着强烈的刺激性，或牢骚，或伤感；他老看别人不顺眼，而愿使大家都随着他自己走，或是对自己的遭遇不满，而伤感的自怜。反之，幽默的人便不这样，他既不呼号叫骂，看别人都不是东西，也不顾影自怜，看自己如一活宝贝。他是由事事中看出可笑之点，而技巧的写出来。他自己看出人间的缺欠，也愿使别人看到。不但是看到，他还承认人类的缺欠；于是人人有可笑之处，他自己也非例外，再往大处一想，人寿百年，而企图无限，根本矛盾可笑。于是笑里带着同情，而幽默乃通于深奥。所以 Thackeray（萨克莱）说："幽默的写家是要唤醒与指导你的爱心，怜悯，善意——你的恨恶不实在，假装，作伪——你的同情与弱者，穷者，被压迫者，不快乐者。"

　　Walploe（沃波尔）说："幽默者'看'事，悲剧家'觉'之。"这句话更能补证上面的一段。我们细心"看"事物，总可以发现些缺欠可笑之处；及至钉着坑儿去咂摸，便要悲观了。

　　我们应再进一步的问，除了上面这点说明，能不能再清楚一些的认识幽默呢？好吧，我们先拿出几个与它相近，而且往往与它相关的几个字，与它比一比，或者可以稍微的使我们清楚一点。反语（irony），讽刺（satire），机智（wit），滑稽剧（farce），奇趣（whimsicality），这几个字都和幽默有相当的关系。我们先说那个最难讲的——奇趣。这个字在应用上是很松泛的，无论什么样子的打趣与奇想都可以用这个字来表示，《西游记》的奇事，《镜花缘》中的冒险，《庄子》的寓言，都可以叫作奇趣。可是，在分析文艺品类的时候，往往以奇趣与幽默放在一处，如《现代小说的研究》的著者 Marble（马布尔）便把 whimsicality and humour（奇趣和幽默）作为一类。这大概是因为奇趣的范围很广，为方便起见，就把幽默也加了进去。一般地说，幻想的作品——即使是别有目的——不能不利用幽默，以便使文字生动有趣；所以这二者——奇趣与幽默——就往往成了一家人。这个，简直不但不能帮忙我们看明何为幽默，反倒使我更胡涂了。不过，有一点可是很清楚：就是文字要生动有趣，必须利用幽默。在这里，我们没弄清幽默是什么，可是明白幽默很重要的一个效用。假若干燥，晦涩，无趣，是文艺的致命伤；幽默便有了很大的重要；这就是它之所以成为文艺的因素之一的缘故吧。

至于反语，便和幽默有些不同了；虽然它俩还是可以联合在一处的东西。反语是暗示出一种冲突。这就是说，一句中有两个相反的意思，所要说的真意却不在话内，而是暗示出来的。《史记》上载着这么回事：秦始皇要修个大园子，优旃对他说："好哇，多多搜集飞禽走兽，等敌人从东方来的时候，就叫麋鹿去挡一阵，满好！"这个话，在表面上，是顺着始皇的意思说的。可是咱们和始皇都能听出其中的真意；不管咱们怎样吧，反正始皇就没再提造园的事。优旃的话便是反语。它比幽默要轻妙冷静一些。它也能引起我们的笑，可是得明白了它的真意以后才能笑。它在文艺中，特别是小品文中，是风格轻妙，引人微笑的助成者。据会古希腊语的说：这个字原意便是"说"，以别于"意"。因此，这个字还有个较实在的用处——在文艺中描写人生的矛盾与冲突，直以此字的含意用之人生上，而不只在文字上声东击西。在悲剧中，或小说中，聪明的人每每落在自己的陷阱里，聪明反被聪明误；这个，和与此相类的矛盾，普遍被称为 Sophoclean irony（索福克里斯的反语）。不过，这与幽默是没什么关系的。

现在说讽刺。讽刺必须幽默，但它比幽默厉害。它必须用极锐利的口吻说出来，给人一种极强烈的冷嘲；它不使我们痛快的笑，而是使我们淡淡的一笑，笑完因反省而面红过耳。讽刺家故意的使我们不同情于他所描写的人或事。在它的领域里，反语的应用似乎较多于幽默，因为反语也是冷静的。讽刺家的心态好似是看透了这个世界，而去极巧妙的攻击人类的短处，如《海外轩渠录》，如《镜花缘》中的一部分，都是这种心态的表现。幽默者的心是热的，讽刺家的心是冷的；因此，讽刺多是破坏的。马克·吐温（Mark Twain）可以被人形容作："粗壮，心宽，有天赋的用字之才，使我们一齐发笑。他以草原的野火与西方的泥土建设起他的真实的罗曼司，指示给我们，在一切重要之点上我们都是一样的。"这是个幽默者。让咱们来看看讽刺家是什么样子吧。好，看看 Swift（斯威夫特）这个家伙，当他赞美自己的作品时，他这么说："好上帝。我写那本书的时候，我是何等的一个天才呀！"在他廿六岁的时候，他希望他的诗能够："每一行会刺，会炸，像短刃与火。"是的，幽默与讽刺二者常常在一块儿露面，不易分划开；可是，幽默者与讽刺家的心态，大体上是有很清楚的区别的。幽默者有个热心肠儿，讽刺家则时常由婉刺而进为笑骂与嘲弄。在文艺的形式上也可以看出二者的区别来：作品可以整个的叫作讽刺，一出戏或一部小说都可以在书名下注明 a satire。幽默不能这样。"幽默的"至多不过是形容作品的可笑，并不足以说明内容的含意如何。"一个讽刺"——a satire——则分明是有计划的，整本大套的讥讽或嘲骂。一本讽刺的戏剧或小说，必有个道德的目的，以笑来矫正或诛伐。幽默的作品也能有道德的目的，但不必一定如此。讽刺因道德目的而必须毒辣不留情，幽默则宽泛一些，也就宽厚一些，它可以讽刺，也可以不讽刺，一高兴还可以什么也不为而只求和大家笑一场。

机智是什么呢？它是用极聪明的，极锐利的言语，来道出像格言似的东西，使人读了心跳。中国的老子庄子都有这种聪明。讽刺已经很厉害了，可到底要设法从旁面攻击；至于机智则是劈面一刀，登时见血。"圣人不死，大盗不止！"这才够味儿。不论这个道理如何，它的说法的锐敏就够使人跳起来的了。有机智的人大概是看出一条真理，便毫不含忽的写出来；幽默的人是看出可笑的事而技巧的写出来；前者纯用理智，后者则赖想象来帮忙。Chesterton（切斯特顿）说："在事物中看出一贯的，是有机智的。在事物中看出不一贯的，是个幽默者。"这样，机智的应用，自然在讽刺中比在幽默中多，因为幽默者的心态较为温厚，而讽刺与机智则要显出个人思想的优越。

滑稽戏——farce——在中国的老话儿里应叫作"闹戏"，如

《瞎子逛灯》之类。这种东西没有多少意思，不过是充分的作出可笑的局面，引人发笑。在影戏的短片中，什么把一套碟子都摔在头上，什么把汽车开进墙里去，就是这种东西。这是幽默发了疯；它抓住幽默的一点原理与技巧而充分的去发展，不管别的，只管逗笑，假若机智是感诉理智的，闹戏则仗着身体的摔打乱闹。喜剧批评生命，闹戏是故意招笑。假若幽默也可以分等的话，这是最下级的幽默。因为它要摔打乱闹的行动，所以在舞台上较易表现；在小说与诗中几乎没有什么地位。不过，在近代幽默短篇小说里往往只为逗笑，而忽略了——或根本缺乏——那"笑的哲人"的态度。这种作品使我们笑得肚痛，但是除了对读者的身体也许有点益处——笑为化食糖呀——而外，恐怕任什么也没有了。

有上面这一点粗略的分析，我们现在或者清楚一些了：反语是似是而非，借此说彼；幽默有时候也有弦外之音，但不必老这个样子。讽刺是文艺的一格，诗，戏剧，小说，都可以整篇的被呼为 a satire；幽默在态度上没有讽刺这样厉害，在文体上也不这样严整。机智是将世事人心放在 X 光线下照透，幽默则不带这种超越的态度，而似乎把人都看成兄弟，大家都有短处。闹戏是幽默的一种，但不甚高明。

拿几句话作例子，也许就更能清楚一些：

今天贴了标语，明天中国就强起来——反语。

君子国的标语："之乎者也"——讽刺。

标语是弱者的广告——机智。

张三把"提倡国货"的标语贴在祖坟上——滑稽；再加上些贴标语时怎样摔跟头等等招笑的行动，就成了闹戏。

　　张三把"打倒帝国主义走狗"贴成"走狗打倒帝国主义"——幽默；这个张三贴一天的标语也许才挣三毛小洋，贴错了当然要受罚；我们笑这种贴法，可是很可怜张三。

　　这几个例子摆在纸面上也许能帮助我们分别的认清它们，但在事实上是不易这样分划开的。从性质上说，机智与讽刺不易分开，讽刺也有时候要利用闹戏；至于幽默，就更难独立。从一篇文章上说，一篇幽默的文字也许利用各种方法，很难纯粹。我们简直可以把这些都包括在幽默之内，而把它们看成各种手法与情调。我们这样分析它们与其说是为从形式上分别得清楚，还不如说是为表明幽默——大概的说——有它特具的心态。

　　所谓幽默的心态就是一视同仁的好笑的心态。有这种心态的人虽不必是个艺术家，他还是能在行为上言语上思想上表现出这个幽默态度。这种态度是人生里很可宝贵的，因为它表现着心怀宽大。一个会笑，而且能笑自己的人，决不会为件小事而急躁怀恨。往小了说，他决不会因为自己的孩子挨了邻儿一拳，而去打邻儿的爸爸。往大了说，他决不会因为战胜政敌而去请清兵。褊狭，自是，是"四海兄弟"这个理想的大障碍；幽默专治此病。嬉皮笑脸并非幽默；和颜悦色，心宽气朗，才是幽默。一个幽默写家对于世事，如入异国观光，事事有趣。他指出世人的愚笨可怜，也指出那可爱的小古怪地点。世上最伟大的人，最有理想的人，也许正是最愚而可笑的人，吉珂德先生即一好例。幽默的写家会同情于一个满街追帽子的大胖子，也同情——因为他明白——那攻打风磨的愚人的真诚与伟大。

载 1936 年 8 月 16 日《宇宙风》第 23 期

英国人

据我看，一个人即使承认英国人民有许多好处，大概也不会因为这个而乐意和他们交朋友。自然，一个有金钱与地位的人，走到哪里也会受欢迎；不过，在英国也比在别国多些限制。比如以地位说吧，假如一个作讲师或助教的，要是到了德国或法国，一定会有些人称呼他"教授"。不管是出于诚心吧，还是捧场；反正这是承认教师有相当的地位，是很显然的。在英国，除非他真正是位教授，绝不会有人来招呼他。而且，这位教授假若不是牛津或剑桥的，也就还差点劲儿。贵族也是如此，似乎只有英国国产贵族才能算数儿。

至于一个平常人，尽管在伦敦或其他的地方住上十年八载，也未必能交上一个朋友。是的，我们必须先交代明白，在资本主义的社会里，大家一天到晚为生活而奔忙，实在找不出闲工夫去交朋友；欧西各国都是如此，英国并非例外。不过，即使我们承认这个，可是英国人还有些特别的地方，使他们更难接近。一个法国人见着个生人，能够非常的亲热，越是因为这个生人的法国话讲得不好，他才越愿指导他。英国人呢，他以为天下没有会讲英语的，除了他们自己，他干脆不愿答理一个生人。一个英国人想不到一个生人可以不明白英国的规矩，而是一见到生人说话行动有不对的地方，马上认为这个人是野蛮，不屑于再招呼他。英国的规矩又偏偏是那么多！他不能想象到别人可以没有这些规矩，而另有一套；不，英国的是一切；设若别处没有那么多的雾，那根本不能算作真正的天气！

除了规矩而外，英国人还有好多不许说的事：家中的事，个人的职业与收入，通通不许说，除非彼此是极亲近的人。一个住在英国的客人，第一要学会那套规矩，第二要别乱打听事儿，第三别谈政治，那么，大家只好谈天气了，而天气又是那么不得人心。自然，英国人很有的说，假若他愿意：他可以讲论赛马、足球、养狗、高尔夫球等等；可是咱又许不大晓得这些事儿。结果呢，只好对愣着。对了，还有宗教呢，这也最好不谈。每个英国人有他自己开阔的到天堂之路，乘早儿不用惹麻烦。连书籍最好也不谈，一般的说，英国人的读书能力与兴趣远不及法国人。能念几本书的差不多就得属于中等阶级，自然我们所愿与谈论书籍的至少是这路人。这路人比谁的成见都大，那么与他们闲话书籍也是自找无趣的事。多数的中等人拿读书——自然是指小说了——当作一种自己生活理想的佐证。一个普通的少女，长得有个模样，嫁了个驶汽车的；在结婚之夕才证实了，他原来是个贵族，而且承袭了楼上有鬼的旧宫，专是壁上的挂图就值多少百万！读惯这种书的，当然很难想到别的事儿，与他们谈论书籍和捣乱大概没有甚么分别。中上的人自然有些识见了，可是很难遇到啊。况且有些识见的英国人，根本在英国就不大被人看得起；他们连拜伦、雪莱和王尔德还都逐出国外去，我们想跟这样人交朋友——即使有机会——无疑的也会被看作成怪物的。

我真想不出，彼此不能交谈，怎能成为朋友。自然，也许有人说：不常交谈，那么遇到有事需要彼此的帮忙，便丁对丁、卯对卯的去办好了；彼此有了这样干脆了当的交涉与接触，也能成为朋友，不是吗？是的，求人帮助是必不可免的事，就是在英国也是如是；不过英国人的脾气还是以能不求人为最好。他们的脾气即是这样，他们不求你，你也就不好意思求他了。多数的英国人愿当鲁滨孙，万事不求人。于是他们对别人也就不愿多伸手管事。况且，他们即使愿意帮忙你，他们是那样的沉默简单，事情是给你办了，可是交情仍然谈不到。当一个英国人答应了你办一件事，他必定给你办到。可是，跟他上火车一样，非到车已要开了，他不露面。你别去催他，他有他的稳当劲儿。等办完了事，他还是不理你，直等到你去谢谢他，他才微笑一笑。到底还是交不上朋友，无论你怎样上前巴结。假若你一个劲儿奉承他或讨他的好，他也许告诉你："请少来吧，我忙！"这自然不是说，英国就没有一个和气的人。不，绝不是。一个和气的英国人可以说是最有礼貌，最有心路，最体面的人。不过，他的好处只能使你钦佩他，他有好些地方使人不便和他套交情。他的礼貌与体面是一种武器，使人不敢离他太近了。就是顶和气的英国人，也比别人端庄的多；他不喜欢法国式的亲热——你可以看见两个法国男人互吻，可是很少见一个英国人把手放在另一个英国人的肩上，或搂着脖儿。两个很要好的女友在一块儿吃饭，设若有一个因为点儿原故而想把自己的菜让给友人一点，你必会听到那个女友说："这不是羞辱我吗？"男人就根本不办这样的傻事。是呀，男人对于让酒让烟是极普遍的事，可是只限于烟酒，他们不会肥马轻裘与友共之。

这样讲，好像英国人太别扭了。别扭，不错：可是他们也有好处。你可以永远不与他们交朋友，但你不能不佩服他们。事情都是两面的。英国人不愿轻易替别人出力，他可也不来讨厌你呀。他的确非常高傲，可是你要是也沉住了气，他便要佩服你。一般的说，英国人很正直。他们并不因为自傲而蛮不讲理。对于一个英国人，你要先估量估量他的身份，再看看你自己的价值，他要是像块石头，你顶好像块大理石；硬碰硬，而你比他更硬。他会承认他的弱点。他能够很体谅人，很大方，但是他不愿露出来；你对他也顶好这样。设若你准知道他要向灯，你就顶好也先向灯，他自然会向火；他喜欢表示自己有独立的意见。他的意见可老是意见，假若你说得有理，到办事的时候他会牺牲自己的意见，而应怎么办就怎么办。你必须知道，他的态度虽是那么沉默孤高，像有心事的老驴似的，可是他心中很能幽默一气。他不轻易向人表示亲热，可也不轻易生气，到他说不过你的时候，他会以一笑了之。这点幽默劲儿使英国人几乎成为可爱的了。他没火气，他不吹牛，虽然他很自傲自尊。

所以，假若英国人成不了你的朋友，他们可是很好相处。他们该办什么就办什么，不必你去套交情；他们不因私交而改变作事该有的态度。他们的自傲使他们对人冷淡，可是也使他们自重。他们的正直使他们对人不客气，可也使他们对事认真。你不能拿他当作吃喝不分的朋友，可是一定能拿他当个很好的公民或办事人。就是他的幽默也不低级讨厌，幽默助成他作个贞脱儿曼，不是弄鬼脸逗笑。他并不老实，可是他大方。

他们不爱着急，所以也不好讲理想。胖子不是一口吃起来的，乌托邦也不是一步就走到的。往坏了说，他们只顾眼前；往好里说，他们不乌烟瘴气。他们不爱听世界大同，四海兄弟，或那顶大顶大的计划。他们愿一步一步慢慢的走，走到哪里算哪里。成功呢，好；失败呢，再干。英国兵不怕打败仗。英国的一切都好像是在那儿敷衍呢，可是他们在各种事业上并不是不求进步。这种骑马找马的办法常常使人以为他们是狡猾，或守旧；狡猾容或有之，守旧也是真的，可是英国人不在乎，他有他的主意。他深信常识是最可宝贵的，慢慢走着瞧吧。萧伯纳可以把他们骂得狗血喷头，可是他们会说："他是爱尔兰的呀！"他们会随着萧伯纳笑他们自己，但他们到底是他们——萧伯纳连一点办法也没有！

这些，可只是个简单的，大概的，一点由观察得来的印象。一般的说，也许大致不错；应用到某一种或某一个英国人身上，必定有许多欠妥当的地方。概括的论断总是免不了危险的。

载 1936 年 9 月《西风》第 1 期

相　片

在今日的文化里，相片的重要几乎胜过了音乐、图画与雕刻等等。在一个摩登的家庭里，没有留声机，没有名人字画，没有石的或铜的刻像，似乎还可以下得去；设若没几张相片，或一二个相片本子，简直没法活下去！不用说是一个家庭，就是铺户、旅馆、火车站、学生宿舍，没有相片就都不像一回事。电车上"谨防扒手"的下面要是没有几片四寸的半身照相，就一定显着空洞。水手们身上要是不带着几张最写实不过的妖精打架二寸艺术照相，恐怕海上的生活就要加倍难堪了。想想看，一个设备很完全的学校，而没有年刊或同学录，一个政府机关里而没有些张窄长的这个全体与那个周年的相片！至于报纸与杂志，哼，就是把高尔基的相误注为托尔斯泰的，也比空空如也强！投考、领护照、定婚、结婚、拜盟兄弟，哪一样可以没有相片？即使你天生来的反对照相，你也得去照；不然，你就连学校也不要入，连太太也不用娶，你乘早儿不用犯这个牛脖子——"请笑一点"，你笑就是了。儿童、妇女、国货、航空，都有"年"。年，究竟是年，今年甲子，明年乙丑，过去就完事；至于照相，这个世纪整个的是"照相世纪"；想想，你逃得出去吗？

还是先说家庭吧。比如你的屋中挂着名家的字画，还有些古玩，雅是雅了，可是第一你就得防贼，门上加双锁，窗上加铁栅，连这样，夜间有个风声草动，你还得咳嗽几声；设若是明火，进来十几位蒙面的好汉，大概你连咳嗽也不敢了。这何苦呢？相片就没这种危险，谁也不会把你父亲的相偷去当他的爸爸，这不是实话么？

就满打没这个危险，艺术作品或古玩也远不及相片的亲切与雅俗共赏。一张名画，在普通的人眼中还不如理发馆壁上所悬的"五福临门"，而你的朋友亲戚不见得没有普通人。你夸奖你的名画，他说看不上眼，岂不就得打吵子？相片人人能看得懂，而且就是照得不见佳也会有人夸好。比如令尊的相片加了漆金框悬在墙上，多么笨的人也不会当着你的面儿说："令尊这个相还不如五福临门好看！"绝对不会。即使那个相真不好看，人家也得说："老爷子福相，福相！"至不济，也会夸奖句："框子配得真好！"

以此类推，尊家自己，尊夫人，令郎令媛，都有相片，都能得到好评，这够多么快活呢？！况且相片遮丑，尊家面上的麻子，与尊夫人脸上的小沙漠似的雀斑，都不至于照上；你自己看着起劲，朋友们也不必会问："照片上怎么忘掉你的麻子？"站在一张图画前面，不管懂与否，谁都想批评批评，为表示自己高明，当着一个人，谁也不愿对他的面貌发表意见；看相片也是如此。

有相片就有话说，不至于宾主对愣着。

"这是大少爷吧？"

"可不是！上美国读书去了。"

"近来有信吧？"

打这儿，就由大少爷谈到美国，又由美国谈回来，碰巧了就二反投唐再谈回美国去，话是越说越多，而且可以指点着相片而谈，有诗为证：句句是真，交情乃厚。

最好是有一二相片本子。提到大少爷，马上拿出本子来："这是他满月时候照的，他生在福州，那时先严正在福州做官。"话又远去了，足够写三四本书的。假若没有这可宝贵的本子，你怎好意思突乎其来的说：先严在福州作过官？而使朋友吓一跳，当是你的脑子有毛病。

遇上两位话不投缘，而屡有冲突起来的危险的客人，相片本子——顶好是有两本——真是无价之宝。一看两位的眼神不对，你应当很自然的一人递给一本。他们正在，比如说，为袁世凯是否伟人而要瞪眼的时候，你把大少爷生在福州，和二小姐已经定婚的照片翻开，指示给他们。他们一个看福州生的胖小子，一个看将要成为新娘子的二小姐，自然思想换了地方，一个问你一套话，而袁世凯或者不成为问题了。要不然，这个有很大的危险。假若你没有相片本子，而二位抓住袁世凯不撒手，你要往折中里一说，说二位各有各的理，他们一定都冲着你来了；寡不敌众，你没调停好，还弄一鼻子灰。你要是向着一边说话，不用说，那就非得罪一边不可，也许因此而飞起茶碗——在你家里，茶碗自然是你的。你要是一声不出，听着他们吵，赶到彼此已说无可说而又不想打架的时候，他们就会都抱怨你不像个朋友。你若是不分青红皂白而把客人一齐逐出去，那就更糟，他们也许在你的门口吵嚷一阵，而同声的骂你不懂交情。总之，你非预备两个本子不可！

赶到朋友多的时候，你只有一张嘴，无论如何也应酬不过来，相片本子可以替你招待客人。找那不爱说话的，和那顶爱说话的，把本子送过去；那位一声不出的可以不至死板板的坐在那里，那位包办说话的也不好再转着弯儿接四面八方的话。把这两极端安置好，你便可以从容对付那些中庸的客人了。这比茶点果子都更有效。爱说话的人，宁可牺牲了点心，也不放弃说话。至于茶，就更不挡事；爱说话的人会一劲儿的说，直等茶凉了，一口灌下去，赶紧接着再说。果子也不行，有人不喜欢吃凉的，让到了他，他还许摆出些谱儿来："一向不大动凉的，不过偶尔的吃一个半个的，假如有玫瑰香葡萄之类！"你听，他是挖苦你没预备好果子。相片本子既比茶点省钱，又不至被人拒绝，大概谁也不会说，"一向讨厌看相片！"

相片里有许多人生的姿体，打开一本照相，你可以有许多带着感情的话。假若你现在的事由不如从前了，看看相片，你可以对友人说："这是前十年的了，那时候还不像这么狼狈！"这种牢骚是哀而不伤的，因为现在狼狈，并不能抹杀过去的光荣，回忆永是甜美的，对于兄弟儿女，都能起这种柔善的感情："看，这是当年的老六，多么体面，谁能想到他会……"你虽然依旧恨着老六，可是看着当年的照片，你到底想要原谅他。看着相片说些富有感情的话，你自己痛快，别人听着也够味儿。设若你会作诗的话，顶好在相片边题上些小诗，就更见出人生的味道。

不过，有些相片是不好摆进本子去的，你应当留神。歪戴帽或弄鬼脸的，甚至于扮成十三妹的相片，都可以贴上，因为这足以表示你颇天真，虽然你在平日是个完全的君子人，可是心田活泼泼的，也能像孩子般的淘气，这更见英雄的本色。至于背着尊夫人所接到的女友小照，似乎就不必公开的展览。爽直是可贵的，可是也得有个分寸。这个，你自然晓得；不过，我更嘱咐你一句：这类的相片就是藏起来也得要十分的严密，太太们对这种玩艺是特别注意的。

载 1936 年 9 月《逸经》第 13 期

婆婆话

　　一位友人从远道而来看我，已七八年没见面，谈起来所以非常高兴。一来二去，我问他有了几个小孩，他连连摇头，答以尚未有妻。他已三十五六，还作光棍儿，倒也有些意思；引起我的话来，大致如下：

　　我结婚也不算早，作新郎时已三十四岁了。为什么不肯早些办这桩事呢？最大的原因是自己挣钱不多，而负担很大，所以不愿再套上一份麻烦，作双重的马牛。人生本来是非马即牛，不管是贵是贱，谁也逃不出衣食住行，与那油盐酱醋。不过，牛马之中也有些性子刚硬的，挨了一鞭，也敢回敬一个别扭。合则留，不合则去，我不能在以劳力换金钱之外，还赔上狗事巴结人，由马牛降作走狗。这么一来，随时有卷起铺盖滚蛋的可能，也就得有些准备：积极的是储蓄俩钱，以备长期抵抗；消极的是即使挨饿，独身一个总不致灾情扩大。所以我不肯结婚。卖国贼很可以是慈父良夫，错处是只尽了家庭中的责任，而忘了社会国家。我的不婚，越想越有理。

　　及至过了三十而立，虽有桌椅板凳亦不敢坐，时觉四顾茫然。第一个是老母亲的劝告，虽然不明说："为了养活我，你牺牲了自己，我是怎样的难过！"可是再说硬话实在使老人难堪；只好告诉母亲：不久即有好消息。君子一言，驷马难追；一透口话，就满城风雨。朋友们不论老少男女，立刻都觉得有作媒的资格，而且说得也确是近情近理；平日真没想到他们能如此高明。最普遍而且最动听的——不晓得他们都是从哪儿学来的这一套？——是：老光棍儿正如老姑娘。独居惯了就慢慢养成绝户脾气——万要不得的脾气！一个人，他们说，总得活泼泼的，各尽所长，快活的忙一辈子。因不婚而弄得脾气古怪，自己苦恼，大家不痛快，这是何苦？这个，的确足以打动一个卅多岁，对世事有些经验的人！即使我不希望升官发财，我也不甘成为一个老别扭鬼。

那么经济问题呢？我问他们。我以为这必能问住他们，因为他们必不会因为怕我成了老绝户而愿每月津贴我多少钱。哼，他们的话更多了。第一，两个人的花销不必比一个人多到哪里去；第二，即使多花一些，可是苦乐相抵，也不算吃亏；第三，找位能挣些钱的女子，共同合作，也许从此就富裕起来；第四，就说她不能挣钱，而且多花一些，人生本来是经验与努力，不能永远消极的防备，而当努力前进。

说到这里，他们不管我相信这些与否，马上就给我介绍女友了。仿佛是我决不会去自己找到似的。可是，他们又有文章。恋爱本无须找人帮忙，他们晓得；不过，在恋爱期间，理智往往弱于感情；一旦造成了将错就错的局面，必会将恩作怨，糟糕到底。反之，经友人介绍，旁观者清，即使未必准是半斤八两，到底是过了磅的有个准数。多一番理智的考核，便少一些感情的瞎碰。双方既都到了男大当娶、女大当聘之年，而且都愿结婚，一经介绍，必定郑重其事的为结婚而结婚，不是过过恋爱的瘾，况且结婚就是结婚；所谓同居，所谓试婚，所谓解决性欲问题，原来都是这一套。同居而不婚，也得两人吃饭，也得生儿养女；并不因为思想高明，而可以专接吻，不用吃饭！

我没了办法。你一言，我一语，说得我心中闹得慌。似乎只有结婚才能心静，别无办法。于是我就结了婚。

到如今，结婚已有五年，有了一儿一女。把五年的经验和婚前所听到的理论相证，倒也怪有个味儿。

第一该说脾气。不错，朋友们说对了：有了家，脾气确是柔和了一些。我必定得说，这是结婚的好处。打算平安的过活必须采纳对方的意见，阳纲或阴纲独振全得出毛病；男女同居，根本需要民治精神，独裁必引起革命；努力于此种革命并不足以升官发财，而打得头破血出倒颇悲壮而泄气。彼此非纳着点气儿不可，久而久之都感到精神的胜利，凡事可以和平解决，夫妻俱可成圣矣。

这个，可并不能完全打倒我在婚前的主张：独身气壮，天不怕地不怕；结婚气馁，该瞅着的就得低头。我的顾虑一点不算多此一举。结了婚，脾气确是柔和了，心气可也跟着软下来。为两个人打算，绝不会像一人吃饱天下太平那么干脆。于是该将就者便须将就，不便挺起胸来大吹浩然之气，恋爱可以自由，结婚无自由。

朋友们说对了。我也并没说错。这个，请老兄自己去判断，假如你想结婚的话。

第二该说经济。现在，如果再有人对我说，俩人花钱不见得比一人多，我一定毫不迟疑的敬他一个嘴巴子。俩人是俩人，多数加 S，钱也得随着加 S。是的，太太可以去挣钱，俩人比一人挣的多；可是花得也多呀。公园，电影场，绝不会有"太太免票"的办法，别的就不用说了。及至有了小孩，简直的就不能再有什么预算决算，小孩比皇上还会花钱。太太的事不能再作，顾了挣钱就顾不了小孩，因挣钱而把小孩养坏，照样的不上算；好，太太专看小孩，老爷专去挣钱，小孩专管花钱，不破产者鲜矣。

自然小孩会带来许多快乐，作了父母的夫妻特别的能彼此原谅，而小胖孩子又是那么天真可爱。单单的伸出一个胖手指已足使人笑上半天。可是，小胖子可别生病；一生病，爸的表，娘的戒指，全得暂入当铺，而且昼夜吃不好，睡不安，不亚于国难当前。割割扁桃腺，得一百块！幸亏正是扁桃腺，这要是整个的圆桃，说不定就得上万！以我自己说，我对儿女总算不肯溺爱，可是只就医药费一项来说，已经使我的肩背又弯了许多。有病难道不给治么？小孩真是金子堆成的。这还没提到将来的教育费——谁敢去想，闭着眼瞎混吧！

有人会说喽，结婚之后顶好不要小孩呀。不用听那一套。我看见不少了，夫妻因为没有小孩而感情越来越坏，甚至去抱来个娃娃，暂时敷衍一下。有小孩才像家庭；不然，家庭便和旅馆一样。要有小孩，还是早些有的为是。一来，妇女岁数稍大，生产就更多危险；二来，早些有子女，虽然花费很多，可是多少能早些有个打算，即使计划不能实现，究竟想有个准备；一想到将来，便想到子女，多少心中要思索一番，对于作事花钱就不能不小心。这样，夫妇自自然然的会老成一些了，要按着老法子说呢，父母养活子女，赶到子女长大便倒过头来养活父母。假如此法还能适用，那么早有小孩，更为上算。假如父亲在四十岁上才有了儿子，儿子到二十的时候，父亲已经六十了；说不定，也许活不到六十的；即使儿子应用古法，想养活父亲，而父亲已入了棺材，哪能喝酒吃饭？

这个，朋友，假若你想结婚的话，又该去思索一番。娶妻需花钱，生儿养女需花钱，负担日大，肩背日弯，好不伤心；同时，结婚有益，有子也有乐趣，即使乐不抵苦，可是生命至少不显着空虚。如何之处，统希鉴裁！

至于娶什么样的太太，问题太大，一言难尽。不过，我看出这么点来：美不是一切。太太不是图画与雕刻，可以用审美的态度去鉴赏。人的美还有品德体格的成分在内。健壮比美更重要。一位爱生病的太太不大容易使家庭快乐可爱。学问也不是顶要紧的，因为有钱可以自己立个图书馆，何必一定等太太来丰富你的或任何人的学问？据我看，结婚是关系于人生的根本问题的；即使高调很受听，可是我不能不本着良心说话，吃，喝，性欲，繁殖，在结婚问题中比什么理想与学问也更要紧。我并不是说妇人应当只管洗衣作饭抱孩子，不应读书作事。我是说，既来到婚姻问题上，既来到家庭快乐上，就乘早不必唱高调，说那些闲盘儿。这是个实际问题，是解决生命的根源上的几项问题，那么，说真实的吧，不必弄一套之乎者也。一个美的摆设，正如一个有学问的摆设，都是很好的摆设，可是未见得是位好的太太。假若你是富家翁呢，那就随便的弄什么摆设也好。不幸，你只是个普通的人，那么，一个会操持家务的太太实在是必要的。假如说吧，你娶了一位哲学博士，长得也顶美，可是一进厨房便觉恶心，夜里和你讨论康德的哲学，力主生育节制，即使有了小孩也不会抱着，你怎办？听我的话，要娶，就娶个能作贤妻良母的。尽管大家高喊打倒贤妻良母主义，你的快乐你知道。这并不完全是自私，因为一位不希望作贤妻良母的满可以不嫁而专为社会服务呀。假如一位反抗贤妻良母的而又偏偏去嫁人，嫁了人又连自己的袜子都不会或不肯洗，那才是自私呢。不想结婚，好，什么主义也可以喊；既要结婚，须承认这是个实际问题，不必弄玄虚。夫妻怎不可以谈学问呢；可是有了五个小孩，欠着五百元债，明天的房钱还没指望，要能谈学问才怪！两个帮手，彼此帮忙，是上等婚姻。

有人根本不承认家庭为合理的组织，于是结婚也就成为可笑之举。这，另有说法，不是咱们所要谈的。咱们谈的是结婚与组织家庭，那么，这套婆婆话也许有一点点用，多少的备你参考吧。

载 1936 年 9 月 5 日《中流》第 1 卷第 1 期

我的理想家庭

一个二十多岁的小伙子，讲恋爱，讲革命，讲志愿，似乎天地之间，唯我独尊，简直想不到组织家庭——结婚既是爱的坟墓，家庭根本上是英雄好汉的累赘。及至过了三十，革命成功与否，事情好歹不论，反正领略够了人情世故，壮气就差点事儿了。虽然明知家庭之累，等于投胎为马为牛，可是人生总不过如此，多少也都得经验一番，既不坚持独身，结婚倒也还容易。于是发帖子请客，笑着开驶倒车，苦乐容或相抵，反正至少凑个热闹。到了四十，儿女已有二三，贫也好富也好，自己认头苦曳，对于年轻的朋友已经有好些个事儿说不到一处，而劝告他们老老实实的结婚，好早生儿养女，即是话不投缘的一例。到了这个年纪，设若还有理想，必是理想的家庭。倒退二十年，连这么一想也觉泄气。人生的矛盾可笑即在于此，年轻力壮，力求事事出轨，决不甘为火车；及至中年，心理的，生理的，种种理的什么什么，都使他不但非坐火车不可，且坐货车焉。把当初与现在一比较，判若两人，足够自己笑半天的！或有例外，实不多见。

明年我就四十了，已具说理想家庭的资格：大不必吹，盖亦自嘲。

我的理想家庭要有七间小平房：一间是客厅，古玩字画全非必要，只要几张很舒服宽松的椅子，一二小桌。一间书房，书籍不少，不管什么头版与古本，而都是我所爱读的。一张书桌，桌面是中国漆的，放上热茶杯不至烫成个圆白印儿。文具不讲究，可是都很好用。桌上老有一两枝鲜花，插在小瓶里。两间卧室，我独据一间，没有臭虫，而有一张极大极软的床。在这个床上，横睡直睡都可以。不论怎睡都一躺下就舒服合适，好像陷在棉花堆里，一点也不硬碰骨头。还有一间，是预备给客人住的。此外是一间厨房，一个厕所，没有下房，因为根本不预备用仆人。家中不要电话，不要播音机，不要留声机，不要麻将牌，不要风扇，不要保险柜。缺乏的东西本来很多，不过这几项是故意不要的，有人白送给我也不要。

院子必须很大。靠墙有几株小果木树。除了一块长方的土地，平坦无草，足够打开太极拳的，其他的地方就都种着花草——没有一种珍贵费事的，只求昌茂多花。屋中至少有一只花猫，院中至少也有一两盆金鱼；小树上悬着小笼，二三绿蝈蝈随意地鸣着。

这就该说到人了。屋子不多，又不要仆人，人口自然不能很多：一妻和一儿一女就正合适。先生管擦地板与玻璃，打扫院子，收拾花木，给鱼换水，给蝈蝈一两块绿王瓜或几个毛豆；并管上街送信买书等事宜。太太管做饭，女儿任助手——顶好是十二三岁，不准小也不准大，老是十二三岁。儿子顶好是三岁，既会讲话，又胖胖的会淘气。母女于做饭之外，就做点针线，看小弟弟。大件衣服拿到外边去洗，小件的随时自己涮一涮。

既然有这么多工作，自然就没有多少工夫去听戏看电影。不过在过生日的时候，全家就出去玩半天；接一位亲或友的老太太给看家。过生日什么的永远不请客受礼，亲友家送来的红白帖子，就一概扔在字纸篓里，除非那真需要帮助的，才送一些干礼去。到过节过年的时候，吃食从丰，而且可以买一通纸牌，大家打打"索儿胡"，赌铁蚕豆或花生米。

男的没有固定的职业；只是每天写点诗或小说，每千字卖上四五十元钱。女的也没事做，除了家务就读些书。儿女永不上学，由父母教给画图，唱歌，跳舞——乱蹦也算一种舞法——和文字，手工之类。等到他们长大，或者也会仗着绘画或写文章卖一点钱吃饭；不过这是后话，顶好暂且不提。

这一家子人，因为吃得简单干净，而一天到晚又不闲着，所以身体都很不坏。因为身体好，所以没有肝火，大家都不爱闹脾气。除了为小猫上房、金鱼甩子等事着急之外，谁也不急叱白脸的。

大家的相貌也都很体面，不令人望而生厌。衣服可并不讲究，都做得很结实朴素：永远不穿又臭又硬的皮鞋。男的很体面，可不露电影明星气；女的很健美，可不红唇卷毛的鼻子朝着天。孩子们都不卷着舌头说话，淘气而不讨厌。

这个家庭顶好是在北平，其次是成都或青岛，至坏也得在苏州。无论怎样吧，反正必须在中国，因为中国是顶文明顶平安的国家；理想的家庭必在理想的国内也。

载 1936 年 11 月 16 日《论语》第 100 期

归自北平

教书与作书各有困难。以此为业，都要受气。仿佛根本不是男儿大丈夫所当作的。借此升官发财，希望不多；专就吃饭而言，也得常杀杀裤腰带。我已有将及二十年的教书经验，书也写了十多本，这二者中的滋味总算尝透了些。拿这点资格与经历，我敢凭良心劝告别人：假如有别的路可走，总是躲着这两条为妙。就这二者而言，教书有固定的薪金，还胜于作个写家。写家虽不完全是无业游民，也差不许多。以文章说，我不敢自居为写家；以混饭说，我现在确是得算作一个。把这交待清楚，再说话才或者保险一些，不至于把真正的写家牵扯在内，而招出些是是非非。

不过，请放心，我并不想在这里道出我这样写家的一肚子委屈。我只要说一点无关紧要的小事。假若这点小事已足使我为难，别的自然不言而喻了。

今年暑后，我辞去教职，专心写作。并非看卖文是件甜事，而是只有此路可走，其余的路一概不通。

粗粗的看来，写家是满有自由的，山南海北无处不可安身。事实上一点也不这样。我解去学校的事，马上就开了家庭会议：上哪儿去住呢？这个会议至今还没闭会，因为始终没有妥当的办法。

青岛的生活程度高，比北平——我在北平住过廿多年——要高上一倍。家庭会议的开始，大家似乎都以为有搬家的必要，而且必搬到北平。可是，一搬三穷；我没地方给全家找"免票"去，况且就是有人自动的送来，我也不肯用；我很佩服别人善用"免票"，而我自己是我自己。

可是，路费事小，日常开销事大；搬到了北平，每月用度可以省去一半，岂不还是上算着许多？

于是家庭会议派我作代表，上北平看看；我有整二年没回去了。在北平住了一星期，赶紧回来了。报告如下：北平的确是方便，而且便宜。但是正因其如此所以花钱才更多。车便宜，所以北平的友人都仿佛没有腿。饭便宜，所以大家常吃小馆。戏便宜，所以常去买票。东西便宜，所以多买。并不少花钱，可是便宜。在青岛，平均每月看一次电影，每年看一次戏，每星期坐一次车。贵，好呀，不看不听不坐，钱照旧在口袋里。日久天长，甘于寂寞，青岛海岸也足开心，用不着花钱买乐了。再说，北平朋友很多，一块儿去洗澡，看戏，上公园，闲谈，都要费时间。既仗着写作吃饭，怎能舍得工夫？还是青岛好，安静。

但是安静不行呀。写家得有些刺激，得去多经验，得去多找材料。还是北平好吧？

没办法！有这么个地方才妙！便宜，方便，热闹而又安静。哪儿找去呢？

放下北平，我们想到上海，投稿方便，索稿费方便，而且生活紧张。可是我知道上海的生活程度是怎样的高，我也晓得一到那里我就得生病。生活紧张而自己心静，是个办法。我可是不行，人家乱，我就头晕。抹去上海！苏州很好，友人这么建议，又便宜又安静。那里一个朋友也没有，我去干吗呢？还有，我真怕南方那个天气，能整星期的不见太阳！我不到没有太阳的地方去！

最近，又想到了成都。和没想一样，假若有钱的话，巴黎岂不更好？

还是青岛好呀，居然会留住了我：多么可笑，多么别扭，多么可怜！

载 1936 年 12 月 1 日青岛《民众日报》

搬　家

一提议说搬家，我就知道麻烦又来了。住着平安，不吵不闹，谁也不愿搬动。又不是光棍一条，搬起来也省事。既然称得起"家"，这至少起码是夫妇两个，往往彼此意见不合，先得开几次联席会议，结果大家的主张不得不折衷。谁去找房，这个说，等我找到得几时，我又得教书，编讲义，写文章，而且专等星期去找；况且我男人家又粗心又马虎，还是你去吧。那个说，一个女人家东家进，西家出，"眼观六路耳听八方"都得看仔细，打听明白，就是看妥了，和房东办交涉也是不善，全权通交在一人身上，这个责任，确是不轻。

没有法子，只得第二天就去实行，一路上什么也引不起注意，就看布告牌上的招租帖，墙角上，热闹口上通都留神，这还不算。有的好房就不贴条子，也不请银行信托部来管，这可不好办。一来二去的自己有了点发现，凡是窗户上没有窗帘子，你就可拍门去问。虽然看不中意，但是比较起所看的房确是强的多。

住惯北平的房子，老希望能找到一个大院子。所以离开北平之后，无论到天津，济南，汉口，上海，以至青岛，能找到房子带个大院子，真是少有。特别是在青岛，你能找到独门独院，只花很少的租价，就简直可说没有。除非你真有腰包，可以大大的租上座全楼。

　　我就不喜欢一个楼，分楼上一家，楼下一家，或是楼分四家住。这样住在楼上的人多少总是占便宜的。楼下的可就倒霉。遇见清净孩子少的还好，遇见好热闹，有嗜好的，孩子多的，那才叫活糟。而且还注意同楼是不是好养狗。这是经验告诉我，一条狗得看新养的，还是旧有的。青岛的狗种，可属全世界的了，三更半夜，嗥出的声真能吓得你半夜不能安睡。有了狗群，更不得安生，决斗声，求爱声，乳狗声，比什么声音都复杂热闹。这个可不敢领教了！

　　其次看同楼邻居如何；人口，年龄，籍贯，职业，都得在看房之际顺口答音的，探听清楚。比如说吧，这家是南方人，老太太是湖北的，少奶奶是四川的，少爷是在港务局作事，孩子大小三个；这所楼我虽看的还合适，房间大，阳光充足，四壁厕所厨房都干净，可是一看这家邻居，心就凉爽了。第一老太太是南方的我先怕。这并不是说对于南方的老太太有什么仇恨，而是对于她们生活习惯都合不来。也不管什么日子，黑天白日，黄钱白钱——纸钱——足烧一气，口中念念有词，我确是看不下去。再有是在门前买东西，为了一分钱，一棵菜，绝不善罢甘休买成功，必得为少一两分量吵嚷半天，小贩们脸红脖子粗的走开。少奶奶管孩子，少爷吊嗓子，你能管得着么？碰巧还架上贱价无线电，吵得你"姑子不得睡，和尚不得安"。所以趁早不用找麻烦。

　　论到职业上，确是重大问题。如果同楼邻居是同行，当然不必每天见面，"今天天气，哈哈哈"，或者不至于遭人白眼，扭头不屑于理"你个穷酸教书匠"，大有"道不同不相为谋"的气概。有时还特别显示点大爷就是这股子劲，看着不顺眼，搬哪！于是乎下班之后约些朋友打打小牌。越是更深人静，红中白板叫得越响，碰巧就继续到天亮，叫车送客忙了一大阵，这且不提。

你遇见这样对头最好忍受。你若一干涉，好，事情更来得重，没事先拉拉胡琴，约个人唱两出。久而久之，来个"坐打二簧"，锣鼓一齐响，你不搬家还等着什么？想用功到时候了，人家却是该玩的时候；你说明天第一堂有课，人家十时多才上班。你想着票友散了，先睡一觉，人家楼上孩子全起来了，玩橄榄球，拉凳子，打铁壶又跟上了。心中老害怕薄薄一层楼板，早晚是全军覆没，盖上木头被褥，那才高兴呢！

一封客客气气的劝告信，满希望等楼上的先生下了班，送了过去，发生点效力。一会儿楼上老妈子推门进来说，我们太太不认识字，老爷不在家，太太说不收这封信。好吧，接过来，整个丢进字纸篓里。自愧没作公安局长。

一个月后，房子才算妥当了，半年为期，没有什么难堪条件。回来对她一说，她先摇头，难道楼下你还没住够？我说，这次可担保，一定没有以前所受的流弊。房子够住，地点适宜，离学校、菜市、大街都近，而且喜欢遇到整齐的院子，又带着一个大空后院，练球，跳远，打拳都行。再说楼上只住老夫妇俩，还是教育界。她点了点头。

两辆大敞车，把所有的动产，在一早晨都搬了过去，才又发现门口正对着某某宿舍三个敞口大垃圾箱。掩鼻而过可也！

载 1936 年 12 月 10 日《谈风》第 4 期

青岛与山大

北中国的景物是由大漠的风与黄河的水得到色彩与情调：荒、燥、寒、旷、灰黄，在这以尘沙为雾，以风暴为潮的北国里，青岛是颗绿珠，好似偶然的放在那黄色地图的边儿上。在这里，可以遇见真的雾，轻轻的在花林中流转，愁人的雾笛仿佛像一种特有的鹃声。在这里，北方的狂风还可以袭入，激起的却是浪花；南风一到，就要下些小雨了。在这里，春来的很迟，别处已是端阳，这里刚好成为锦绣的乐园，到处都是春花。这里的夏天根本用不着说，因为青岛与避暑永远是相联的。其实呢，秋天更好：有北方的晴爽，而不显着干燥，因为北方的天气在这里被海给软化了；同时，海上的湿气又被凉风吹散，结果是天与海一样的蓝，湿与燥都不走极端；虽然大雁还是按时候向南飞，可是此地到菊花时节依然是很暖和的。在海边的微风里，看高远深碧的天上飞着雁字，真能使人暂时忘了一切，即使欲有所思，大概也只有赞美青岛吧。冬天可实在不能令人满意，有相当的冷，也有不小的风。但是，这里的房屋不像北平的那样以纸糊窗，街道上也没有尘土，于是冷与风的厉害就减少了一些。再说呢，夏季的青岛是中外有钱有闲的人们的娱乐场所，因为他们与她们都是来享福取乐，所以不惜把壮丽的山海弄成烟酒香粉的世界。到了冬天，他们与她们都另寻出路，把山海自然之美交给我们久住青岛的人。雪天，我们可以到栈桥去望那美若白莲的远岛；风天，我们可以在夜里听着寒浪的击荡。就是不风不雪，街上的行人也不甚多，到处呈现着严肃的气象，我们也可以吐一口气，说：这是山海的真面目。

一个大学或者正像一个人，它的特色总多少与它所在的地方有些关系。山大虽然成立了不多年，但是它既在青岛，就不能不带些青岛味儿。这也就是常常引起人家误解的地方。一般的说，人们大概会这样想：山大立在青岛恐怕不大合适吧？舞场，咖啡馆，电影院，浴场……在花花世界里能安心读书吗？这种因爱护而担忧的猜想，正是我们所愿解答的。在前面，我们叙述了青岛的四时：青岛之有夏，正如青岛之有冬；可是一般人似乎只知其夏，不知其冬，猜测多半由此而来。说真的，山大所表现的精神是青岛的冬。是呀，青岛忙的时候也是山大忙的时候，学会咧，参观团咧，讲习会咧，有时候同时借用山大作会场或宿舍，热忙非常。但这总是在夏天，夏天我们也放假呀。当我们上课的期间，自秋至冬，自冬至初夏，青岛差不多老是静寂的。春山上的野花，秋海上的晴霞，是我们的，避暑的人们大概连想也没想到过。至于冬日寒风恶月里的寂苦，或者也只有我们的读书声与足球场上的欢笑可与相抗；稍微贪点热闹的人恐怕连一个星期也住不下去。我常说，能在青岛住过一冬的，就有修仙的资格。我们的学生在这里一住就是四冬啊！他们不会在毕业时候都成为神仙——大概也没人这样期望他们——可是他们的静肃态度已经养成了。一个没到过山大的人，也许容易想到，青岛既是富有洋味的地方，当然山大的学生也得洋服唧当的，像些华侨子弟似的。根本没有这一回事。山大的校舍是昔年的德国兵营，虽然在改作学校之后，院中铺满短草，道旁也种上了玫瑰，可是它总脱不了营房的严肃气象。学校的后面左面都是小山，挺立着一些青松，我们每天早晨一抬头就看见山石与松林之美，但不是柔媚的那一种。学校里我们设若打扮得怪漂亮的，即使没人多看两眼，也觉得仿佛有些不得劲儿。整个的严肃空气不许我们漂亮，到学校外去，依然用不着修饰。六七月之间，此处固然是万紫千红，士女如云，好一片摩登景象了。可是过了暑期，海边上连个人影也没有；我们大概用不着花花绿绿的去请白鸥与远帆来看吧？因此，山大虽在青岛，而很少洋味儿，制服以外，蓝布大衫是第二制服。就是在六七月最热闹的时候，我们还是如此，因为朴素成了风气，蓝布大衫一穿大有"众人摩登我独古"的气概。

还有呢，不管青岛是怎样西洋化了的都市，它到底是在山东。"山东"二字满可以用作朴俭静肃的象征，所以山大——虽然学生不都是山东人——不但是个北方大学，而且是北方大学中最带"山东"精神的一个。我们常到崂山去玩，可是我们的眼却望着泰山，仿佛。这个精神使我们朴素，使我们能吃苦，使我们静默。往好里说，我们是有一种强毅的精神；往坏里讲，我们有点乡下气。不过，即使我们真有乡下气，我们也会自傲的说，我们是在这儿矫正那有钱有闲来此避暑的那种奢华与虚浮的摩登，因为我们是一群"山东儿"——虽然是在青岛，而所表现的是青岛之冬。

至于沿海上停着的各国军舰，我们看见的最多，此地的经济权在谁何之手，我们知道的最清楚；这些——还有许多别的呢——时时刻刻刺激着我们，警告着我们，我们的外表朴素，我们的生活单纯，我们却有颗红热的心。我们眼前的青山碧海时时对我们说：国破山河在！于此，青岛与山大就有了很大的意义。

载 1936 年山东大学《二五年刊》

在青岛青年会的演讲

白干事邀我到这边来，原规定是大伙坐下吃点东西，教我说个五六分钟的话，所以我预备的材料，一点也不新奇。我以前作过小学教员，小学校长，还作过督学，所以我对小学教员的情形，都知道……

今天我要说的是小学教育界的"苦处"，但"苦处"不如不说，说来恐怕有鼓吹革命的嫌疑。诸位有的不是教员，说来或者有点帮助。干小学教员，时间费得太多，劳力费得太大，他的学问，永远出卖，没有收入，不能"教学相长"，比方给小学生判仿，若判上三年，恐怕他本人的字也退了步。因为平日事情多，精力用的也多，没有时间来再读书，这种现象，不但是教育界就连其他各界也是很危险的。再说社会，又不保险，不定哪个时候失业。邮政局和银行确实办得不错，我早想作一次邮局或银行的经理，但终没有达到。记得有一个大官到某一省视察，见了一个虎背驼腰，鼻架眼镜的老警察，他立刻打了他一个嘴巴。若在外国呢？像这样的警察，早给他养老费，教他回家养老去了。但在中国，不但没有这种好的待遇，还挨了一嘴巴。干小学教员，也是没有保障，所以有一点好事，就"跳槽"。若以教育事业是神圣的上看呢，这种举动是不对的。若从待遇上和受的苦处上说，是应当的。但我不是劝人"跳槽"。若"跳槽"，没事做找我去，我可担不了。

我今天对诸位说，是怎么想法充实自己。记得十几年前，我作督学威风不小，到哪所小学去，都很欢迎。月薪二百元。那时每月挣得二百元，就不容易。后来我一怒，辞职，跑到南开中学教书。只给咱五十元，咱一高兴，就干下去。一天上三个班，一星期就十八个钟头；还得改一百五六十本卷子，你想这样就没时间读书，别的事都不能作了，麻将也不打了。虽是这样忙，没有时间，但天天和书本接近，与自己有莫大的好处。比起当督学来，一本书也不念，以为督学是官，天天忙着交际应酬，还念什么书，那一股子劲歇了，所以我跑到南开是对的。若是于小学教员呢，天天盘算挣了钱，结婚。结了婚，生小孩，自想就是这样了。这态度是不对的，尤其在这国难期间，比方学写字，不怕一天写一点钟，时候多了，就会写好，不要以为字写好了没用处……

我在以前，五十二星期内，念过五十二本小说，还是在教完书，夜间念的，直累得闹肚子。当时觉得没有得到好处，后来我当了大学教授，以它们作了讲课的材料；创写小说套上它的式样，所以有知识粮食存着，不会没有用的。比方在夜间学一点钟的外国文字，早上再念一点钟，日子久了，就会了外国文字，多一份眼睛，多得一些知识。

你们挣的钱，不过几十元，拿出来把它消耗在你所爱学的东西上，比积存要好的多。你想，在这混乱社会里生命不知何时就完，你若积钱预备娶儿媳妇，那你还是积着好。

今天随便一讲，一点也没预备，我想等到暖天再来讲一次最拿手的，或者你请我吃饭，我一定去，定有很多的话说。

载 1937 年 1 月 11 日青岛《正报》

AB 与 C

粗粗的，我可以把十年来写小说的经验划成三个阶段。

（A）女子若是不先学了养小孩而后出嫁，大概写家们也很少先熟读了什么什么法程与入门而后创作。写作的动机，在我们的经验里，与其说是由于照猫画虎的把材料填入一定的格式之内，还不如说是由于材料逼着脑子把它落在白纸上。不写，心里痒痒。于是就写起活来。自然是乱七八糟。这时候，材料是一切，凡是可以拉进来的全用上，越多越热闹。譬若：描写一面龙旗，便不管它在整段之中有何作用。而抱定它死啃，把龙鳞一个个的描画，直到筋疲力尽，还找补着细说一番龙尾巴。这一段谈龙的自身也许是很好的文字，怎奈它与全体无关；可是，在那时候，自己专为这一段得意；写完龙鳞，赶紧去抓凤眼，又是与谁也不相干的一大段。龙鳞凤眼都写得很好，可是连自己也忘了到底说的是什么了。想了一会儿，噢，原来正题是讲张王李的三角恋爱呀。龙凤与此全无关系。但是已经写好，怎能再改，况且那龙与凤都很够样儿呀。于是然而一大转，硬把龙凤放下，而拾起三角恋爱。就是这么东补西拼。我写成了一两本小说。

（B）工夫不骗人，一两本小说写成，自然长了经验：知道了怎样管着自己了。无论怎样好的材料，不能随便拉它上来。我懂了什么叫中心思想。即使难于割舍，也得咬牙，不三不四的材料全得放在一旁。这可就难多了！清一色的材料还真不大容易往一块凑呢。这才知道写作的难处，再也不说下笔万言，倚马可待了。在（A）阶段里，什么东西都是好的，口上总念道着：这个事有趣，等我把它写进去。现在，什么东西都要画上个"？"了，口中念道着：这是写小说呀，不是编一张花花绿绿的新闻纸！这时候，才稍能欣赏那平稳停匀的作品，不以乌烟瘴气为贵了。

（C）闹中心思想又过去了，现在最感困难的是怎能处处切实。有了中心思想，也有了由此而来的穿插，好了，就该动笔写吧。哼，一动笔就碰钉子，就苦恼，就要骂街，甚至于想去跳井！是呀，该用的材料都预备好了，可就是写不出。譬如说吧，题目是三角恋爱，我把三角之所以成为三角，三角人，三角地，三角吻，三角起打，和舞场，电影院，一切的一切，都预备好了。及至一提笔，想说春天的晚上；坏了，我没预备好春天的暮色是什么样。我只要简单的两三句话，而极生动的写出这个景色，使人一看便动心，就自己也要闹恋爱去，好吧，这两三句话够想一天的，而且未必想得起来。缺乏经验呀，观察的不够呀！这个三角恋爱的故事不知道需要多少多少经验，才能句句不空；上自天文，下至跳舞，都须晓得，而且真正内行，每句是个小图画，每句都说到了家，不但到了家。而且还又碰回来，当当儿的响。单有了中心思想单有了好的结构，才算不了一回事呢！

到了（C）这块儿，我很想把以前的作品全烧掉，从此搁笔改行，假如有人能白给我五十万块钱的话。

载 1937 年 2 月《文学》第 8 卷第 2 号

文艺副产品

——孩子们的事情

自从去年秋天辞去了教职，就拿写稿子挣碗"粥"吃——"饭"是吃不上的。除了星期天和闹肚子的时候，天天总动动笔，多少不拘，反正得写点儿。于是，家庭里就充满了文艺空气，连小孩们都到时候懂得说："爸爸写字吧。"文艺产品并没能大量的生产，因为只有我这么一架机器，可是出了几样副产品，说说倒也有趣：

（一）自由故事。须具体的说来：

早九点，我拿起笔来。烟吸过三枝，笔还没落到纸上一回。小济（女，实岁数三岁半）过来检阅，见纸白如旧，就先笑一声，而后说："爸，怎么没有字呢？"

"待一会儿就有，多多的字！"

"啊！爸，说个故事？"

我不语。

"爸快说呀，爸！"她推我的肘，表示我即使不说，反正肘部动摇也写不了字。

这时候，小乙（男，实岁数一岁半，说话时一字成句，简当而有含蓄）来了，妈妈在后面跟着。

见生力军来到，小济的声势加旺："快说呀！快说呀！"

我放下笔："有那么一回呀——"

小乙："回！"

小济："你别说，爸说！"

爸："有那么一回呀，一只大白兔——"

小乙："兔兔！"

小济："别——"

小乙撇嘴。

妈："得，得，得，不哭！兔兔！"

小乙："兔兔！"泪在眼中一转，不知转到哪里去了。

爸："对了，有两只大白兔——"

小乙："泡泡！"

妈："小济，快，找小盆去！"

爸："等等，小乙，先别撒！"随小济作快步走，床下椅下，分头找小盆，至为紧张，且喊且走，"小盆在哪儿？"只在此屋中，云深不知处，无论如何，找不到小盆。

妈曳小乙疾走如风，入厕，风暴渐息。

归位，小济未忘前事："说呀！"

爸："那什么，有三只大白兔——"等小乙答声，我好想主意。

小乙尿后，颇镇定，把手指放在口中。

妈："不含手指，臭！"

小乙置之不理。

小济："说那个小猪吃糕糕的，爸！"

小乙："糕糕，吃！"他以为是到了吃点心的时候呢。

妈："小猪吃糕糕，小乙不吃。"

爸说了小猪吃糕糕。说完，又拿起笔来。

小济："白兔呢？"

颇成问题！小猪吃糕糕与白兔如何联到一处呢？

门外："给点什么吃呗，太太！"

小济小乙齐声："太太！"

全家摆开队伍，由爸代表，给要饭的送去铜子儿一枚。

故事告一段落。

这种故事无头无尾，变化万端，白兔不定几只，忽然转到小猪吃糕糕，若不是要饭的来解围，故事便当延续下去，谁也不晓得说到哪里去，故定名为"自由故事"。此种故事在有小孩子的家中非常方便好用，作者信口开河，随听者的启示与暗示而跌宕多姿。著者与听者打成一片，无隔膜抵触之处。其体裁既非童话，也非人话，乃一片行云流水，得天然之美，极当提倡。故事里毫无教训，而充分运用着作者与听者的想象，故甚可贵。

（二）新蝌蚪文：

在以前没有小孩的时候，我写废了稿纸，便扔在字纸篓里。自从小济会拿铅笔，此项废纸乃有出路，统统归她收藏。

我越写不上来，她越闹哄得厉害：逼我说故事，劝我带她上街，要不然就吃一个苹果，"小济一半，爸一半！"我没有办法，只好把刚写上三五句不像话的纸送给她："看这张大纸，多么白！去，找笔来，你也写字，好不好？"赶上她心顺，她就找来铅笔头儿，搬来小板凳，以椅为桌，开始写字。

她已三岁半，可是一个字不识。我不主张早教孩子们认字。我对于教养小孩，有个偏见——也许是"正"见：六岁以前，不教给他们任何东西；只劳累他们的身体，不劳累脑子。养得脸蛋儿红扑扑的，胳臂腿儿挺有劲，能蹦能闹，便是好孩子。过六岁，该受教育了，但仍不从严督促。他们有聪明，爱读书呢，好；没聪明而不爱读书呢，也好。反正有好身体才能活着，女的去作舞女，男的去拉洋车，大腿生活也就不错，不用着急。

这就可以想象到小济写的是什么字了：用铅笔一按，在格中按了个不小的黑点，突然往上或往下一拉，成个小蝌蚪。一个两个，一行两行，一次能写满半张纸。写完半张，她也照着爸的样子说："该歇歇了！"于是去找弟弟玩耍，忘了说故事与吃苹果等要求。我就安心写作一会儿。

（三）卡通演义：

因为有书，看惯了，所以孩子们也把书当作玩艺儿。玩别的玩腻了，便念书玩。小乙的办法是把书挡住眼，口中嘟嘟嘟嘟；小济的办法是找图画念，口中唱着：一个小人儿，一个小鸟儿，又一个小人儿……

俩孩子最喜爱的一本是朋友给我寄来的一本英国卡通册子，通体都是画儿，所以俩孩子争着看。他们看小人儿，大人可受了罪，他们教我给"说"呀。篇篇是讽刺画儿，我怎么"说"呢？急中生智，我顺口答音，见机而作，就景生情，把小人儿全联到一处，成为完整而又变化很多的故事。

说完了，他们不记得，我也不记得；明天看，明天再编新词儿。英国的首相，在我们的故事里，叫作"大鼻子"；麦克唐纳是"大脑袋"，由小乙的建议呢，凡戴眼镜儿的都是"爸"——因为我戴眼镜儿。我们的故事总是很热闹，"大鼻子叼着烟袋锅，大脑袋张着嘴，没有烟袋，大鼻子不给他，大脑袋就生气，爸就来劝，得了，别生气……"

卡通演义比自由故事更有趣，因为照着图来说，总得设法就图造事，不能三只四只白兔的乱说。说的人既须费些思索，故事自然分外的动听，听者也就多加注意。现在，小乙不怕是把这本册子拿倒了，也能指出哪个是英国首相——"鼻！"歪打正着，这也许能帮助训练他们的观察能力；自然，没有这种好处，我们也都不在乎；反正我们的故事很热闹。

（四）改造杂志：

我们既能把卡通给孩子讲通了，那么，什么东西也不难改造了。我们每月固定的看《文学》，《中流》，《青年界》，《宇宙风》，《论语》，《西风》，《谈风》，《方舟》；除了《方舟》是定阅的，其余全是赠阅的。此外，我们还到小书铺里去"翻"各种刊物，看着题目好，就买回来。无论是什么刊物吧，都是先由孩子们看画儿，然后大人们念字。字，有时候把大人憋住，怎念怎念不明白。画，完全没有困难。普式庚的像，罗丹的雕刻，苏联的木刻……我们都能设法讲解明白了。无论什么严重的事，只要有图，一到我们家里便变成笑话。所以我们时常感到应向各刊物的编辑道歉，可是又不便于道歉，因为我们到底是看了，而且给它们另找出一种意义来呀。

（五）新年特刊：

这是我们家中自造的刊物：用铜钉按在墙上，便是壁画；不往墙上钉呢，便是活页的杂志。用不着花印刷费，也不必征求稿件，只须全家把"画来——卖画"的卖年画的包围住，花上两三毛钱，便能五光十色的得到一大堆图画。小乙自己是胖小子，所以也爱胖小子，于是胖小子抱鱼——"富贵有余"——胖小子上树——摇钱树——便算是由他主编，自成一组。小济是主编故事组："小叭儿狗会擀面"，"小小子坐门墩"，"探亲相骂"……都由她收藏管理，或贴在她的床前。戏出儿和渔家乐什么的算作爸与妈的，妈担任说明画上的事情，爸担任照着戏出儿整本的唱戏，文武昆乱，生末净旦丑，一概不挡，烦唱哪出就唱哪出。这一批年画儿能教全家有的说，有的看，有的唱，热闹好几个月。地上也是，墙上也是，都彩色鲜明，百读不厌。我们这个特刊是文艺、图画、戏剧、歌唱的综合；是国货艺术与民间艺术的拥护；是大人与小孩的共同恩物。看完这个特刊，再看别的杂志，我们觉得还是我们自家的东西应属第一。

好啦，就说到此处为止吧。

载 1937 年 5 月 1 日《宇宙风》第 40 期

投　稿

先声明，我并不轻视为投稿而作文章的人，因为我自己便指着投稿挣饭吃。

这，却挡不住我要说的话。投稿者可以就是文艺家，假若他的稿子有文艺的价值。投稿者也许成不了个文艺家，假若他专为投稿而投稿。专为投稿而投稿者，第一要审明刊物的性质，以期投稿而中。刊物要什么文章，他便写什么文章，于是他少不得就不懂而假充懂，可以写非洲探险，也可以写家庭常识，而究其实则一无所知。第二要看清刊物所特喜的文字，幽默或严肃，激烈或温柔，随行市而定自己的喜怒哀乐，文字合格恰巧也就是感情的虚晃一刀，并无真实力量。有此二者，事不深知，文字虚浮，乃成毛病。

有志文艺的青年，往往以投稿为练习，东一小篇，西一小篇，留神刊物某某特辑的征文启事，揣摩着某某编辑所喜的风格，结果：东一小篇，西一小篇，都发表出来，而失去自己——连灵魂带文字一齐送给了模仿——投机，这是最吃亏的事。练习是必需的，但是这样以刊物编辑的标准为标准，只能把自己送了礼，而落下了一股子新闻气在笔尖上。编辑只管一个刊物，并非文艺之神，不可不知。

为拿稿费，自然也是投稿的动机之一——连我自己也这样，并不怎么可耻；吃饭本是人生头一件大事。但是越为要钱，便越紧追着编辑先生们，甚至有时造些谣言以博编辑的欢心及读者的一笑，这便连人格也丢了。

好文章到底是好文章，它总会一鸣惊人，连编辑也没法不打自己的嘴巴。使编辑先生瞪眼的东西而不被录用，那是编辑先生的错儿。使编辑先生搭拉着眼皮去看的东西，就是回回发表出来也没什么光荣。练习你自己的吧，不必管刊物和编辑。你要成一只会高飞的鹰，莫作被抽击才会转动的陀螺。

载 1937 年 5 月 15 日《北平晨报》

"幽默"的危险

这里所说的危险，不是"幽默"足以祸国殃民的那一套。

最容易利用的幽默技巧是摆弄文字，"岂有此埋"代替了"岂有此理"，"莫明其妙"会变成了"莫明其土地堂"；还有什么故意把字用在错地方，或有趣的写个白字，或将成语颠倒过来用，或把诗句改换上一两个字，或巧弄双关语……都是想在文字里找出缝子，使人开开心，露露自家的聪明。这种手段并不怎么大逆不道，不过它显然的是专在字面上用工夫，所以往往有些油腔滑调；而油腔滑调正是一般人所谓的"幽默"，也就是正人君子所以为理当诛伐的。这个，可也不是这里所要说的。

假若"幽默"也会有等级的话，摆弄文字是初级的，浮浅的；它的确抓到了引人发笑的方法，可是工夫都放在调动文字上，并没有更深的意义，油腔滑调乃必不可免。这种方法若使得巧妙一些，便可以把很不好开口说的事说得文雅一些，"雀入大水化为蛤"——变成"雀入大蛤化为水"仿佛就在一群老翰林面前也大可以讲讲的。虽然这种办法不永远与狎亵相通，可是要把狎亵弄成雅俗共赏，这的确是个好方法。这就该说到狎亵了：我们花钱去听相声，去听小曲；我们当正经话已说完而不便都正襟危坐的时候，不知怎么便说起不大好意思的笑话来了。相声，小曲，和不大好意思的笑话，都是整批的贩卖狎亵，而大家也觉得

"幽默"了一下。在幽默的文艺里，如 Aristophanes（阿里斯托芬），如 Rabelais（拉伯雷），如 Boccaccio（薄伽丘）都大大方方的写出后人得用 ×× 印出来的事儿。据批评家看呢，有的以为这种粗莽爽利的写法适足以表示出写家的大方不拘，无论怎样也比那扭扭捏捏的暗示强，暗透消息是最不健康的。（或者《西厢记》与《红楼梦》比《金瓶梅》更能害人吧？）有的可就说，这种粗糙的东西，也该划入低级幽默，实无足取。这个，且当个悬案放在这里，它有无危险，是高是低，随它去吧；这又不是这里所要说的。

来到正文。我所要说的，是我自己体验出的一点道理：

幽默的人，据说，会郑重的去思索，而不会郑重的写出来；他老要嘻嘻哈哈。假若这是真的，幽默写家便只能写实，而不能浪漫。不能浪漫，在这高谈意识正确，与希望革命一下子就成功的时期，便颇糟心。那意识正确的战士，因为希望革命一下子成功，会把英雄真写成个英雄，从里到外都白热化，一点也不含糊，像块精金。一个幽默的人，反之，从整部人类史中，从全世界上，找不出这么块精金来；他若看见一位战士为督战而踢了同志两脚，似乎便有点可笑；一笑可就泄了气。幽默真是要不得的！

浪漫的人会悲观，也会乐观；幽默的人只会悲观，因为他最后的领悟是人生的矛盾——想用七尺之躯，战胜一切，结果却只躺在不很体面的木匣里，像颗大谷粒似的埋在地下。他真爱人爱物，可是人生这笔大账，他算得也特别清楚。笑吧，明天你死。于是，他有点像小孩似的，明知顽皮就得挨打，可是还不能不顽皮。因此，他有时候可爱，有时候讨人嫌；在革命期间，他总是讨人嫌的，以至被正人君子与战士视如眼中钉，非砍了头不解气。多么危险。

顽皮，他可是不会扯谎。他怎么笑别人也怎么笑自己。Rabelais，当惹起教会的厌恶而想架火烧死他的时候，说：不用再添火了，我已经够热的了。他爱生命，不肯以身殉道，也就这么不折不扣的说出来。周作人（知堂）先生的博学，谁不知道呢，可是在《秉烛谈序言》中，他说："今日翻看唱经堂《杜诗解》——说也惭愧，我不曾读过《全唐诗》，唐人专集在书架上是有数十部，却都没有好好的看过，所有一点知识只出于选本，而且又不是什么好本子，实在无非是《唐诗三百首》之类，唱经之不登大雅之堂，更不用说了，但这正是事实……"在周先生的文章里，像这样的坦白陈述，还有许许多多。一个有幽默之感的人总扭不过去"这是事实"，他不会鼓着腮充胖子。大概是那位鬼气森森的爱兰·坡吧，专爱引证些拉丁或法文的句子，其实他并没读过原书，而是看到别人引证，他便偷偷的拉过来，充充胖子。这并不是说，浪漫者都不诚实，不过他把自己一滴眼泪都视如珍宝，那么，假充胖子也许是不可免的，他唯恐泄了气。幽默的人呢，不，不这样，他不怕泄气，只求心中好过。这么一来，他可就被人视为小丑，永远欠着点严重，不懂得什么叫作激起革命情绪。危险。

他悲观，他顽皮，他诚实；哼，他还容让人呢，这就更糟。按说，一个文人应当老眼看六路，耳听八方，有个风声草动，立刻拔出笔来，才像那么一回子事。战斗的时候，还应当撒手就是一毒气弹，不容来将通名，就给打闷了气。人家只说了他写错一个字，他马上发现那个人的祖宗写过一万个错字，骂了祖宗，子孙只好去重修家谱，还不出话来。幽默的人呀，糟心，即使他没写错那个字，也不去辩驳；"谁没有个错儿呢？"他说。这一说可就泄了大家的劲，而文坛冷冷清清矣。他不但这样容让人，就是在作品之中也是不肯赶尽杀绝。他看清了革命是怎回事，但对于某战士的鼻孔朝天，总免不了发笑。他也看资本家该打倒，可是资本家的胡子若是好看，到底还是好看。这么一来，他便动了布尔乔亚的妇人之仁，而笔下未免留些情分。于是，他自己也就该被打倒，多么危险呢。

这就是我所看出来的一点点意思，对与不对都没关系。

载 1937 年 5 月 16 日《宇宙风》第 41 期

理想的文学月刊

刊期：准每月一日刊发，永不差日子。

封面：素的与花的相间，半年素，半年花。素的是浅黄或乳白的纸，由有名的书家题字，只题刊名也好，再写上一首诗或几句散文也好。一回一换，永不重复。花的是由名画家绘图，中西画都可以，不要图案画。一面一换，永不重复。封面外套玻璃纸，以免摸脏了字画。每期封面能使人至少出神的看上几分钟，有的人甚至于专收藏它们，裱起来当册页看。

插图：永远没有死猫瞪眼的写家肖像或其他的像片；只要是图，便是由画家现绘的。每期必有一篇创作带着插图，墨的或全色套版的，最忌一块红一块黑的两色或三色版。

字数：每期至多十万字，至少六万字。永无肥猪似的特大号，亦不扯着何仙姑叫舅妈出什么专刊。遇有出专刊的必要，另出附册，字数无定。

广告：只登文人们的启事：某某卖稿，某某买书或卖书，某某与某某结婚或离婚，某某声明某某是东西或不是东西……启事都须文美字佳，一律影印。文劣字丑者不收，文字兼好者白登，且赠阅本刊。新书广告另附活页，随刊奉赠。

内容：每期有顶难读的文学理论一篇，长约万字左右，须一星期方能读完，每一句都须咂摸半天，都值得记住；受罪一周，而后痛快一个月，永不想自杀。创作：小说两三篇，至长的三四万字，至短的五千字；诗四五首；短剧一篇。书评：每期至少六篇，每篇不过二千字。翻译：限于现代的名著，洋古董一概不要。译文本身须成为文艺，以免带售立止头疼散。卷头语，感言，骂街，编后记，都没有。遇有十万左右字的长篇，须三四期登完。无论何项稿件都是文责自负，每篇之后注有作者简单的履历，及详细的住址——老家的，寄居的，服务机关的，岳丈家的……以便侦探直接捉拿——假如文字失之过激或欠激的话——与本刊无涉。不幸本刊吃了罣误官司，会计部存有基金，可提用为运动费，也不至被封禁。

编辑：理论，创作，翻译……都有编辑一人至四人负责，成若干组。发稿之前，各组将选好之件及落选之件送交总编辑审阅。每篇须有详明的硃批，好的地方画圈（不必印上），坏的地方拉杠（不必印上）。总编辑看过了，更抽出选好及落选之件各一篇，使各该组编辑背述篇中大意；背不出自然是没看过，当即免职。各组文字的排法，格式，字体，插图，自由规定，除纸张须一边儿大外，别无限制，花钱多不在乎。一切稿件认稿不认人，无老作家新作家与半老半新作家之分，稿费一律二十元千字，如遇作家丁忧闹病或要自杀的可以优待一些。发稿即发稿费，决不拖欠。落选之稿及早退回，并附函详细说明文字的缺点。如作者不服而在别的刊物上发牢骚，则由编辑部极客气的极详细的答辩，登载国内各大报纸。作者还不服，而且易讨论为叫骂，则由编辑部雇用国术名家，前去比武，文章必有武备，以免骂上没完也。

定价：每期售价一角。

载 1937 年 5 月 25 日《谈风》第 15 期

英国人与猫狗

英国人爱花草，爱猫狗。由一个中国人看呢，爱花草是理之当然，自要有钱有闲，种些花草几乎可与藏些图书相提并论，都是可以用"雅"字去形容的事。就是无钱无闲的，到了春天也免不花掉几个铜板买上一两小盆蝴蝶花什么的，或者把白菜脑袋塞在土中，到时候也会开上几朵小十字花儿。在诗里，赞美花草的地方要比讴颂美人的地方多得多，而梅兰竹菊等等都有一定的品格，仿佛比人还高洁可爱可敬，有点近乎一种什么神明似的。在通俗的文艺里，讲到花神的地方也很不少，爱花的人每每在死后就被花仙迎到天上的植物园去。这点荒唐，荒唐得很可爱。虽然里边还是含着与敬财神就得元宝一样的实利念头，可到底显着另有股子劲儿，和财迷大有不同；我自己就不反对被花娘娘们接到天上去玩玩。

所以，看见英国人的爱花草，我们并不觉得奇怪，反倒是觉得有点惭愧，他们的花是那么多呀！在热闹的买卖街上，自然没有种花草的地方了，可是还能看到卖"花插"的女人，和许多鲜花铺。稍讲究一些的饭铺酒馆自然要摆鲜花了。其他的铺户中也往往摆着一两瓶花，四五十岁的掌柜们在肩下插着一朵玫瑰或虞美人也是常有的事。赶到一走到住宅区，看吧，差不多家家有些花，园地不大，可收拾得怪好，这儿一片郁金香，那儿一片玫瑰，门道上还往往搭着木架，爬着那单片的蔷薇，开满了花，就和图画里似的。越到乡下越好看，草是那么绿，花是那么鲜，空气是那么香，一个中国人也有点惭愧了。五六月间，赶上晴暖的天，到乡下去走走，真是件有造化的事，处处都像公园。

一提到猫狗和其他的牲口，我们便不这么起劲了。中国学生往往给英国朋友送去一束鲜花，惹得他们非常的欢喜。可是，也往往因为讨厌他们的猫狗而招得他们撅了嘴。中国人对于猫狗牛马，一般的说，是以"人为万物灵"为基础而直呼它们作畜类的。正人君子呢，看见有人爱动物，总不免说声"声色狗马，玩物丧志"。一般的中等人呢，养猫养狗原为捉老鼠与看家，并不须赏它们个好脸儿。那使着牲口的苦人呢，鞭子在手，急了就发威，又困于经济，它们的食水待遇活该得按着哑巴畜生办理。于是大概的说，中国的牲口实在有点倒霉；太监怀中的小哈巴狗，与阔寡妇椅子上的小白猫，自然是碰巧了的例外。畜类倒霉，已经看惯，所以法律上也没有什么规定；虐待丫头与媳妇本还正大光明，哑巴畜生更无处诉委屈去；黑驴告状也并没陈告它自己的事。再说，秦桧与曹操这辈子为人作歹，下辈便投胎猪狗，吃点哑巴亏才正合适。这样，就难怪我们觉得英国人对猫狗爱得有些过火了。说真的，他们确是有点过火；不过，要从猫狗自己看呢；也许就不这么说了吧？狗戗食人食，而有些人却没饭吃，自然也不能算是公平，但是普遍的有一种爱物的仁慈，也或者无碍于礼教吧！

英国人的爱动物，真可以说是普遍的。有人说，这是英国人的海贼本性还没有蜕净，所以总拿狗马当作朋友似的对待。据我看，这点贼性倒怪可爱；至少狗马是可以同情这句话的。无事可作的小姐与老太婆自然要弄条小狗玩玩了——对于这种小狗，无论它长得多么不顺眼，你可就是别说不可爱呀！——就是卖煤的煤黑子，与送牛奶的人，也都非常爱惜他们的马。你想不到拉煤车的马会那么驯顺、体面、干净。煤黑子本人远不如他的马漂亮，他好像是以他的马当作他的光荣。煤车被叫住了，无论是老幼男女，跟煤黑子要过几句话，差不多总是以这匹马作中心。有的过去拍拍马脖子，有的过去吻一下，有的给拿出根胡萝卜来给它吃。他们看见一匹马就仿佛外婆看见外孙子似的，眼中能笑出一朵花儿来。英国人平常总是拉着长脸，像顶着一脑门子官司，假若你打算看看他们也有个善心，也和蔼可爱，请你注意当他们立在一匹马或拉着条狗的时候。每到春天，这些拉车的马也有比赛的机会。看吧，煤黑子弄了瓶擦铜油，一边走一边擦马身上的铜活呀。马鬃上也挂上彩子或用各色的绳儿梳上辫子，真是体面！这么看重他们的马，当然的在平日是不会给气受的，而且载重也有一定的限度，即使有狠心的人，法律也不许他任意欺侮牲口。想起北平的煤车，当雨天陷在泥中，煤黑子用支车棍往马身上抡，真要令人喊"生在礼教之邦的马哟"！

猫在动物里算是最富独立性的了，它高兴呢就来爬在你怀中，罗哩罗嗦的不知道念着什么。它要是不高兴，任凭你说什么，它也不答理。可是，英国人家里的猫并不因此而少受一些优待。早晚他们还是给它鱼吃，牛奶喝，到家主旅行去的时候，还要把它寄放到"托猫所"去，花不少的钱去喂养着；赶到旅行回来，便急忙把猫接回来，乖乖宝贝的叫着。及至老猫不吃饭，或小猫摔了腿，便找医生去拔牙、接腿，一家子都忙乱着，仿佛有了什么了不得的事。

狗呢，就更不用说，天生来的会讨人喜欢，作走狗，自然会吃好的喝好的。小哈吧狗们，在冬天，得穿上背心；出门时，得抱着；临睡的时候，还得吃块糖。电影院、戏馆，禁止狗们出入，可是这种小狗会"走私"，爬在老太婆的袖里或衣中，便也去看电影听戏，有时候一高兴便叫几声，招得老太婆头上冒汗。大狗虽不这么娇，可也很过得去。脚上偶一不慎黏上一点路上的柏油，便立刻到狗医院去给套上一只小靴子，伤风咳嗽也须吃药，事儿多了去啦。可是，它们也真是可爱，有的会送小儿去上学，有的会给主人叼着东西，有的会耍几套玩艺；白天不咬人，晚上可挺厉害。你得听英国人们去说狗的故事，那比人类的历史还热闹有趣。人家、猎户、军队、警察所、牧羊人，都养狗，都爱狗。狗种也真多，大的、小的、宽的、细的、长毛的、短毛的，每种都有一定的尺寸，一定的长度，买来的时候还带着家谱，理直气壮，一点不含糊！那真正入谱的，身价往往值一千镑钱！

年年各处都有赛猫会、赛狗会。参与比赛的猫狗自然必定都有些来历，就是那没资格入会的也都肥胖精神。这就不能不想起中国的狗了，在北平，在天津，在许多大城市里，去看看那些狗，天下最丑的东西！骨瘦如柴，一天到晚连尾巴也不敢撅起来一回，太可怜了，人还没有饭吃，似乎不必先为狗发愁吧，那么，我只好替它们祷告，下辈子不要再投胎到这儿来了！

简直没有一个英国人不爱马。那些专作赛马用的，不用说了，自然是老有许多人伺候着；就是那平常的马，无论是拉车的，还是耕地的，也都很体面。有一张卡通，记得，画的是"马之将来"，将来的军队有飞机坦克车去冲杀陷阵，马队自然要消灭了；将来的运输与车辆也用不着骡马们去拖拉，于是马怎么办呢？这张卡通——英国人画的——上说，它们就要成了猫狗：客厅里该趴着猫，将来是趴着匹马；老太婆上街该拉着狗，将来便牵着匹骡子。这未必成为事实，可是足见他们是怎样的舍不得骡马了。

除了猫狗骡马，他们对于牛羊鸡猪也都很爱惜，这是要到乡间才可以看见的。有一回到乡间去看朋友，他的祖父是个农夫，养着许多猪与鸡。老人的鸡都有名字，叫哪个，哪个就跑来。老人最得意的是他的那些肥猪，真是干净可爱。可是，有一天下了雨，肥猪们都下了泥塘，弄得满身是稀泥；把老人差点气坏了。总而言之，他们对牲口们是尽到力量去爱护，即使是为杀了吃肉的，反正在它们活着的时候总不受委屈。中国有许多人提倡吃素禁屠，可是往往寺院里放生的牲口皮包不住骨，别处的畜类就更不必说了。好死不如赖活着，是我们特有的哲学，可也真够残忍的。

对于鱼鸟鸽虫，英国人不如我们会养会玩，养这些玩艺的也就很少。卖猫狗的铺子里不错也卖鹦鹉、小兔、小龟和碧玉鸟什么的，可是养鸟的并不懂教给它们怎样的叫成套数。据说，他们在老年间也斗鸡斗鹌鹑，现在已被禁止，因为太残忍。我们似乎也该把斗蟋蟀什么的禁止了吧？也不是怎么的，我总以为小时候爱斗蟋蟀，长大了也必爱去看枪毙人；没有实地的测验过，此说容或不能成立；再说，还许是一点妇人之仁，根本要不得呢。

载 1937 年 6 月 1 日《西风》第 10 期

无题（因为没有故事）

人是为明天活着的，因为记忆中有朝阳晓露；假若过去的早晨都似地狱那么黑暗丑恶，盼明天干吗呢？是的，记忆中也有痛苦危险，可是希望会把过去的恐怖裹上一层糖衣，像看着一出悲剧似的，苦中有些甜美。无论怎说吧，过去的一切都不可移动；实在，所以可靠；明天的渺茫全仗昨天的实在撑持着，新梦是旧事的拆洗缝补。

对了，我记得她的眼。她死了好多年了，她的眼还活着，在我的心里。这对眼睛替我看守着爱情。当我忙得忘了许多事，甚至于忘了她，这两只眼会忽然在一朵云中，或一汪水里，或一瓣花上，或一线光中，轻轻的一闪，像归燕的翅儿，只须一闪，我便感到无限的春光。我立刻就回到那梦境中，哪一件小事都凄凉，甜美，如同独自在春月下踏着落花。

这双眼所引起的一点爱火，只是极纯的一个小火苗，像心中的一点晚霞，晚霞的结晶。它可以烧明了流水远山，照明了春花秋叶，给海浪一些金光，可是它恰好的也能在我心中，照明了我的泪珠。

它们只有两个神情：一个是凝视，极短极快，可是千真万确的是凝视。只微微的一看，就看到我的灵魂，把一切都无声的告诉了给我。凝视，一点也不错，我知道她只须极短极快的一看，看的动作过去了，极快的过去了，可是，她心里看着我呢，不定看多么久呢；我到底得管这叫作凝视，不论它是多么快，多么短。一切的诗文都用不着，这一眼道尽了"爱"所会说的与所会作的。另一个是眼珠横着一移动，由微笑移动到微笑里去，在处女的尊严中笑出一点点被爱逗出的轻佻，由热情中笑出一点点无法抑止的高兴。

我没和她说过一句话，没握过一次手，见面连点头都不点。可是我的一切，她知道；她的一切，我知道。我们用不着看彼此的服装，用不着打听彼此的身世，我们一眼看到一粒珍珠，藏在彼此的心里；这一点点便是我们的一切，那些七零八碎的东西都是配搭，都无须注意。看我一眼，她低着头轻快的走过去，把一点微笑留在她身后的空气中，像太阳落后还留下一些明霞。

我们彼此躲避着，同时彼此愿马上搂抱在一处。我们轻轻的哀叹；忽然遇见了，那么凝视一下，登时欢喜起来，身上像减了分量，每一步都走得轻快有力，像要跳起来的样子。

我们极愿意过一句话，可是我们很怕交谈，说什么呢？哪一个日常的俗字能道出我们的心事呢？让我们不开口，永不开口吧！我们的对视与微笑是永生的，是完全的，其余的一切都是破碎微弱，不值得一作的。

我们分离有许多年了，她还是那么秀美，那么多情，在我的心里。她将永远不老，永远只向我一个人微笑。在我的梦中，我常常看见她，一个甜美的梦是最真实，最纯洁，最完美的。多少多少人生中的小困苦小折磨使我丧气，使我轻看生命。可是，那个微笑与眼神忽然的从哪儿飞来，我想起唯有"人面桃花相映红"差可托似的一点心情与境界，我忘了困苦，我不再丧气，我恢复了青春；无疑的，我在她的洁白的梦中，必定还是个美少年呀。

春在燕的翅上，把春光颤得更明了一些，同样，我的青春在她的眼里，永远使我的血温暖，像土中的一颗子粒，永远想发出一个小小的绿芽。一粒小豆那么小的一点爱情，眼珠一移，嘴唇一动，日月都没有了作用，到无论什么时候，我们总是一对刚开开的春花。

不要再说什么，不要再说什么！我的烦恼也是香甜的呀，因为她那么看过我！

载 1937 年 6 月 10 日《谈风》第 16 期

五月的青岛

因为青岛的节气晚，所以樱花照例是在四月下旬才能盛开。樱花一开，青岛的风雾也挡不住草木的生长了。海棠，丁香，桃，梨，苹果，藤萝，杜鹃，都争着开放，墙角路边也都有了嫩绿的叶儿。五月的岛上，到处花香，一清早便听见卖花声。公园里自然无须说了，小蝴蝶花与桂竹香们都在绿草地上用它们的娇艳的颜色结成十字，或绣成几团；那短短的绿树篱上也开着一层白花，似绿枝上挂了一层春雪。就是路上两旁的人家也少不得有些花草：围墙既矮，藤萝往往顺着墙把花穗儿悬在院外，散出一街的香气：那双樱，丁香，都能在墙外看到，双樱的明艳与丁香的素丽，真是足以使人眼明神爽。

山上有了绿色，嫩绿，所以把松柏们比得发黑了一些。谷中不但填满了绿色，而且颇有些野花，有一种似紫荆而色儿略略发蓝的，折来很好插瓶。

青岛的人怎能忘下海呢。不过，说也奇怪，五月的海就仿佛特别的绿，特别的可爱；也许是因为人们心里痛快吧？看一眼路旁的绿叶，再看一眼海，真的，这才明白了什么叫作"春深似海"。绿，鲜绿，浅绿，深绿，黄绿，灰绿，各种的绿色，联接着，交错着，变化着，波动着，一直绿到天边，绿到山脚，绿到渔帆的外边去。风不凉，浪不高，船缓缓的走，燕低低的飞，街上的花香与海上的咸味混到一处，浪漾在空中，水在面前，而绿意无限，可不是，春深似海！欢喜，要狂歌，要跳入水中去，可是只能默默无言，心好像飞到天边上那将将能看到的小岛上去，一闭眼仿佛还看见一些桃花。人面桃花相映红，必定是在那小岛上。

这时候，遇上风与雾便还须穿上棉衣，可是有一天忽然响晴，夹衣就正合适。但无论怎说吧，人们反正都放了心——不会大冷了，不会。妇女们最先知道这个，早早的就穿出利落的新装，而且决定不再脱下去。海岸上，微风吹动少女们的发与衣，何必再去到电影园中找那有画意的景儿呢！这里是初春浅夏的合响，风里带着春寒，而花草山水又似初夏，意在春而景如夏，姑娘们总先走一步，迎上前去，跟花们竞争一下，女性的伟大几乎不是颓废诗人所能明白的。

人似乎随着花草都复活了，学生们特别的忙：换制服，开运动会，到崂山丹山旅行，服劳役。本地的学生忙，别处的学生也来参观，几个，几十，几百，打着旗子来了，又成着队走开，男的，女的，先生，学生，都累得满头是汗，而仍不住的向那大海丢眼。学生以外，该数小孩最快活，笨重的衣服脱去，可以到公园跑跑了；一冬天不见猴子了，现在又带着花生去喂猴子，看鹿。拾花瓣，在草地上打滚；妈妈说了，过几天还有大红樱桃吃呢！

马车都新油饰过，马虽依然清瘦，而车辆体面了许多，好作一夏天的买卖呀。新油过的马车穿过街心，那专作夏天的生意的咖啡馆，酒馆，旅社，饮冰室，也找来油漆匠，扫去灰尘，油饰一新。油漆匠在交手上忙，路旁也增多了由各处来的舞女。预备呀，忙碌呀，都红着眼等着那避暑的外国战舰与各处的阔人。多嗒浴场上有了人影与小艇，生意便比花草还茂盛呀。到那时候，青岛几乎不属于青岛的人了，谁的钱多谁更威风，汽车的眼是不会看山水的。

那么，且让我们自己尽量的欣赏五月的青岛吧！

载 1937 年 6 月 16 日《宇宙风》第 43 期

《西风》周岁纪念

《西风》是我所爱读的月刊之一。每逢接到，我总要晚睡一两点钟，好把它读完；一向是爱早睡的，为心爱的东西也只好破例而不悔。

《西风》的好处是，据我看，杂而新。它上自世界大事，下至猫狗的寿数，都来介绍，故杂；杂仍有趣。它所介绍的这些东西，又是采译自最新的洋刊物与洋书，比起尊孔崇经那一套就显着另有天地，读了使人有赶上前去之感，而不盼望再兴科举，好中个秀才；故新。新者摩登，使人精神不腐。

这两种好处使我一拿起它来，便觉得我是拿起一本月刊。我心里并没有打算好什么是理想的月刊，不过仿佛以为月刊就和花草一样，一见到总能有些清新之感，使我爱那些颜色与香气，和叶儿上的那些露珠。《西风》，因为它是杂而新，就好像是刚买来的一些鲜花；拿起它来，我决不会想我这是要读一本什么圣经贤传，而必须焚香净虑的，摇头晃脑的，摆起酸腔臭架。不，我无须这样；我仿佛是得到一些鲜花，看它们，喜爱它们，而可以不必装蒜。在不装蒜之中，我可是得到许多好处，多知道了许多的事。所以，我觉得《西风》真是一本月刊；它决不会子曰然而的让我看些洋八股，决不会字里行间有些酸溜溜的味儿，使我怀疑莫非又上了什么洋当。

因为我爱它，所以希望它更好一点。我盼望它以后每期也介绍一两篇硬性的文章，如新出版的重要书籍的评判，如世界大事的——像西班牙的内战，苏联的清党——说明与预测，如哲学与艺术的新趋向——分量加重一些，或者可以免得公子哥儿们老想到这儿来找怎么系领带与吃西餐，小姐们老想到这儿来找西洋婚礼的装束打扮与去雀斑的办法。

近代文艺名著每年能介绍几篇也好，但长篇连载的东西不必限于文艺，自然科学与社会科学的名著也应当硬来一下——若是别的部分编得还是那么好，或者这硬来一下也不至于影响到销路。

更希望多加些照片。

《西风》万岁！

载 1937 年 9 月 1 日《西风》第 13 期

小型的复活

（自传之一章）

"二十三，罗成关。"

二十三岁那一年的确是我的一关，几乎没有闯过去。

从生理上，心理上，和什么什么理上看，这句俗语确是个值得注意的警告。据一位学病理学的朋友告诉我：从十八到二十五岁这一段，最应当注意抵抗肺痨。事实上，不少人在二十三岁左右正忙着大学毕业考试，同时眼睛溜着毕业即失业那个鬼影儿；两气夹攻，身体上精神上都难悠悠自得，肺病自不会不乘虚而入。

放下大学生不提，一般的来说，过了二十一岁，自然要开始收起小孩子气而想变成个大人了；有好些二十二三岁的小伙子留下小胡子玩玩，过一两星期再剃了去，即是一证。在这期间，事情得意呢，便免不得要尝尝一向认为是禁果的那些玩艺儿；既不再自居为小孩子，就该老声老气的干些老人们所玩的风流事儿了。钱是自己挣的，不花出去岂不心中闹得慌。吃烟喝酒，与穿上绸子裤褂，还都是小事；嫖嫖赌赌，才真够得上大人味儿。要是事情不得意呢，抑郁牢骚，此其时也，亦能损及健康。老实一点的人儿，即使事情得意，而又不肯瞎闹，也总会想到找个女郎，过过恋爱生活，虽然老实，到底年轻沉不住气，遇上以恋爱为游戏的女子，结婚是一堆痛苦，失恋便许自杀。反之，天下有欠太平，顾不及来想自己，杀身成仁不甘落后，战场上的血多是这般人身上的。

可惜没有一套统计表来帮忙，我只好说就我个人的观察，这个"罗成关论"是可以立得住的。就近取譬，我至少可以抬出自己作证，虽说不上什么"科学的"，但到底也不失"有这么一回"的价值。

二十三岁那年，我自己的事情，以报酬来讲，不算十分的坏。每月我可以拿到一百多块钱。十六七年前的一百块是可以当现在二百块用的；那时候还能花十五个小铜子就吃顿饱饭。我记得：一份肉丝炒三个油撕火烧，一碗馄饨带沃两个鸡子，不过是十一二个铜子就可以开付；要是预备好十五枚作饭费，那就颇可以弄一壶白干儿喝喝了。

自然那时候的中交钞票是一块当作几角用的，而月月的薪水永远不能一次拿到，于是化整为零与化圆为角的办法使我往往须当一两票当才能过得去。若是痛痛快快的发钱，而钱又是一律现洋，我想我或者早已成了"阔老"了。

无论怎么说吧，一百多元的薪水总没教我遇到极大的困难；当了当再赎出来，正合"裕民富国"之道，我也就不悦不怨。每逢拿到几成薪水，我便回家给母亲送一点钱去。由家里出来，我总感到世界上非常的空寂，非掏出点钱去不能把自己快乐的与世界上的某个角落发生关系。于是我去看戏，逛公园，喝酒，买"大喜"烟吃。因为看戏有了瘾，我更进一步去和友人们学几句，赶到酒酣耳热的时节，我也能喊两嗓子；好歹不管，喊喊总是痛快的。酒量不大，而颇好喝，凑上二三知己，便要上几斤；喝到大家都舌短的时候，才正爱说话，说得爽快亲热，真露出点燕赵多慷慨悲歌之士的气概来。这的确值得记住的。喝醉归来，有时候把钱包手绢一齐交给洋车夫给保存着，第二日醒过来，于伤心中仍略有豪放不羁之感。

也学会了打牌。到如今我醒悟过来，我永远成不了牌油子。我不肯费心去算计，而完全浪漫的把胜负交与运气。我不看"地"上的牌，也不看上下家放的张儿，我只想象的希望来了好张子便成了清一色或是大三元。结果是回回一败涂地。认识了这一个缺欠以后，对牌便没有多大瘾了，打不打都可以；可是，在那时候我决不承认自己的牌臭，只要有人张罗，我便坐下了。

我想不起一件事比打牌更有害处的。喝多了酒可以受伤，但是刚醉过了，谁者不会马上再去饮，除非是借酒自杀的。打牌可就不然了，明知有害，还要往下干，有一个人说"再接着来"，谁便也舍不得走。在这时候，人好像已被那些小块块们给迷住，冷热饥饱都不去管，把一切卫生常识全抛在一边。越打越多吃烟喝茶，越输越往上撞火。鸡鸣了，手心发热，脑子发晕，可是谁也不肯不舍命陪君子。打一通夜的麻雀，我深信，比害一场小病的损失还要大得多。但是，年轻气盛，谁管这一套呢！

我只是不嫖。无论是多么好的朋友拉我去，我没有答应过一回。我好像是保留着这么一点，以便自解自慰；什么我都可以点头，就是不能再往"那里"去；只有这样，当清夜扪心自问的时候才不至于把自己整个的放在荒唐鬼之群里边去。

可是，烟，酒，麻雀，已足使我瘦弱，痰中往往带着点血！

那时候，婚姻自由的理论刚刚被青年们认为是救世的福音，而母亲暗中给我定了亲事。为退婚，我着了很大的急。既要非作个新人物不可，又恐太伤了母亲的心，左右为难，心就绕成了一个小疙疸。婚约到底是废除了，可是我得到了很重的病。

病的初起，我只觉得浑身发僵。洗澡，不出汗；满街去跑，不出汗。我知道要不妙。两三天下去，我服了一些成药，无效。夜间，我作了个怪梦，梦见我仿佛是已死去，可是清清楚楚的听见大家的哭声。第二天清晨，我回了家，到家便起不来了。

"先生"是位太医院的，给我下的什么药，我不晓得，我已昏迷不醒，不晓得要药方来看。等我又能下了地，我的头发已全体与我脱离关系，头光得像个磁球。半年以后，我还不敢对人脱帽，帽下空空如也。

经过这一场病，我开始检讨自己：那些嗜好必须戒除，从此要格外小心，这不是玩的！

可是，到底为什么要学这些恶嗜好呢？啊，原来是因为月间有百十块的进项，而工作又十分清闲。那么，打算要不去胡闹，必定先有些正经事作；清闲而报酬优的事情只能毁了自己。

恰巧，这时候我的上司申斥了我一顿。我便辞了差。有的人说我太负气，有的人说我被迫不能不辞职，我都不去管。我去找了个教书的地方，一月挣五十块钱。在金钱上，不用说，我受了很大的损失；在劳力上自然也要多受好多的累。可是，我很快活：我又摸着了书本，一天到晚接触的都是可爱的学生们。除了还吸烟，我把别的嗜好全自自然然的放下了。挣的钱少，作的事多，不肯花钱，也没闲工夫去花。一气便是半年，我没吃醉过一回，没摸过一次牌。累了，在校园转一转，或到运动场外看学生们打球，我的活动完全在学校里，心整，生活有规律；设若再能把烟卷扔下，而多上几次礼拜堂，我颇可以成个清教徒了。

想起来，我能活到现在，而且生活老多少有些规律，差不多全是那一"关"的劳；自然，那回要是没能走过来，可就似乎有些不妥了。"二十三，罗成关"是个值得注意的警告！

著者略历

舒舍予，字老舍，现年四十岁，面黄无须。生于北平，三岁失怙，可谓无父。志学之年，帝王不存，可谓无君。无父无君，特别孝爱老母，布尔乔亚之仁未能一扫空也。幼读《三》《百》《千》，不求甚解。继学师范，遂奠教书匠之基。及壮，糊口四方，教书为业，甚难发财；每购奖券，以得末彩为荣，示甘于寒贱也。廿七岁，发愤著书，科学哲学无所懂，故写小说，博大家一笑，没什么了不得。卅四岁结婚，今已有一女一男，均狡猾可喜。闲时喜养花，不得其法，每每有叶无花，亦不忍弃。书无所不读，全无所获，并不着急。教书作事，均甚认真，往往吃亏，亦不后悔。如是而已，再活四十年也许能有点出息！

著有：《老张的哲学》《赵子曰》《二马》《小坡的生日》《猫城记》《离婚》《赶集》《牛天赐传》《樱海集》《蛤藻集》《骆驼祥子》《火车头》，皆小说也。当继续再写八本，凑成廿本，可以搁笔矣。散碎文字，随写随扔；偶搜汇成集，如《老舍幽默诗文集》及《老牛破车》，亦不重视之。

话剧中的表情

首先要声明，我不懂戏剧。假若我要说些关于戏剧的怎长怎短，那纯粹是立在乡下佬的地位来说蠢话。说的不对呢，并不算我栽跟头了，可也用不着道歉，因为戏剧本是演给民众看的，谁看了谁就有发言权。

说实话，我不大懂现在戏剧中的表情。我这个乡下佬总算是开过眼的，到过上海汉口等等大地方，也曾看见过中国男女跳舞，而舞厅里的小姐太太们确是稍一生气便练习深呼吸，似乎是运动着乳房的大起大落；或没的可说，便撅着朱唇，一端肩膀……这些，咱懂，因为亲眼看见过，可是，咱的乡亲们一辈子扛锄下地，永没开过眼，便绝对不明白这是啥路道。给他们讲也是白费话。就是咱自己，虽然总算开过眼，也难免一边看戏，一边心中叨念：这是戏剧，洋事儿，理当如此。不过，我的老婆要是对我表演乳房起落，或端肩膀，我就非揍她不可，虽然我并没有揍老婆的劣行。

近来的抗战小说上图画里描画的日本人，一举一动自与中国人不同。中国人民本是善良和平的，所以举动表情就如此；日本军人本是凶蛮好战的，所以举动表情就如彼。这不但为善恶分明，黑白对比，而事实上也的确一民族有一民族的体态表情，不可相混。西洋人叫人，以食指轻钩；中国人打招呼，五指齐动，名曰点手。中国人鞠躬比西洋人度数深，而日本人鞠躬又比中国人到家，几乎是鞠躬尽瘁，若戏台上的某一角色，先以食指钩召，而后以手加膝鞠躬尽瘁，谓为疯病，谁曰不宜？

不错，我们的演员有的到过西洋去受训练，有的曾受过名人的传授——所谓名人当然就是到过欧美留学的——所以一动手一抬脚都有准地方，能得一定的效果，决不是瞎胡闹。一个点烟卷的姿式，据说，须练习那多少多少次！一个小举动都是根据着西洋舞台上几百年的经验而摆出来的，都有讲究，有道理！可是，西洋事到底是西洋事。一对西洋新婚夫妇，若到中国乡间去度蜜月，搂着腰，时时的啄吻，要不招得村间成群的小儿女向他们以手划脸，而低唤"羞！羞"！才怪！不习见的举动不但引不起同情，反易惹出误会。台上"小生"身穿漂亮洋服，横起肘子来看手表，真是英朗豪俊，而不知者乃谓"这小子显他有手表"！这一姿态，不错，是想合乎伦敦与巴黎舞台上的规矩，可惜摆在中国老百姓面前，适足引起反感，劳而无功。

自然，看惯就好了。可是在抗战期间而慢慢使民众熟识洋人或半洋人的抬手动脚，何其迂也。

再说，中国人自有中国的动作姿态，即在太平年月，亦不必多此一招，非学外国人不可呀。（要形容一个高等华人，自当另作一说）我们为什么不下些工夫，研究揣摩，把原有的姿态与表情作成"态汇"，从而一一的淘炼，使之配合剧情，强调所要引起的效果呢？即以吸烟而言，我准知洋车夫，中学生，中年妇女，与浪漫的老诗人，各有各的方法与样子；若一概以跳舞厅中阔少——颇似洋人——为标准则谬矣。抄袭省事，揣摩费心，我可真愿大家费点心，使中国话剧有中国的表情！

短 景

一

一个小小的征收局。九位职员，两三位工友。正屋中间，麻雀一桌。旁屋里，木床一张，灯枪俱全，略有薄雾。

月收二百元左右，十一二位的薪资、赌金、烟费，都出于此。

二

青年有为的一位校长，不善于词令，品学兼优。身上受伤，发乱唇颤，愤且惭。

几位年高有德的绅士，有嘴有财，决定赶走校长——因他不是本地人。

一大群男女学生，气壮声高，打完校长，结队游行，并贴各色纸的标语。

问学生：为何驱除校长？

答：绅士们都说他不好。

问绅士：校长怎不好？

答：校长家眷住在学生宿舍院中。

问：都有什么人？

答：校长的老母与夫人，还有俩小孩。

问：为何不可以住在校内？

答：无前例。且也，闺房之中有甚于画眉者。（老绅士极得意，白胡子左右摆动。）

问校长：你怎样？

答：没话可说。

三

大茶馆，晚间。茶客四十余人。屋深处，一方桌，上置绿瓦油灯，光如豆。一瘦子，单长衫，马褂，执书就灯，且读且讲——保定府的太守，把女儿嫁给了卖字画的白面书生。全场寂无声，瘦子的声音提高。忽似有所感，放下书，说：我们现在抗战……茶客只剩了十来位。

载 1939 年 2 月 1 日《新蜀报》

独　白

没有打旗子的，恐怕就很不易唱出文武带打的大戏吧？所以，我永不轻看打旗子的弟兄们。假若这只是个人的私见，并非公论，那么自己就得负责检讨自己，找出说这话的原因。噢，原来自己就是个打旗子的啊！虽然自己并没有在戏台上跑来跑去，可是每日用笔在纸上乱画，始终没写出一篇惊人的东西，不也就等于打旗子吗？

票友有没有专学打旗子的？大概没有；至少是我自己还没见过。那么，打旗子的恐怕——即使有例外——多数都是职业的。凭本事挣饭吃，且不提光荣与否，实在不是件容易的事；因此，我不敢轻看戏台上的龙套，也就不便自惭无能，终日在文艺台上幌来幌去，而唱不出一句来。

天才是什么？我分析不上来。怎么能得到它？也至今还未晓得。所以，顶好暂不提它。经验，我可是知道，确是可以从努力中获得，而努力与否是全靠自己的。努力而仍不成功，也许是限于天才，石块不能变成金子，即使放在炉中依法锻炼。但是，努力必有进步，或者连天才者也难例外；那么，努力总会没错儿。于是，我就这样安慰自己，勉励自己：努力呀，打旗子的！是不是打末旗的可以升为打头旗的？我不知道戏班子里的规矩。在文艺台上，至今还没有明文规定升格的办法；假若自己肯努力，也许能往前进一步吧？即使连这在事实上也还难以办到，好，我在心理上抱定此旨，还不行吗？干脆一句话，努力就是了，管它什么！

这样，能产生伟大的作品吗？不知道！这样，不害羞自己永远庸庸碌碌吗？没关系！不偷懒、不自馁、不自满，我呀，我只求因努力而能稍稍进步！再进一万步，也许我还摸不着伟大的边儿，那有什么关系呢？努力是我所能的，所应该的；在梦中我曾变为莎士比亚，可惜那只是个梦呀！

载 1940 年 1 月 21 日《新蜀报》

在民国卅年元旦写出我自己的希望

（一）关于写作者：

（1）把长诗《剑北篇》写完。此篇已成二十八段，希望再写十二段，凑成四十段，于今年四月里全稿可以付印。

（2）试写歌剧，拟请茅盾先生设计，由我去试写，合撰一小型的歌剧。能否成功，完全没有把握。

（3）至少再写一本话剧：在绥西的友人嘱写话剧，以汉回蒙合作抗战为题。对蒙胞生活知道的不很多，须先去打听，并须搜集绥西抗战资料。

（4）也许写一两篇小说：这须看有无时间与材料。

（二）关于行旅者：

（1）须到成都去几天，希望在春间能办到。

（2）假若可能，愿再到北方去两三个月，搜取写作资料。

（三）关于金钱者：

（1）希望得节约储蓄券头奖，二十万元。以十万开一书店，以十万和朋友们花掉。

（2）若不能得二十万，则希望友人中有得之者，向他借用一些。

（四）关于身体者：

（1）希望比以前更强健，更能吃苦，且能饲鸡下蛋，以便每天有蛋吃，多些滋养。

（2）希望不打摆子，拟使蚊虫的嘴变为注射药针，叮在身上，不但不打摆子，且能消灭一切疾病。

（3）希望能打赤脚走路：坐车太贵，走路则省车资而太费鞋袜，鞋袜亦贵物也，故应练习赤脚行路，百无禁忌。

（五）关于设置者：

（1）巨大的烟碟：去岁买了一个汤盆当烟碟，而蓬子先生仍然看不见它，还把烟灰弹在地板上；今拟用洋灰筑池于屋中，或引起他的注意！

（2）添买被子：何容先生或别位先生来城访我，往往住下。一盖褥，一盖被，二人皆冷，而面子问题所在，在颤抖中互道不冷，似须矫正；添被子为最合理。

（3）购保险柜：为省花钱，接到信函，即将信封反糊再用。但糊好即被老鼠咬坏，极为伤心，故须有保险柜藏护之。

载 1941 年 1 月 1 日《新蜀报》

诗 人

设若有人问我：什么是诗？我知道我是回答不出的。把诗放在一旁，而论诗人，犹之不讲英雄事业，而论英雄其人，虽为二事，但密切相关，而且也许能说得更热闹一些，故论诗人。

好像记得古人说过，诗人是中了魔的人。什么魔？什么是魔？我都不晓得。由我的揣猜大概有两点可注意的：（一）诗人在举动上是有异于常人的，最容易看到的：有的诗人囚首垢面，有的爱花或爱猫狗如命，有的登高长啸，有的海畔行吟，有的老在闹恋爱或失恋，有的挥金如土，有的狂醉悲歌……在常人的眼中，这些行动都是有失体统的，故每每呼诗人为怪人、为狂士、为败家子。可是，这些狂士（或什么什么怪物）却能写出标准公民与正人君子所不能写的诗歌。怪物也许倾家败产，冻饿而死，但是他的诗歌永远存在，为国家民族的珍宝。这是怎一回事呢？

一位英国的作家仿佛这样说过：写家应该是有女性的人。这句话对不对？我不敢说。我只能猜到，也许本着这位写家自己的经验，他希望写家们要心细如发，像女子们那样精细。我之所以这样猜想者，也许表示了我自己也愿写家们对事物的观察特别详密。诗人的心细，只是诗人应具备的条件之一。不过，仅就这一个条件来说，也许就大有出入，不可不辨。诗人要怎样的心细呢？是不是像看财奴一样，到临死的时候还不放心床畔的油灯是点着一根灯草呢，还是两根？多费一根灯草，足使看财奴伤心落泪，不算奇怪。假若一个诗人也这样办呢？呵，我想天下大概没有这样的诗人！一个人的才力是长于此，则短于彼的。一手打着算盘，一手写着诗，大概是不可能。诗人——也许因为体质的与众人不同，也许因天才与常人有异，也许因为所注意的不是油盐酱醋之类的东西——总有所长，也有所短，有的地方极注意，有的地方极不注意。有人说，诗人是长着四只眼的，所以他能把一团飞絮看成了老翁，能在一粒砂中看见个世界。至于这种眼睛能否辨别钞票的真假，便没有听见说过了。他的眼要看真理，要看山川之美；他的心要世界进步，要人人幸福。他的居心与圣哲相同，恐怕就不屑于，或来不及，再管衣衫的破烂，或见人必须作揖问好了。所以他被称为狂士、为疯子。这狂士对那些小小的举动可以因无关宏旨而忽略，叫大事可就一点也不放松，在别人正兴高采烈，歌舞升平的时节，他会极不得人心的来警告大家。人家笑得正欢，他会痛哭流涕。及至社会上真有了祸患，他会以身谏，他投水，他殉难！正如他平日的那些小举动被视为疯狂，他的这种舍身救世的大节也还是被认为疯狂的表现与结果。即使他没有舍身全节的机会，他也会因不为五斗米而折腰，或不肯赞谀什么权要，而死于贫困。他什么也没有，只有一些诗。诗，救不了他的饥寒，却使整个的民族有些永远不灭的光荣。诗人以饥寒为苦么？那倒也未必，他是中了魔的人！

　　说不定，我们也许能发现一个诗人，他既爱财如命，也还能写出诗来。这就可以提出第（二）来了：诗人在创作的时候确实有点发狂的样子。所谓灵感者也许就是中魔的意思吧。看，当诗人中了魔，（或者有了灵感），他或碰倒醋瓮，或绕床疾走，或到庙门口去试试应当用"推"还是"敲",或喝上斗酒,真是天翻地覆。他醒着也吟,睡着也唱,能闹几天几夜,忘寝废食。这时候,他把全部精力全拿出来,每一道神经都在颤动。他忘了钱——假使他平日爱钱。忘了饮食、忘了一切,而把意识中,连下意识中的那最崇高的、最善美的,都拿了出来!把最好的字,最悦耳的音,都配备上去。假使他平日爱钱,到这时节便顾不得钱了!在这时候而有人跟他来算账,他的诗兴便立刻消逝,没法挽回。当作诗的时候,诗人能把他最喜爱的东西推到一边去,什么贵重的东西也比不上诗。诗是他自己的,别的都是外来之物。诗人与看财奴势不两立,至于忘了洗脸,或忘了应酬,就更在情理中了。所以,诗人在平时就有点像疯子;在他作诗的时候,即使平日不疯,也必变成疯子——最快活、最苦痛、最天真、最崇高、最可爱,最伟大的疯子!

皮毛的去学诗人的囚首垢面,或破鞋敝衣,是容易的,没什么意义的。要成为诗人须中魔啊。要掉了头,牺牲了命,而必求真理至善之阐明,与美丽幸福之揭示,才是诗人啊。眼光如豆,心小如鼠,算了吧,你将永远是向诗人投掷石头的,还要作诗么?

——写于诗人节

载 1941 年 5 月 30 日《大公报》

我的“话”

二十岁以前，我说纯粹的北平话。二十岁以后，糊口四方，虽然并不很热心去学各地的方言，可是自己的言语渐渐有了变动：一来是久离北平，忘记了许多北平人特有的语调词汇；二来是听到别处的语言，感觉到北平话，特别是在腔调上，有些太飘浮的地方，就故意的去避免。于是，一来二去，我的话就变成一种稍稍忘记过、矫正过的北平话了。大体上说，我说的是北平话，而且相当的喜爱它。

三十岁左右的五年中，住在英国。因为岁数稍大，和没有学习语文的天才，所以并没能把英语学习好。有一个时期，还学习了一点拉丁和法文，也因脑子太笨而没有任何成绩。不过，我总算与外国语言接触过了。在上一段中，我说明了怎样因与国内的方言接触，而稍稍改变了自己的北平话；在这里，就是与外国语接触之后，我便拿北平话——因为我只会讲北平话——去代表中国话，而与外国话比较了。

最初，因英语中词汇的丰富，文法的复杂，我感到华语的枯窘简陋。在偶尔练习一点翻译的时候，特别使我痛苦：找不着适当的字啊！把完好的句子都拆毁了啊！我鄙视我的北平话了！

后来，稍稍学了一点拉丁及法文，我就更爱英文，也就翻回头来更爱华语了，因为以英文和拉丁或法文比较，才知道英文的简单正是语言的进步，而不是退化；那么以华语和英语比较，华语的惊人的简单，也正是它的极大的进步。

及至我读了些英文文艺名著之后，我更明白了文艺风格的劲美，正是仗着简单自然的文字来支持，而不必要花枝招展，华丽辉煌。英文《圣经》，与狄福、司威夫特等名家的作品，都是用了最简劲自然的，也是最好的文字。

这时候，正是我开始学习写小说的时候；所以，我一下手便拿出我自幼儿用惯了的北平话。在第一二本小说中，我还有时候舍不得那文雅的华贵的词汇；在文法上，有时候也不由得写出一二略为欧化的句子来。及至我读了《艾丽司漫游奇境记》等作品之后，我才明白了用儿童的语言，只要运用得好，也可以成为文艺佳作。我还听说，有人曾用"基本英文"改写文艺杰作，虽然用字极少，也还能保持住不少的文艺性；这使我有了更大的胆量，脱去了华艳的衣衫，而露出文字的裸体美来。在当代的名著中，英国写家们时常利用方言；按照正规的英文法程来判断这些方言，它们的文法是不对的，可是这些语言放在文艺作品中，自有它们的不可忽视的力量，绝对不是任何其他语言可以代替的。是的，它们的确与正规文法不合，可是它们原本有自己的文法啊！你要用它，就得承认它的独立与自由，因为它自有它们的生命。假若你只采取它一两个现成的字，而不肯用它的文法，你就只能得到它的一点小零碎来作装饰，而得不到它的全部生命的力量。因此，我自己的笔也逐渐的、日深一日的，去沾那活的、自然的、北平话的血汁，不想借用别人的文法来装饰自己了。我不知道这合理与否，我只觉得这个作法给我不少的欣喜，使我领略到一点创作的乐趣。看，这是我自己的想象，也是我自己的语言哪！

避免欧化的句子是不容易的。我们自己的文法是那么简单，简直没有法子把一句含意复杂的话说得圆满呀！可是，我还是设法去避免，我会把一长句拆开来说，还教它好听，明白，生动。把含意复杂的一个长句拆开来说，恐怕就不能完全传达那个长句所要表现的意思了，句子的形式既变，意思恐怕也就或多或少总有些变动；即使能够不多不少的恰如原意，那句子形式的变动也会使情调语气随着改变。于此，欧化的语句有时候是必不能舍弃的，特别是在说理的文章里。不过，我自己不大写说理的文章，我所写的大多数是诗歌小说之类的东西。这类的东西需要写得美好，简劲，有感动力。那么，语言之美是独特的无法借用，有不得不在自己的语言中探索其美点者。谈到简劲，中国言语恰恰天然的不会把句子拉长；强使之长，一句中有若干"底"，"地"，与"的"，或许能于一句中表达迂回复杂的意念，有如上述；但在文艺作品中这必然的会使气势衰沉，而且只能看而不能读，给诗歌与戏剧中的对话一个致命伤。在一个哲学家口中，他也许只求他的话能使人作深思，而不管它是多么别扭、生硬、冗长，文艺家便不敢这么冒险，因为他虽然也愿使人深思细想，可是他必定是用从心眼中发出来的最有力、最扼要、最动人的言语，使人咂摸着人情世态，含泪或微笑着去作深思。他要先感动人。这从心眼中掏出来的言语，必是极简单、极自然、极通俗的。媳妇哭婆婆，或许用点儿修辞；当她哭自己的儿女的时候，她只叫一两声"我的肉"，而昏倒了！文字的感动力是来自在某个场合中必然的说某种话——这个话是最普遍常用的，绝难借用外国文法的。一个哲学家，与一个工友，在他痛苦的时节，是同样的只会叫"妈"的。

　　我明白了上述的一点道理——对不对，我可不敢说——我就决定放弃了翻译工作。这工作是极要紧的，但是它使我太痛苦——顾了自己，便损害了别人；顾及别人，便失落了自己。言语的不同没法使彼此尽欢而散。同时，我写作小说也就更求与口语相合，把修辞看成怎样能从最通俗的浅近的词汇去描写，而不是找些漂亮文雅的字来漆饰。用字如此，句子也力求自然，在自然中求其悦耳生动。我愿在纸上写的和从口中说的差不多。到了这个地步，有时候我颇后悔我曾经矫正过自己的北平话了：有许多好的词汇，好的句法，因为怕别人不懂而不用，乃至渐渐的忘记了。是的，中国话确是太简单了，词与字真是太不够用了；把文言与白话掺合起来用，或者还能勉强应付；可是我立志要写白话，不借助于文言，岂不是自找苦吃？况且，我又忘了许多北平话呢！

　　我要恢复我的北平话。它怎么说，我便怎么写。怕别人不懂吗？加注解呀。无论怎说，地方语言运用得好，总比勉强的用四不像的、毫无精力的、普通官话强得多。至于借用外国文法，我不反对别人去试验，我自己可是还无暇及此，因为我还没能把自己的语言运用得很好哇！先把握住自己的话，而后再添加外来的材料，也许更牢靠一些。

　　近来有件伤心的事：我练习着写诗，把自己憋得半死！我知道，诗是语言的结晶。我写的是白话诗，自然须是白话的结晶。可是，这结晶不成；知道的白话是那么少啊！而且所知道的那一些，又运用得那么拙笨啊！我还是不敢多向外国语求救，可是文言不住的对我招手。我本想置之不理，给它个冷肩膀吃。但是，没了米，也只好吃面粉了，还能饿着吗？唉，对白话我有点不忠之罪！是白话不够用吗？是白话不配上诗的园里去吗？都不是！

是自己无才，而且有点偷懒啊！我以为，从诗的言语上说，假若
"刁骚""歧路""原野""涟漪"……等无聊的词汇不被铲除了去，
白话诗或者老是一片草地，而排列着许多坟头儿，永远成不了美
丽的林园。

不过，近来也有桩可喜的事：我在练习写话剧。话剧太难
写了，我当然不会一蹴而成功。但是，且不管剧中旁的一切，单
就对话来说，实在使我快活。我没有统计过，在一出三幕或四幕
剧中，用过多少个字。我可是直觉的感到，我用字很少，因为在
写剧的时节，我可以充分地去想象：某个人在某时某地须说什么
话，而这些话必定要立竿见影的发生某种效果；用不着转文，也
用不着多加修饰，言语是心之声，发出心声，则一呼一嗽都能感
人。在这里，我留神语言的自然流露，远过于文法的完整；留神
音调的美妙，远过于修辞的选择。剧中人口里的一个"哪"或
"吗"，安排得当，比完整而无力的一大句话，要收更多的效果。
在这里，才真真的不是作文，而是讲话。话语的本来的文法，在
此万不能移动；话语的音节腔调之美，在此须充分的发扬。剧中
人所讲的是生命与生活中的话语，不是在背诵文章。

我没有学习语言的天才，故对语言的比较也就没有任何研
究。我也没研究过文法，而只知道自己口中所说的话自有文法，
很难改创。对语文既无所知，可是还要谈论到它们，不过是本着
自己学习写作的经验说说实话而已，说不定就是一片胡言啊！

载 1941 年 6 月 16 日《文艺月刊》第 11 年 6 月号

我 呢

我怕读自己的作品。愧悔吗？也许有一点。但是我知道，我心中还有一点什么，一点比愧悔之感要大着许多倍的什么，我不愿找出它的名儿来！假若非明白的呼唤出不可呀，哎，它的名儿即使不应当叫作"恐怖"，大概也相差不远了！

不管我写的是什么，不管我写的是哪一些老幼男女，我自己总会也在其中的。更清楚的一点说吧：无论怎样冷静的去观察，客观的去描写，作者的精力，心境，与感情总是我自己的。我在我的书中，正如同铅字印在纸上那么明显。拿起一本自己的十年前，或者五年前的作品，我便又看到自己的想象的果实。可是，我找不到了自己——这是我写过的吗？那个时候的我到哪里去了呢？

我的想象的果实们，不管是美，还是丑，不管是好，还是坏，只要我那本书存在，它们便存在，而且永远不变：我教他们年轻，他们便永远年轻；我教他们玩赏着玫瑰，他们便永远感到香美。再过几年，我的书也许被人忘记而死去，但是只要在什么一个僻静的角落还偶然的存在着一本，我的老幼男女们就还照样的，啼笑悲欢。他们从一离开笔尖便得到了永生。

可是，我自己怎样呢？我教别人活在文字中，而自己却天天在埋葬自己，每天的太阳必埋葬在西山后面。随着落日，我又老了一天！我的理想，我的感情，我的精力，都消耗在纸笔之间；那里有美的人，美的景，而我却一天比一天的老丑！

谁知道上帝创造宇宙的时候，是快活，还是悲哀呢？世界是多么美丽啊，连日月星辰都随着拍节——那最调和的拍节——旋动，连花草都一起一落的献出不同的颜色，那永久不灭的颜色。上帝自己呢？他自己得到了什么呢？恐怕是空虚与无聊吧？

谁比得了上帝呢？他既然不会死，他自然有法子消遣岁月。人呢？假若上帝是人，他必定恐怖——美丽，生命，都是他计划出来的，他自己却只落了一部白胡须！我怕读自己的作品。

载 1942 年 3 月 20 日《文坛》创刊号

别　忙

　　近来看了不少青年朋友们写的小说。其中有很好的，也有很不好的。那些不好的，大概都犯了一个毛病，就是写得太慌忙。"世事多因忙里错"，作文章当然不是例外。文艺中的言语，须是言语的精华，必须想了再想，改了再改。有的人灵感一到，即能下笔万言，不再增减一字。这样人大概并不很多。而且，据我想，他之所以能下笔万言者，或者正因为他从前下过极大的工夫，一字一句，想了再想，改了再改，日久年长，工力到了家，他才可以不必多想多改，而下笔即有把握。灵感是虚无飘渺的东西，工夫才是真实可靠的；写文章不要太忙。

　　我看见这么一句："张着严肃的脸。"脸不是嘴，怎会张开？不错，脸上的肌肉是可以松开一点或缩紧一点的，但松紧不就是开闭。再说，严肃的脸必是板起来的，绝不会张开。

　　毛病就在没有想过！

　　文艺中的语言第一要亲切。大家都说"板起面孔"，我就也用"板起面孔"。假若我用了"木起面孔"，人家便不会懂：虽然是木者板也，但毕竟是多此一举。第二要生动，这就是说：把亲切的语言用得最合适。比如说吧，抗战胜利之后，我回家去看老母亲，一见她老人家，我必只能叫出一声"妈"，而眼泪随着落下来。"妈"字亲切，而又用在了合适的时候，就必然生动。假若我见了母亲，而高声的叫"我的慈爱的，多年未见的老母啊"，便不亲切，也不生动，因为母子相见绝不是多用修辞的时候……

要想，要想，想哪个字最亲切，想哪个字最好用在什么地点与时间！这么一想，你便不只思索字眼，而是要揣摩人情了！从人情中想出来的字，才是亲切的、生动的、有感情的字。不要慌忙，要慢慢的来。想了又想，改了再改！这是工夫，工夫胜于灵感。

载 1942 年 4 月 28 日重庆《新民报晚刊》

成绩欠佳，收入更欠佳

昨天在茶馆里同朋友闲吹。算了算，我虽已练习写作十七八年之久，可是不过才出了二十本书。这二十本是：一、长篇小说：《老张的哲学》,《赵子曰》,《二马》,《大明湖》,《猫城记》,《离婚》,《牛天赐传》,《骆驼祥子》;二、中篇小说：《小坡的生日》;三、短篇小说集：《赶集》,《樱海集》,《蛤藻集》,《火车集》;四、剧本：《残雾》,《国家至上》,《张自忠》,《面子问题》,《大地龙蛇》;五、长诗：《剑北篇》;六、鼓词旧剧：《三四一》。在这二十本里，《大明湖》的原稿是被一·二八的毒火烧毁，始终没能与世谋面，《剑北篇》上册也在去年遭了大劫，幸而还有底稿，现在正重行排印。在这二十本外，还有一小本《幽默诗文集》,一本写作经验谈——《老牛破车》,和至少也有二三百篇随感和报告之类的短文。我不喜欢自己的短文，所以不肯出集子；只有《幽默诗文集》与《老牛破车》是循友人的恳求，破了例的，其余的多少篇小文都已随写随扔，或者永远不会印成集子了。此外，市间还有一本《老舍选集》,这是野鸡本，未得著者的同意。也不给版税，除了影响我的收入而外，可谓与我无关。

十七八年的成绩实在太少了！人不说不知，木不钻不透，成绩欠佳也自有些原因；待我慢慢讲来：最初的三本小说都是在伦敦写的。这根本是"写写玩"，可以写，可以不写；高兴就多写；

不高兴就放下。那时候，身在异国，时动乡思，故借此遣愁。再说呢，自己心中多少有点牢骚，吐之为快，也就都纳之笔下。回国以后，教书糊口，虽屡想放下粉笔，专心写作。而母老家贫，不敢任性。一心不能两用，教书便不能创作，只好利用暑寒假过过瘾。《大明湖》，《小坡的生日》，《猫城记》，《离婚》，《牛天赐传》，《赶集》，《樱海集》，《蛤藻集》，便都是"寒来暑往"的产儿。

只有《骆驼祥子》是心无二念，虔诚念佛写成的。这是在抗战的前一年，我辞去了教职，立誓作个职业的写作家。那一年的前半，我写成了《骆驼祥子》，和几个短篇；后半年，我同时写两个长篇，一个以青岛为背景，一个以北平为背景；一个写成了二万多字，一个写成三四万字。七七的炮声一响，这五六万字都被我扔在字纸篓。假若战争未起，我相信，这一年中我会写出三十万字来！想想看，一年三十万，十年三百万，二十年，三十年……哎呀！那还了得！固然喽，艺术作品贵精而不贵多，可是力气究竟是力气，谁能责备一个黄包车夫走路太多呢？况且，熟能生巧，业精于勤，多写不见得就没有好处。

流亡四年中，简直没写出什么来。长篇小说是没法儿写了。生活不安定，怎能作长远的计划呢？不错，写家是要生活，生活在抗战中，才能写出抗战文艺来。可是，生活是一件事，写作是另一件事。一个写作家应当在大街上活着，可是不能在大街上写作。他像一条牛，吃了草以后，须静静地去反刍细嚼，而后草才能变成乳。我，可是，找不到个清静地方。

于是，我开始练习作诗，写剧。抓点工夫就写点，不管好坏，只求渐有所获。这也就说明了，我并非以为戏剧或诗歌比小说容易写，而是说写小说必期其成，势必旷日持久。练习诗歌戏剧，既曰练习，则可成可败，可进可止。这个态度恰好与我的时间配合，忙则停，闲则进，亦游击战术也。我希望，在抗战中把诗歌戏剧的门路摸清，到抗战胜利后，把自己藏起来，好好的，专心的，去写小说，诗歌，戏剧；教每种都有较长的，颇像样儿的作品出来，以洗今日之丑！

反正是闲扯吧，说到哪里去也可以。您也许要问吧：既有二十本书，版税收入当然可观了，你为何还老这么穷相呢？是的，容我慢慢算给您听。

《二马》等三本书是文学会的丛书。每次版税都由商务印书馆付给文学会的负责人，由会里扣百分之十，再发给作者。这百分之十的税上税都作什么用了？天晓得！最近四年我的版税都上哪里去了？天晓得！好，这三本书等于不存在。出《猫城记》的那一家书店久已倒闭，纸型押在了一个纸铺里。纸铺仍继续印它，但与我无关。我若问版税，则纸铺会教我代书店还债！好了，四本等于不存在了。《牛天赐传》等四本书，四年的版税应是多少？不晓得。我只听到家中的报告：从抗战第二年起，家中每月得五十元（五十元到家不过是二十元，而书局按五十元算），最近得到通知，说二年多共付一千七百元，即算全数付清！此后不再付！好了，八本书等于不存在了！《赶集》与《离婚》，近二年来才在沪复印，恢复版税，而今日沪上情形如何，不可得知，大概这两本也要不存在！好，十本了！《面子问题》与《三四一》均卖版权，书卖多卖少与我不相干。好，十二本了！《国家至上》没得过分文，详情不必说。十三本了！《小坡的生日》每年约入二三十元。《蛤藻集》每年约入四五十元，均有账可查。《残雾》到今日为止，得过四十一元！您给我算算，我的版税是相当的可观，还是"不"相当的可观？

还有上演税呀！一点不错，剧本在重庆上演的确有上演税好拿。可是，别处呢？哼，回答这一问的只好是冷笑！

账算清了，您以为我会灰心吧？并不！让没良心的去发财吧；至于我，只要还有口气，就不放弃文艺。尽管成绩欠佳，收入更欠佳！

载 1942 年 5 月 1 日《文风》创刊号

话剧观众须知二十则

（一）在观剧之前，务须伤风，以便在剧院内高声咳嗽，且随地吐痰。

（二）入剧场务须携带甘蔗，橘柑，瓜子，花生……以便弃皮满地，而重清洁。最好携火锅一个，随时"毛肚开堂"。

（三）单号戏票宜入双号门，双号戏票宜入单号门。楼上票宜坐楼下，楼下票宜坐楼上。最好无票入场，有位即坐，以重秩序。

（四）未开幕，宜拼命鼓掌。

（五）家事，官司，世界大战，均宜于开幕后开始谈论，且务须声震屋瓦。

（六）演员出场应报以"好"声，鼓掌副之。

（七）每次台上一人跌倒，或二人打架，均须笑一刻钟，至半点钟，以便天亮以前散戏。

（八）演员吸香烟，口中真吐出烟来，或吸水烟，居然吹着了火纸捻，必须报以掌声。

（九）入场就座，切勿脱帽，以便见了朋友，好脱帽行礼。

（十）观剧时务须打架一场。

（十一）出入厕所务须猛力开闭其门。开而不关亦佳，以便臭味散出，有益大家。

（十二）演员每说一"妈的"，或开一小玩笑，必赞以"深刻"，以示有批评能力。

（十三）入场务须至少携带幼童五个，且务使同时哭闹，以壮声势。最好能开一个临时的幼稚园。

（十四）幕闭，务须掀开看看，以穷其究竟。

（十五）换景，幕暂闭时，务须以手电筒探照，使布景人手足失措，功德无量。

（十六）鼓掌应继续不停，以免寂寞。

（十七）观剧宜带勤务兵或仆人数位，侍立于侧。

（十八）七时半开戏，须于九时半入场，入场时且应携煤气灯一个，以免暗中摸索。

（十九）入场切勿携带火柴，以便吸烟时四处去借火。

（二十）末一幕刚开，即须退出，且宜猛摔椅板，高射手电。若于走道中停立五六分钟，遮住后面观众，尤为得礼。

载 1942 年 5 月 5 日《时事新报》

答客问

有人问我：你为何不把战前战后所写的杂文——大概也有几十万字了吧——搜集起来，出一两本集子呢？答以（一）杂文不易写，我写不好，故仅于不得已时略略试笔，而不愿排印成集，永远出丑。（二）因为写不好，故写成即完事，不留底稿，也不保存印出之件；想出集子也无法搜集。（三）在我快要与世长辞的时候，我必留下遗嘱，请求大家不要发表我的函信，也不要代我出散文集。我写信只为写信，三言两语，把事说明白就好，并不自印彩笺，精心遣词，仔细作字，以期传流后代。若把这样的信件印出来，只是多费许多纸，对谁也没有任何好处。至若小文，虽不能像函信那样草草成篇，但究非精心之作，使人破工夫读念，死后也不安心！若有人偏好多事，非印行它们不可，我也许到阎王驾前，告他一状，教他天天打摆子！

有以上原因，我也深盼朋友们不再向我索要短文，因为允许我安安静静的多写些别的，总比浪费笔墨时间有益处。

有人问我：你近来为何不写小说？你的剧本，不客气的说，实在不高明，为什么不放下剧本，而写小说呢？答以：这几年来的生活与抗战前大不相同了。在战前，我能闭门写作，除了自己或儿女们生病，我的心总是静静的，只要不缺柴米烟茶，我就能很起劲的干活儿。我是个喜静的人。在家里，我有干净的桌子，合手的纸笔，和可爱的花草，所以能沉得下心去写作。我是个喜清洁与秩序的人。不管喜安静洁整应身犯何罪吧，反正在那时候我的确写出不少东西来。抗战后，我不能因为忙乱混杂而停笔，但是在今夜睡床，明夜睡板凳，今天吃三顿，明天吃半餐，白天老鼠咬烂了稿纸子，夜晚臭虫想把我拖了走的情况中，对不起，我实在安不下心去写长篇小说。

我只好写剧本。（一）为练习练习。（二）剧本无论怎样难写，反正我们现在还不需要五十或六十幕长的作品；它的长短到底有点限制，有上四五万字即能成篇；且不管好坏，反正能写成就高兴。（三）剧本比小说难写，可是它也有比小说容易的地方。戏剧有舞台上的一切来帮忙，能将薄弱之点，填补得怪好的；小说则须处处周到充实，一丝不苟。剧本要集中兵力，攻击一点；只要把握着这一点，就许能有声有色。小说呢，要散开队伍去大包围；哪处有一个洞，便包围不上了。你或者可以因兴之所至写成一个剧本，而绝对不能草率的写成一部小说。因此，我就在忙乱中，马马虎虎的去写不像样子的剧本，以期略有所得，等到太平的时候，恢复了安静生活，再好好的去写一两个像样子的剧本，而不敢在忙中马马虎虎的写小说，招人耻笑——我不怕人家耻笑我的剧本，因为正在初学乍练。

不过，我打算，在今年秋后设法找个安静所在，去试写一篇长小说。一来是因为剧本写得不少了，理应换换口味。二来是要就此推开一些乱七八糟的事，不至于又因过于忙乱而再犯了头晕病——过去的两冬都因不小心而天地乱转，一休息便是几个月，希望这计划能够实现！为省得答复友人的信，附带声明：这本小说，如能写成不预备在中国发表。大概是拿到美国去，想卖五十万美金。假若有人愿出五十万美金呢，在中国发表也可以。所以，请友人们先筹好这笔款，再赐示商议——随信祈附答复费十万元，否则恕不奉复！

载 1942 年 7 月 19 日《时事新报》

文艺与木匠

　　一位木匠的态度，据我看：（一）要作个好木匠；（二）虽然自己已成为好木匠，可是绝不轻看皮匠、鞋匠、泥水匠，和一切的匠。

　　此态度适用于木匠，也适用于文艺写家。我想，一位写家既已成为写家，就该不管怎么苦，工作怎样繁重，还要继续努力，以期成为好的写家，更好的写家，最好的写家。同时，他须认清：一个写家既不能兼作木匠、瓦匠，他便该承认五行八作的地位与价值，不该把自己视为至高无上，而把别人踩在脚底下。

　　我有三个小孩。除非他们自己愿意，而且极肯努力，作文艺写家，我决不鼓励他们；因为我看他们作木匠、瓦匠、或作写家，是同样有意义的，没有高低贵贱之别。

　　假若我的一个小孩决定作木匠去，除了劝告他要成为一个好木匠之外，多大概不会絮絮叨叨的再多讲什么，因为我自己并不会木工，无须多说废话。

　　假若他决定去作文艺写家，我的话必然的要多了一些，因为我自己知道一点此中甘苦。

　　第一，我要问他：你有了什么准备？假若他回答不出，我便善意的，虽然未必正确的，向他建议：你先要把中文写通顺了。所谓顺通者，即字字妥当，句句清楚。假若你还不能作到通顺，请你先去练习文字吧，不要开口文艺，闭口文艺。文字写通顺了，你要"至少"学会一种外国语，给自己多添上一双眼睛。这样，中文能写通顺，外国书能念，你还须去生活。我看，你到三十岁左右再写东西，绝不算晚。

第二，我要问他：你是不是以为作家高贵，木匠卑贱，所以才舍木工而取文艺呢？假若你存着这个心思，我就要毫不客气的说：你的头脑还是科举时代的，根本要不得！况且，去学木工手艺，即使不能成为第一流的木匠，也还可以成为一个平常的木匠，即使不能有所创造，还能不失规矩的仿制；即使贡献不多，也还不至于糟蹋东西。至于文艺呢，假若你弄不好的话，你便糟践不知多少纸笔，多少时间——你自己的，印刷人的，和读者的；罪莫大焉！你看我，已经写作了快二十年，可有什么成绩？我只感到愧悔，没有给人盖成过一间小屋，作成过一张茶几，而只是浪费了多少纸笔，谁也不曾得到我一点好处？高贵吗？啊，世上还有高贵的废物吗？

第三，我要问他：你是不是以为作写家比作别的更轻而易举呢？比如说，作木匠，须学好几年的徒，出师以后，即使技艺出众，也还不过是默默无闻的匠人；治文艺呢，你可以用一首诗，一篇小说，而成名呢？我告诉你，你这是有意取巧，避重就轻。你要知道，你心中若没有什么东西，而轻巧的以一诗一文成了名，名适足以害了你！名使你狂傲，狂傲即近于自弃。名使你轻浮、虚伪。文艺不是轻而易举的东西，你若想借它的光得点虚名，它会极厉害的报复，使你不但挨不近它的身，而且会把你一脚踢倒在尘土上！得了虚名，而丢失了自己，最不上算。

第四，我要问他：你若干文艺，是不是要干一辈子呢？假若你只干一年半载，得点虚名便闪躲开，借着虚名去另谋高就，你便根本是骗子！我宁愿你死了，也不忍看你作骗子！你须认定：干文艺并不比作木匠高贵，可是比作木匠还更艰苦。在文艺里找慈心美人，你算是看错了地方！

　　第五，我要告诉他：你别以为我干这一行，所以你也必须来个"家传"。世上有用的事多得很，你有择取的自由。我并不轻看文艺，正如同我不轻看木匠。我可是也不过于重视文艺，因为只有文艺而没有木匠也成不了世界。我不后悔干了这些年的笔墨生涯，而只恨我没能成为好的写家。作官教书都可以辞职，我可不能向文艺递辞呈，因为除了写作，我不会干别的；已到中年，又极难另学会些别的。这是我的痛苦，我希望你别再来一回。不过，你一定非作写家不可呢，你便须按着前面的话去准备，我也不便绝对不同意，你有你的自由。你可得认真的去准备啊！

载 1942 年 8 月 16 日《时事新报》

假若我有那么一箱子画

在各种艺术作品中，我特别喜爱图画。我不懂绘画，正如我不懂音乐。可是，假若听完音乐，心中只觉茫然，看罢图画我却觉得心里舒服。因此，我特别喜爱图画——说不出别的大道理来。

虽然爱画，我可不是收藏画。因为第一我不会鉴别古画的真假；第二我没有购置名作的财力；第三我并不爱那纸败色褪的老东西，不管怎样古，怎样值钱。

我爱时人的画，因为彩色鲜明，看起来使我心中舒服，而且不必为它们预备保险箱。

不过，时人的画也有很贵的，我不能拿一本小说的稿费去换一张画——看画虽然心里舒服，可是饿着肚子去看恐怕就不十分舒服了。

那么，我所有的画差不多都是朋友们送给我的。这画也就更可宝贵，虽然我并没出过一个钱。朋友们赠给的画，在艺术价值之外，还有友谊的价值呀！举两个例说吧：北平名画家颜伯龙是我幼年的同学。我很喜爱他的画，但是他总不肯给我画。定下结婚的时候，我决定把握住时机。"伯龙！"我毫不客气的对他说，"不要送礼，我要你一张画！不画不行！"他没有再推托，而给我画了张牧豕图。图中的妇人、小儿、肥猪，与桐树，都画得极好，可惜，他把图章打倒了！虽然图章的脚朝天，我还是很爱这张画，因为伯龙就是那么个一天到晚慌里慌张的人，这个脚朝天的图章正好印上了他的人格。这个缺陷使这张画更可贵！我不知道合于哪一条艺术原理，说不定也许根本不合乎艺术原理呢。谁管它，反正我就有这么种脾气！

第二个例子是齐白石大画师所作的一张鸡雏图。对白石翁的为人与绘画，我都"最"佩服！我久想能得到他的一张画。但是，这位老人永远不给任何人白画，而润格又很高；我只好"望画兴叹"。可是，老天见怜，机会来了！一次，我给许地山先生帮了点忙，他问我："我要送你一点小礼物，你要什么？"我毫未迟疑的说："我要一张白石老人的画！"我知道他与老人很熟识，或者老人能施舍一次。老人敢情绝对不施舍。地山就出了三十元（十年前的三十元！据说这还是减半价，否则价六十元矣！）给我求了张画。画的真好，一共十八只鸡雏，个个精彩！这张画是我的宝贝，即使有人拿张宋徽宗的鹰和我换，我也不干！这是我最钦佩的画师所给，而又是好友所赠的！

当抗战后，我由济南逃亡出来的时候，我嘱告家中："什么东西都可放弃，这张画万不可失！"于是，家中把一切的家具与图书都丢在济南，而只抱着这十八只鸡雏回到北平。

去年，家中因北平的人为的饥荒而想来渝，我就又函告她们，鸡图万不可失！我不肯放弃此画，一来是白石老人已经八十多岁，二来是地山先生已经去世；白石翁的作品在北平不难买到，但是买到的万难与我所有的这一张相比！

妻得到信，她自己便也想得老人的一幅画。由老人的一位女弟子介绍，她送上四百元获到老人的六只虾，而且题了上款。那时候（现在也许又增高一倍了），老人的润格已是四百元一字尺，题上款加四百元，指定画题加倍，草虫（因目力欠佳）加倍，敷设西洋红加倍。

来到重庆，她拿出挂在墙壁上，请几个朋友们看，于是重庆造了她带来一箱子白石翁的画之谣。

哎呀！假若我真有一箱白石翁的画够多么好呢！

一箱子！就说是二尺长，半尺高的一只箱吧，大概也可以装五百张！仿照白石老人自号三百石印富翁的例，假若我真有这么一箱，我应马上自称为五百白石翁画富人——我还没到五十岁，不好意思称"翁"，不但在精神上，就是以金钱计，我也确实应自号为"富"了。想想看，以二千元一张画说吧，五百张该合多少钱？

我就纳闷，为什么妻不拿那么多的钱买点粮食（有钱，就是在北平，也还能吃饱），而教孩子们饿成那个鬼样呢？

且不管她，先说我自己吧。我若真有了那么一箱子画，该怎办呢？我想啊，我应该在重庆开一次展览会，一来是为给我最佩服的老画师作义务的宣传，以示敬意；二来是给大家个饱眼福的机会。在展览的时候，我将请徐悲鸿、林风眠、丰子恺诸先生给拟定价格，标价出售。假若平均每张售价一万元吧，我便有五百万的收入。收款了以后，我就赠给文艺界抗敌协会、戏剧界抗敌协会、美术界抗敌协会、音乐界抗敌协会各一百万元。所余的一百万元，全数交给文艺奖助金委员会，用以救济贫苦的文人——我自己先去申请助金五千元，好买些补血的药品，疗治头昏。

我想，我的计划实在不能算坏！可是，教我上哪里找那一箱子画去呢？

那么，假若你高兴的话，请去北碚，还是看一看我藏的十八只鸡雏和内人的六只虾吧，你一夸奖它们，我便欢喜，庶几乎飘飘然有精神胜利之感矣！

谢谢替我夸口的友人们，他们至少又给了我写一篇短文的资料！

1944 年 1 月 7 日于北碚之头昏斋

载 1944 年 2 月 11 日《时事新报》

割盲肠记

六月初来北碚，和赵清阁先生合写剧本——《桃李春风》。剧本草成，"热气团"就来了，本想回渝，因怕遇暑而止。过午，室中热至百另三四度，乃早五时起床，抓凉儿写小说。原拟写个中篇，约四万字。可是，越写越长，至九月中已得八万余字。秋老虎虽然还很厉害，可是早晚到底有些凉意，遂决定在双十节前后赶出全篇，以便在十月中旬回渝。

有什么样的环境，才有什么样的神经过敏。因为巴蜀"摆子"猖狂，所以我才身上一冷，便马上吃奎宁。同样的，朋友们有许多患盲肠炎的，所以我也就老觉得难免一刀之苦。在九月末旬，我的右胯与肚脐之间的那块地方，开始有点发硬；用手摸，那里有一条小肉岗儿。"坏了！"我自己放了警报："盲肠炎！"赶紧告诉了朋友们，即使是谎报，多骗取他们一点同情也怪有意思！

朋友们的回答几乎是一致的——神经过敏！我申说部位是对的，并且量给他们看，怎奈他们还不信。我只好以自己的医学知识丰富自慰，别无办法。

过了两天，肚中的硬结依然存在。并且作了个割盲肠的梦！把梦形容给萧伯青兄。他说：恐怕是下意识的警告！第二天夜里，一夜没睡好，硬的地方开始一窝一窝的疼，就好像猛一直腰，把肠子或别处扯动了那样。一定是盲肠炎了！我静候着发烧，呕吐，和上断头台！可是，使我很失望，我并没有发烧，也没有呕吐！到底是怎回事呢？

十月四日，我去找赵清阁先生。她得过此病，一定能确切的指示我。她说，顶好去看看医生。她领我上了江苏医学院的附设医院。很巧，外科刘主任（玄三）正在院里。他马上给我检查。

"是！"刘主任说。

"暂时还不要紧吧？"我问。我想写完了小说和预支了一些稿费的剧本，再来受一刀之苦。

"不忙！慢性的！"刘主任真诚而和蔼的说。他永远真诚，所以绰号人称刘好人。

我高兴了。并非为可以缓期受刑，而是为可以先写完小说与剧本；文艺第一，盲肠次之！

可是，当我告辞的时候，刘主任把我叫住："看看白血球吧！"

一位穿白褂子的青年给我刺了"耳朵眼"。验血。结果！一万好几百！刘主任吸了口气："马上割吧！"我的胸中恶心了一阵，头上出了凉汗。我不怕开刀，可是小说与剧本都急待写成啊！特别是那个剧本，我已预支了三千元的稿费！同时，在顷刻之间，我又想到：白血球既然很多，想必不妙，为何等着受发烧呕吐等等苦楚来到再受一刀之苦呢？一天不割，便带着一天的心病，何不从早解决呢？

"几时割？"我问。心中很闹得慌，像要吐的样子。

"今天下午！"

随着刘主任，我去交了费，定了房间。

没有吃午饭。托青兄给买了一双新布鞋，因为旧的一双的底子已经有很大的窟窿。心里说：穿新鞋子入医院，也许更能振作一些。

下午一时。自己提着布袋，去找赵先生。二时，她送我入院——她和大夫护士们都熟识。

房间很窄，颇像个棺材。可是，我的心中倒很平静，顺口答音的和大家说笑，护士们来给我打针敷消毒药，腰间围了宽布。诸事齐备，我轻轻的走入手术室，穿着新鞋。

屈着身。吴医生给我的脊梁上打了麻醉针。不很疼。护士长是德州的护士学校毕业的。她还认识我：在她毕业的时候，我正在德州讲演。这已是十年前的事了。她低声的说："舒先生，不怕啊！"我没有怕，我信任西医；况且割盲肠是个小手术。朋友们——老向，萧伯青，萧亦五，清阁，李佩珍……都在窗外"偷"看呢，我更得挣扎着点！

下部全麻了。刘主任进来。吱——腹上还微微觉到疼。"疼啊！"我报告了一声。"不要紧！"刘主任回答。腹里捣开了乱，我猜想：刘主任的手大概是伸进去了。我不再出声。心中什么也不想。我以为这样老实的受刑，盲肠必会因受感动而也许自动的跳出来。

不过，盲肠到底是"盲肠"，不受感动！麻醉的劲儿朝上走，好像用手推着我的胃；胃部烧得非常的难过，使我再也不能忍耐。吐了两口。"胃里烧得难过呀！"我喊出来。"忍着点！马上就完！"刘主任说。我又忍着，我听得见刘主任的声音："擦汗！""小肠！""放进去！""拿钩子！""摘眼镜！"……我心里说："坏了！找不到！"我问了："找到没有？"刘主任低切的回答："马上找到！不要出声！"

窗外的朋友们比我还着急："坏了！莫非盲肠已经烂掉？"

我机械的，一会儿一问："找到没有？"而得到的回答只是："莫出声！"

苦了刘主任与助手们，室内没有电灯。两位先生立在小凳上，打着电棒。夹伤口的先生们，正如打电棒的始终不能休息片刻。整整一个钟头！

一个钟头了，盲肠还未露面！

我的鼻子上来了点怪味。大概是吴医生的声音："数一二三四！"我数了好几个一二三四，声音相当的响亮。末了，口中一噎，就像刮大风在城门洞中喝了一大口风似的我睡过去，生命成了空白。

睁开眼，我恍惚的记得梁实秋先生和伯青兄在屋中呢。其实屋中有好几位朋友，可是我似乎没有看见他们。在这以前，据朋友们告诉我，我已经出过声音，我自己一点也不记得。我的第一声是高声的喊王抗——老向的小男孩。也许是在似醒非醒之中，我看见王抗翻动我的纸笔吧，所以我大声的呼叱他；我完全记不得了。第二次出声是说了一串中学时的同学的外号：老向，范烧饼，闪电手，电话西局……弄得大家都莫名其妙。生命在这时候是一片云雾，在记忆中飘来飘去，偶然的露出一两个星星。

再睁眼，我看见刘主任坐在床沿上。我记得问他："找到没有？割了吗？"这两个问题，在好几个钟头以内始终在我的口中，因为我只记得全身麻醉以前的事。

我忘了我是在病房里，我以为我是在伯青的屋中呢。我问他："为什么我躺在这儿呢？这里多么窄小啊！"经他解释一番，我才想起我是入了医院。生命中有一段空白，也怪有趣！

一会儿，我清醒；一会儿又昏迷过去。生命像春潮似的一进一退。清醒了，我就问：找到了吗？割去了吗？

口中的味道像刚喝过一加仑汽油，出气的时候，心中舒服；吸气的时候，觉得昏昏沉沉。生命好像悬在这一呼一吸之间。

胃里作烧，脊梁酸痛，右腿不能动，因打过了一瓶盐水。不好受。我急躁，想要跳起来。苦痛而外，又有一种渺茫之感，比苦痛还难受。不管是清醒，还是昏迷着，我老觉得身上丢失了一点东西。猛孤仃的，我用手去摸。像摸钱袋或要物在身边没有那样。摸不到什么，我于失望中想起：噢，我丢失的是一块病。可是，这并不能给我安慰，好像即使是病也不该遗失；生命是全的，丢掉一根毫毛也不行！这时候，自怜与自叹控制住我自己，我觉得生命上有了伤痕，有了亏损！已经一天没吃东西；现在，连开水也不准喝一口——怕引起呕吐而震动伤口。我并不觉得怎样饥渴。胃中与脊梁上难过比饥渴更厉害，可是也还挣扎去忍受。真正恼人的倒是那点渺茫之感。我没想到死，也没盼祷赶快痊愈，我甚至于忘记了赶写小说那回事。我只是飘飘摇摇的感到不安！假若他们把割下的盲肠摆在我的面前，我也许就可以捉到一点什么而安心去睡觉。他们没有这样作。我呢，就把握不到任何实际的东西，而惶惑不安。我失去了自信，不知道自己是干什么呢！因此我烦躁，发脾气，苦了看守我的朋友！

老向，璧如，伯青，齐致贤，席微腐诸兄轮流守夜；李佩珍小姐和萧亦五兄白天亦陪伴。我不知道怎样感激他们才好！医院中的护士不够用，饭食很苦，所以非有人招呼我不可。

体温最高的时候只到三十八度，万幸！虽然如此，我的唇上的皮还干裂得脱落下来，眼底有块青点，很像四眼狗。

最难过的是最初的三天。时间，在苦痛里，是最忍心的；多慢哪！每一分钟都比一天还长！到第四天，一切都换了样子；我又回到真实的世界上来，不再悬挂在梦里。

本应当十天可以出院，可是住了十六天，缝伤口的线粗了一些，不能完全消化在皮肉里；没有化脓，但是汪儿黄水。刘主任把那节不愿永远跟随着我的线抽了出来，腹上张着个小嘴。直到这小嘴完全干结我才出院。

神经过敏也有它的好处。假若我不"听见风就是雨"，而不去检查，一旦爆发，我也许要受很大很大的苦楚。我的盲肠部位不对。不知是何原因，它没在原处，而跑到脐的附近去，所以急得刘主任出了好几身大汗。假若等到它汇了脓再割，岂不很危险？我感谢医生们和朋友们，我似乎也觉得感谢自己的神经过敏！引为遗憾的也有二事：（一）赵清阁先生与我合写的《桃李春风》在渝上演，我未能去看。（二）家眷来渝，我也未能去迎接。我极想看到自己的妻与儿女，可是一度神经过敏教我永远不会粗心大意，我不敢冒险！

载 1944 年 3 月《经纬》第 2 卷第 4 期

梦想的文艺

我盼望总会有那么一天，我可以随便到世界任何地方去，而没有人偷偷的跟在我的背后，没有人盘问我到哪里去和干什么去，也没有人检查我的行李。那就是我的理想世界！在那个世界里，我爱写什么便写什么，正如同我爱到何处去便到何处那样。我相信，在那个世界里，文艺将是讲绝对的真理的，既不忌讳什么而吞吞吐吐，也不因遵守标语口号而把某一帮一行的片面，当作真理。那时候，我的笔下对真理负责，而不帮着张三或李四去辩论曲直是非——他们俩最好找律师去解决那些鸡毛蒜皮的事。

那时候，我若到了德国，便直言无隐的告诉德国人，他们招待客人还太拘形式，使我感到不舒服。（德国人在那时候当然已早忘了制造战争，而很忠诚的制造阿司匹灵。）他们听了并不生气，而赶快去研究怎样可以不拘形式而把客人招待得从心眼里觉得安逸。同样的，我可以在伦敦讽刺英国的士大夫：他们为什么那样注意戴礼帽，拿雨伞，而不设法去消灭或减少伦敦的黑雾。那些有幽默感的英国人笑着接受了我的暗示，于是国会决议：每天起飞五千架重轰炸机往下洒极细的砂子，把黑雾过滤成白雾，而伦敦市民就一律因此增寿十年。

我的笔将是温和的，微微含笑的，不发气的，写出聪明的合理的话。我不必粗脖子红脸的叫喊什么，那样是会使文字粗糙，失去美丽的。我不必顾虑我的话会引来棍棒与砖头，除非我是说了谎或乱骂了人。那时候的社会上求真的习尚，使写家必须像先知似的说出警告，那时候人们的审美力的提高，使作家必须唱出他的话语，像春莺似的美妙。

昨天我听见一个四十多岁的汉子，对一个十九岁的学生说："你要真理？我的话便是真理！听从我的话便是听从真理！我这个真理会教你有衣有食，有津贴好拿！在我的真理以外，你要想另找一个，你便会找到监狱，毒刑，死亡！想想看，你才十九岁，青春多么可爱呀！"

这几句话使我颤抖了好大半天。我不晓得那个十九岁的孩子后来怎样回答，我一声没出。我可是愿意说出我的愿望，尽管那个愿望是永不会实现的梦想！

载 1944 年 12 月《抗战文艺》第 9 卷 5、6 期

今年的希望

不知道怎么稀拉胡涂的又过了一年！年年在元旦都有一些雄心，想至少也要作出一件半件惊天动地的事，可是到除夕一清算，只是欠了一点钱，旁无可述；惨笑一下，听着放爆竹而已！

不过，认真的去悲观，或者足以引出自杀的危险；所以总应相机原谅自己，给自己找出可以继续活下去的理由与路子。人能一活就活几十年，大概就是因他会这样自欺吧？

去年有三件大事似乎值得报告出来。此三事都不惊天动地，可是说出来足以自欺欺人，倒仿佛我并没白活一年，而理应再活下去似的。去年，我戒了烟，戒了酒，并且写了三十多万字。戒酒是为了健康，戒烟却为了省钱。人能决心减少嗜好，省下钱来买几元美金，无论如何也得算识时务的！识时务的不就是英雄么？我值得活下去！只可惜美金还没能买，却也不伤心，我相信假若继续持戒，美金总会有那么一天来到手中的！恒心便是金矿！即便美金永远不来，我也还是不破戒。有许多友人戒了嗜好又去开戒，虽无大过，却总有立志不坚之辱，而觉得怪不好意思。我要胜过他们！他们得到舒服，我却得到优越之感！当他们喝得面红耳热的时候，或吸着副牌子"爱人"或"人头狗"的时候，我可以给他们一点带有规劝性的小讽刺；精神胜利是属于我的！因此，我决定：

卅四年我继续戒酒戒烟！

不过，假若朋友们送来"茅台"或"红糟"，我可也不拒绝。同样的，他们若给我几包"骆驼"或"华福"，我也不便一定板起脸孔，硬是不要。这不能说是我立志不坚，而应说是诱惑太大，况且友情比金子还更贵重，我不愿死后入圣庙，而生前伤了友情呵。

去年写成的三十多万字，有三十万是《四世同堂》的，其余的是一些短文的。本来想把《四世同堂》写到五十万字，可是因为打摆子与头昏和心境欠佳，就打了个很大的折扣。今年，我希望能再继续写下去，而且要比去年写的多。假若今年我能再写五十万，那就很可能的把这长篇小说在后年夏季写齐——原来想一共花两年的时间交卷，这样便须用二年半了。已写成的三十万字，说实话，是乱七八糟，不像东西。心有余而力不足，我只顾要写大东西，而忘记了自己没有那么大的力气。不过，无论怎样，我希望能够继续写下去，把它写成。那么，我决定：

今年继续写《四世同堂》。

说到这里，我恳求朋友们顶好不叫我写杂文。我的身体比从前差的很多了，双管齐下实在钉不住！况且，杂文本非所长，写不出什么道理来，何苦费力不讨好，耽误了自己的时间，而又不能使篇幅增光呢！

好吧，今年只希望不烟不酒，和好好的写《四世同堂》。若是还有别的希望，那就必是财源茂盛，人口平安！并谨以此两句吉祥话儿，送给一切朋友！

载 1945 年 2 月 1 日《南风》第 1 卷第 1 期

大智若愚

学会了作文章（文章不一定就是文艺），而后中了状元，而后无灾无病作到公卿，这恐怕是历来的文人的最如意的算盘。相传既久，心理就不易一时改变过来；于是在今天也许还有不少的人想用文章猎取利禄与声名。可是，这个心理必须改变，因为它正是把文艺置之死地的祸根。

要搞文艺就必先决定去牺牲。你要忘了个人的利益与幸福，你才能作一辈子文人，为文艺而生，为文艺而死。在物质享受上，稿费版税永远不能比囤积走私的来头大；在精神上，思想永远是自取烦恼的东西。相安无事便是一夜无话，文艺也就无从产生。不甘相安无事，你便必苦心焦虑的思索，而后把那最好的，最有价值的话说出来，而后你还要认真的去驳辩，勇敢的作真理的律师。这些，都给你带来痛苦，也许会要掉了脑袋。好话永远不甜蜜悦耳，而真理永远是用生命换得来的。

这样的说来，你假若想要以一半篇作品取个文艺者的头衔，从而展开一条小小的路径，去弄点钱花，娶个相当漂亮的太太，或且作一番与文艺无关的事业，则似乎大可不必，因为文艺最忌敷衍，最忌脚踩两只船；顶好卖什么吆喝什么，大不该只在"好玩"，或"方便"上要些玄虚。

只要你一想到为文艺服役，你就须马上想到一切苦处，像要去作和尚那样斩尽尘根，硬是准备满身虱子连搔也不去搔一下！你要知道，凡是要救世的都须忘了自己，丧掉了自己的生命。

你要准备下那最高的思想与最深的感情，好长出文艺的花朵，切不可只在文字上用工夫，以文字为神符。文字不过是文艺的工具。一把好锯并不能使人变为好木匠。

即使那是真的，你也不要先去揣摩某人怎么仗着舅舅的力量而印出两本书，或某人怎么出巧计而作了编辑，从而千方百计的去仿效。文艺中无巧可取，你千万别自骗骗人！你知道，文艺者对别人是"大智"，对自己却是"大愚"！

载 1945 年 3 月《抗战文艺》第 10 卷第 1 期

入　城

有五个月没进城了。乍一到城中，就仿佛乡下的狗来到闹市那样，总有点东西碰击着鼻子——重庆到底有多少人啊，怎么任何地方都磕头碰脑的呢？在街上走，我眼晕！

洋车又贵多了，动不动就是一百。我只好走路。可是走路又真不舒服，一来到处是人，挤得彼此都怪难过；二来是穿少了衣裳，怕冷，穿多了又走不动！我的棉袄真好，当我坐下写作的时候；及至来到城内，它可就变成了累赘，一走路我便遍体生津！

入城就赶上李可染先生的画展，运气真好！我顶喜欢他的作品。他本来会西洋画，近几年来又努力学习中国画，于是"温故知新"，他的国画就在理法上兼中西之长，而信笔挥来都能左右逢源。看完画，写了一篇短文交《扫荡副刊》发表，外行人总想假充内行，此一例也。

文艺界的友人这两天在城内的很多，大家许久未见，见面特别亲热。可是，在亲热之中，大家似乎都有那么一二小句要说而又不方便说的话，像："怎样，喝一杯去？"或是"到我那里去吃饭，好不好？"谁都没有胆量约友人，也不愿友人约自己——这年月使人老先想到友人的经济状况！记得，六年前初到重庆的时候，无论怎样穷，大家总还有喝酒的钱。今天，哼，有个李白也得瘾死！

出版界好像都暂不印书，版税无望了！假若刊物也停止，我不晓得写家们还怎么活着！

因住在乡下，城中的话剧摸不着看，进城后听说一出戏须投资到一两百万，而是赔是赚全无把握。听罢此言，我倒盼望城里也没有话剧可看了——省得替友人们提心吊胆！

洪深、马宗融、靳以三教授都满面红光，大家都说："教书恐怕还是阔事！"细一看，马教授的洋服里子已破成千疮百孔，洪教授的中山装里不是毛衣，不是羊毛的紧身，而是一件旧小棉袄！

在乡下，寂寞。在城里，又嫌太闹。城里乡下时常来往最好，可惜路费与舟车又不那么方便。假如早一点下手，发点国难财，有多么好？悔之晚矣！

载 1945 年 3 月《艺文志》第 2 期

大 喜

天大的喜事：中华人民共和国的宪法草案公布了！

对于我，语言文字似乎在这两天中已经失去效用；要不然，为什么纵有万语千言，都难以形容出我心中的喜悦呢！

怎能不那么喜悦呢，这是咱们人民的宪法草案啊！掀开草案，一眼就看到："中华人民共和国的一切权力属于人民！"把咱们五千年来所有的文字记载与律法条文都找出来，谁能找到与这同样雄伟崇高的，光芒万丈的一句话呢！

这个可贵可爱的草案，经过全国人民的讨论，和全国人民代表大会的通过，不久即将成为咱们的正式宪法。宪法就是国家的根本大法。树要有根，河要有源，宪法就是咱们每个人的命根子！有了咱们这样的宪法，咱们的命根子就抓在咱们自己手里，这难道不是天大的喜事么？不该狂喜么？

的确是狂喜，所以才没法儿形容。这两天，我总想吟诗，或作些歌词，去颂扬歌唱这件历史上的大事。可是，那些平凡薄弱的词汇，像"兴奋"呀，"欣喜"呀……都不能痛快地惊人地道出我的心情。我只好逢人便说："大喜事！咱们的宪法草案公布了！天大的喜事！"我知道这是人人会说的，想要说的，好，就这么说吧，这就好！我还要再说，人人不妨说了再说，管什么千篇一律不千篇一律呢，对一件天大的喜事，难道不应当多说几遍么？

假若我手边有鼓，我必定去敲；有锣，必定去打；敲打着锣鼓，我要高喊："大喜事来到，咱们的宪法草案公布了！"我也要呼唤："叔叔伯伯们，大妈婶子们，兄弟姐妹们，青年男女们，高歌吧，狂舞吧，举起红旗，点起火把，去欢呼着道喜吧！"

不过，咱们可不能只狂欢一阵就拉倒了啊。要知道，宪法并不忽然从天上掉下来哟。您看，我是戊戌年生人，到如今整整五十六年。我自幼就常听老人们说：在我生下来的那一年，康有为梁启超等向清朝皇帝跪求立宪——是跪着央告，不是闹革命，杀皇帝。可是结果呢，谁也没看见宪法的影子，谭嗣同等六人却被西太后给杀了！

看看，跪着央求皇帝颁赏宪法都要掉脑袋呀！

从那以后，要求立宪的运动一起跟着一起，每次都流过血！咱们如是，世界各国也都如是，有立宪运动就有牺牲流血。宪法可真不易得到啊！

今天，咱们看到了宪法草案，就应该想想以往的五六十年里，且不往再远了说，有多少人为了争取获得宪法而丧掉他们的生命呀！以最近二三十年来的事说吧，中国共产党领导着咱们全国人民去革命，和反动的统治阶级作最英勇的激烈的斗争，有多少多少志士流尽他们的宝血啊！饮水思源，在今天的狂欢中，我们可不应当忘记感激那些位革命烈士啊。我们更应当感激中国共产党和伟大的毛主席！不忘了过去革命的艰苦，才能更深刻地了解宪法如何宝贵。

因此，咱们都该极细心地阅读宪法草案，并且热烈地讨论，提出意见！宪法是咱们的命根子，其中任何一个字都有很大的分量，都不是虚设的，都关系着咱们切身的利益。不热心阅读、讨论这个草案，就是缺乏爱国热情，漠视自己的权利与义务。

在阅读与讨论之中，人人会得到更多的喜悦与教育。您看，在我年轻的时候，我到过西欧的几个国家。那时候，中国还没有宪法，所以我很羡慕英国人和法国人。他们有宪法，咱们没有啊。今天，咱们不久就会有了宪法，这已经是大喜事了，何况咱们的宪法，一看草案您就会明白，又是真正民主的呢！咱们的宪法是属于社会主义类型的，是英、法等国的宪法所不能比拟的。咱们的宪法是一方面实事求是地、结结实实地巩固人民革命的成果，另一方面又能保证更进一步，让咱们走向社会主义，人民能得到更大更多的幸福。到这里，我没法不再说：天大的喜事哟！我敢说，谁阅读了这个宝贵文件，谁就必定得到无限的欣喜，感到骄傲、尊严，并且增高爱国的热情。我自己也正在学习。热情地欢快地学习和讨论宪法草案，是咱们大家今天必须作的要事。让咱们都好好地去阅读它，讨论它，提出意见，并且用实际行动，像积极地搞增产节约等等，去迎接不久即将正式颁布的第一个宪法吧！

载 1954 年《人民文学》7 月号

什么是幽默

幽默是一个外国字的译音，正像"摩托"和"德谟克拉西"等等都是外国字的译音那样。

为什么只译音，不译意呢？因为不好译——我们不易找到一个非常合适的字，完全能够表现原意。假若我们一定要去找，大概只有"滑稽"还相当接近原字。但是，"滑稽"不完全相等于"幽默"。"幽默"比"滑稽"的含意更广一些，也更高超一些。"滑稽"可以只是开玩笑，而"幽默"有更高的企图。凡是只为逗人哈哈一笑，没有更深的意义的，都可以算作"滑稽"，而"幽默"则须有思想性与艺术性。

原来的那个外国字有好几个不同的意思，不必在这一一介绍。我们只说一说现在我们怎么用这个字。

英国的狄更斯，美国的马克·吐温，和俄罗斯的果戈理等伟大作家都一向被称为幽默作家。他们的作品和别的伟大作品一样地憎恶虚伪、狡诈等等恶德，同情弱者，被压迫者和受苦的人。但是，他们的爱与憎都是用幽默的笔墨写出来的——这就是说，他们写的招笑，有风趣。

我们的相声就是幽默文章的一种。它讽刺，讽刺是与幽默分不开的，因为假若正颜厉色地教训人便失去了讽刺的意味，它必须幽默地去奇袭侧击，使人先笑几声，而后细一咂摸，脸就红起来。解放前通行的相声段子，有许多只是打趣逗哏的"滑稽"，语言很庸俗，内容很空洞，只图招人一笑，没有多少教育意义和文艺味道。解放后新编的段子就不同了，它在语言上有了含蓄，在思想上多少尽到讽刺的责任，使人听了要发笑，也要去反省。这大致地也可以说明"滑稽"和"幽默"的不同。

幽默文字不是老老实实的文字，它运用智慧，聪明，与种种招笑的技巧，使人读了发笑，惊异，或啼笑皆非，受到教育。我们读一读狄更斯的，马克·吐温的，和果戈理的作品，便能够明白这个道理。听一段好的相声，也能明白些这个道理。

幽默的作家必是极会掌握语言文学的作家，他必须写得俏皮，泼辣，警辟。幽默的作家也必须有极强的观察力与想象力。因为观察力极强，所以他能把生活中一切可笑的事，互相矛盾的事，都看出来，具体地加以描画和批评。因为想象力极强，所以他能把观察到的加以夸张，使人一看就笑起来，而且永远不忘。

不论是作家与否，都可以有幽默感。所谓幽默感就是看出事物的可笑之处，而用可笑的话来解释它，或用幽默的办法解决问题。比如说，一个小孩见到一个生人，长着很大的鼻子；小孩子是不会客气的，马上叫出来："大鼻子！"假若这位生人没有幽默感呢，也许就会不高兴，而孩子的父母也许感到难以为情。假若他有幽默感呢，他会笑着对小孩说："就叫鼻子叔叔吧！"这不就大家一笑而解决了问题么？

幽默的作家当然会有幽默感。这倒不是说他永远以"一笑了之"的态度应付一切。不是，他是有极强的正义感的，决不饶恕坏人坏事。不过，他也看出社会上有些心地狭隘的人，动不动就发脾气，闹情绪，其实那都是三言两语就可以解决的，用不着闹得天翻地覆。所以，幽默作家的幽默感使他既不饶恕坏人坏事，同时他的心地是宽大爽朗，会体谅人的。假若他自己有短处，他也会幽默地说出来，决不偏袒自己。

人的才能不一样，有的人会幽默，有的人不会。不会幽默的人最好不必勉强耍俏，去写幽默文章。清清楚楚、老老实实的文章也能是好文章。勉强耍几个心眼，企图取笑，反倒会弄巧成拙。更须注意：我们讥笑坏的品质和坏的行为，我们可绝对不许讥笑本该同情的某些缺陷。我们应该同情盲人，同情聋子或哑巴，绝对不许讥笑他们。

载 1956 年《北京文艺》3 月号

闲　谈

今年我的"庄稼"歉收！

我的"庄稼"有两种。第一种是生产文学作品，就先说它吧：

今年上半年我特别忙：很多次要的事情暂且不提，单说顶大的就有：中国作家协会第二次理事会会议（扩大），我不但必须参加，而且得作报告；紧跟着就是全国话剧会演，我得去看戏、招待外宾，还得参加评选工作；紧跟着又是全国青年文学创作者会议，我不但必须参加，而且得作报告；我最怕作报告，报告比小说、话剧、相声都更难写的多！顺便说句笑话：假若对劳动纪律不强的作家有"处理"的必要，我想就顶好罚他们写报告；写过一次报告之后，他们必定会积极地去写小说什么的，以免再犯再罚。

紧跟着（要不然怎么会紧张呢）又是全国文化先进工作者代表会议和全国先进生产者代表会议，我都得参加，而且都得发言。我很惭愧，没能和文化先进工作者们去过团体生活！我知道有人不大满意我，可是，这时候，我已经每天早晨须到医院去，实在没法子分身。

是这么一回事：一位坐骨神经病的苏联专家来到北京讲学。我患此病已有八年之久，怎么也治不好。专家只在北京作短期停留，我怎肯坐失良机？这一上医院啊，就又来了一大串"紧跟着"。血、尿、眼睛、肺、心脏……全都检验，十分紧张。上楼下楼，跑前跑后，衣服脱了再穿，穿了再脱。眼镜子不对，好，赶快去配新的。腿、脊背须照像，照！照像之前得洗肠，洗！

一方面我要服从治疗纪律，叫我脱五次衣服，我不敢少脱一次；另一方面我又惦记着那些重要的会议，心里十分不安。有时候，急得我甚至想大吼一声："告辞了，我去开会！"

可是，专家是那么和善可亲，我感激还感激不尽，怎能大吼一声而去呢？是的，专家实在可爱：他叫我脱袜子的时候，都先笑着说：屋里凉一点呀，不怕吧？

检查后，发现了我的血压原来也很高。专家嘱告中国大夫，一面给我治腿，一面也治血压。这样治疗一个多月，血压回跌。我决定去休息一下。我六年没有休息过了。于是就请了假，到东北汤岗子温泉疗养院去。这是个治腿病有名的疗养院。可是，我的主要目的是到那里去休息。一休息，我知道，血压必低落。血压没有高潮，就不会出大岔子。那么，再安心地治腿病，岂不顺理成章？我咬定牙关，决不拿笔，一天天吃了睡，睡了吃，专心地摹仿肥猪。

九月初我离开了疗养院。这样说来，前前后后一共九个月，我没写一个字！我的确写了些报告与发言，但那不算文学作品呀！

回到北京，我决定开始写作。可是，国庆前后，社会活动很多，不易拿起笔来。况且，休息三月之后，忽然紧张起来，血压又有波动，更不敢双管齐下，既写文章，又干事情。

紧跟着，就是鲁迅逝世二十周年纪念，我们请来二十多国的作家。作家得招待作家，这义不容辞。我就又忙起来。

事情多就不能写作，这言之成理，本可居心无愧。可是，我到底是作家。作家而不写作，究竟不大像话。况且，各方面是那么如饥如渴地需要作品啊。话剧缺乏剧本，戏曲缺乏剧本，曲艺缺乏曲词。搞话剧的朋友，正如搞戏曲和曲艺的朋友，都向我伸手要作品，有时候几乎要下跪！我怎么办呢？我难过，我也要向他们下跪！我应当向他们下跪，我是作家，是没有给他们写出东西的作家！

时间，时间，给我时间！给我够用的时间，我保证每年可以写出一本话剧，一本戏曲，和一本曲剧！可是……

十二月里，我也许出国。我要抓紧时间，在十一月里写一点什么。到底写什么，我心中有数，暂且不说。我要求报社、刊物编辑部和朋友们都不要问我，以免电话不停，意乱心慌，又须下跪！

我从去年就打算辞去一切职务，专心写作，可是各有关方面都不点头。在这里，我再一次呼吁：允许我这样作吧！我写不出伟大的作品，我知道。但是我也知道，我的确爱写、能写一点，而且写的多了，可能写出一两部像点样子的。我已经是五十八岁了，现在还不加劲写作，要等到何时呢？我又要下跪了！

现在该说我的第二种"庄稼"。说起来也很伤心！我的老哥哥会种菊花。他指挥，我们全家劳动，四五年来我们已积累了约一百种较比好的菊种。这是我们的骄傲。每到旧历九月，我们的街门总难关上，看花的人来往纷纷。看花人一伸出大指，我们的虚荣心就高升到一万多度，赔上几斤黄酒也不在乎！

我的腿不好，不能作激烈的运动。撑杆跳、踢足球等都没有我的份儿了。浇花、搬花等等恰好既不过劳，又能活动筋骨。这对我有很大的好处。"采菊东篱下，悠然见南山"固然是很好的诗句，却未曾道出每棵花下的土中都有种花人的汗珠儿这一事实与味道。

我见过这样的题画菊的句子："尽三季之力，赏一月之花，吾不为也。"这当然出自懒汉之口，哪晓得出汗的美味！

今年伏天雨大，邻家墙倒，正砸在我们的小小菊畦上！砸死三十多种，一百多棵菊秧！假若我们没出过汗，我们也不会为此损失而落几点泪！

剩下了还有百余棵，按时移入盆中。正在上盆之际，又下了大雨，所以叶子都受了伤。今年我的第二种"庄稼"也歉收！

两个歉收，使我闷闷不悦。希望明年是个丰年，文章增产，菊花繁茂！更希望明年全国风调雨顺，庄稼普遍丰收！

载 1956 年 11 月 30 日《文艺报》第 22 号

电 话

王二楞的派头不小，连打电话都独具风格：先点上烟卷；在烟头儿烧到了嘴唇以前，烟卷老那么在嘴角上搭拉着；烟灰随便落在衣、裤上，永远不掸一掸；有时候也烧破了衣服，全不在乎，派头嘛。叼着烟，嘴歪着点，话总说的不大清楚。那，活该！王二楞有吐字不清的自由，不是吗？

拨电话的派头也不小：不用手指，而用半根铅笔。他绝对相信他的铅笔有感觉，跟手指一样的灵活而可靠。他是那么相信铅笔，以至拨号码的时候，眼睛老看着月份牌或别的东西。不但眼看别处，而且要和别人聊天儿，以便有把握地叫错号码。叫错了再叫，叫错了再叫，而且顺手儿跟接电话的吵吵嘴。看，二楞多么忙啊，光是打电话就老打不完！

已经拨错了八次，王二楞的派头更大了：把帽子往后推了推，挺了挺胸，胸前的烟灰乘机会偷偷地往下落。下了决心，偏不看着"你"，看打得通打不通！连月份牌也不看了，改为看天花板。

"喂，喂！老吴吗？你这家伙！……什么？我找老吴！……没有？邪门！……什么？看着点？少说废话！难道我连电话都不会打吗？……我是谁？在哪儿？你管不着！"啪，把听筒一摔，补上："太没礼貌！"

"喂，老吴吗？你这……什么？什么？……消防第九队？……我们这儿没失火！"

"二楞，着了！"一位同事叫了声。

"哪儿着了？哪儿？喂，第九队，等等！等等！……，这儿！"二楞一面叫消防第九队等一等，一面拍打桌上的文件——叫从他嘴角上落下来的烟头儿给烧着了。"喂，喂！没事啦！火不大，把文件烧了个窟窿，没关系！"二楞很得意，派头十足地教育大家："看，叫错了电话有好处！万一真烧起来，消防队马上就会来到，嘻嘻！"

从新点上一支烟，顺手把火柴扔在字纸篓儿里。"喂，老吴吗？你这……要哪儿？找老吴！……怎么，又是你？这倒巧！……说话客气点！社会主义道德，要帮助别人，懂吧？哼！"

二楞的铅笔刚又插在电话机盘的小孔里，一位同志说了话："二楞，我可要送给你一张大字报了！"

"又批评我什么呀？"

"你自己想想吧！你一天要浪费自己多少时间，扰乱多少人的工作呀？你占着消防队的线，很可能就正有失火的地方，迟一分钟就多一些损失！你也许碰到一位作家……"

"哪能那么巧！"

"你以为所有的人都该伺候你，陪着你闹着玩吗？……"

"喂，老吴吗？"二楞的电话又接通了："……不是？……你是个作家？……我打断了你的思路，也许半天不能……那你就挂上吧！等什么呢？"二楞觉得自己很幽默。然后对要写大字报的同志说："多么巧，真会碰上了作家……"

"又冒烟了！"有人喊。"字纸篓！"

"二楞，叫消防队！"

"不记得号数，刚才那回是碰巧啦！"二楞扑打字纸篓，派头很大。

载 1958 年《新港》6 月号

文艺学徒

我想刻一块图章，上边用这么四个字——"文艺学徒"。

为什么呢？您看，每逢我写履历的时候，在职业栏中我只能填上"作家"二字。因为我的确是以写作为业。填完，我的脸就红起来，有时候甚至由红转绿。假若能够以"文艺学徒"代替"作家"，我一定会觉得舒服一些。

作家，这是个多么了不起的称号啊！一个作家应当同时也是个思想家；要不然，他就只能作个文匠或八股匠。我是不是个思想家呢？人总得诚实吧？好，既不该扯谎，我就必须连连摇头，以免自欺欺人。

再看，我们所处的是不是科学跃进的时代呢？一点不错，是的。要不怎么人造卫星与行星都陆续上了天呢？且不说天上的事吧，就专说地上人间，不是也由于科学的应用，人类的文化正起着很大的变化吗？难道一个作家应当对科学毫无所知，到工厂参观之后只交代一声："那里的机器怒吼了"就行了吗？这就要自问：我懂科学吗？还是不该扯谎；那么，还是只好连连摇头！

赫鲁晓夫同志前些日子勉励苏联作家们须作重炮的射手。这就是说，作家们应作思想上的炮手，炮弹射的远，打的准，以便共产主义的建设大军冲上前去。假若我解释得无大错误，那就证明作家须同时也是思想家的说法倒还正确。

至于科学知识，在今天既已成为与我们的生活分不开的，作家就必须掌握一些。再说，作家对事物的分析，也必须运用科学方法，才能够正确。文艺作品的创作尽管独具规律，可是科学的分析方法还是极其重要的，非有不可的。事物分析未清，纵有生花之笔，也未见得能够尽到传播真理的责任。

哲学与科学，这么看来，简直是作家的左右手。

那么，作家就该努力学习哲学与科学，而忘了艺术吗？谁说的？我现在正要从艺术修养上查看查看自己。

作家也是艺术家吧？应该懂得点艺术吧？对！那么，我懂音乐吗？懂绘画吗？懂舞蹈吗？回答倒省事：都不懂！

好啦，外国的最好的芭蕾舞来了，我去鼓掌。怎么单鼓掌呢？这是实话。人家鼓掌，我也跟着鼓掌；我连领头儿鼓掌也不敢啊，怕鼓错了地方。看完了不写一段短文吗？哎呀，连鼓掌还须留着神，我怎么写文章呢？

过两天，又来了外国最有名的管弦乐队。这回，我写了文章。可惜，被刊物编辑部退回来了。我能怪编辑同志吗？我写的是：音乐很好，因为很响啊！

我的天，我是多么朴素的作家呀！可惜，这样的朴素差不多即等于无知啊！

有人也许说：你要求的太多了；音乐、绘画什么的对你有什么用处呢？

好，让咱们谈谈"用处"吧。您看，我的作品是不是写得有点干巴巴的？是！怎能不是呢？许多事情我不敢描写，包括对音乐、绘画、舞蹈等等的欣赏与享受，因为不懂啊。这就减少了作品内容的丰富多姿。知道的少，笔墨的活动便受了限制。再说，既不懂音乐，我的耳朵就不灵，写一首诗吧，缺欠音声之美，难以上口、悦耳。写一首歌吧，文字的安排是那么别扭，叫制谱者流汗不已，无法以音乐之美发挥语言之美。既不懂绘画，我就往往不善于取景，不会三言两笔描画出一段鲜明的景色来。不错，艺术各部门都各有自己的领域，各有自己的工具。可是它们也都能相互为用，产生更好的效果。在远古时代，诗歌、舞蹈、音乐本是三位一体的，后来才分了家。我们的戏曲，还保存着这个三位一体的好处。我们编写一出戏曲而不懂这三者的如何结合是不会写得出色的。

您看，京剧四大名旦不但在剧艺上各有创造，而且还都能写善画。记得梅兰芳大师说过，大意是：学点绘画，会运用五颜六色，大有助于舞台布景及服装的设计。这话对，看看他的行头是多么美丽而又合乎剧中人的身份啊！不但绘画学习的本身就是一种艺术享受，而且还能应用到舞台上去，这多么好啊！一位艺术家的生活越丰富，知道的越宽，就越敢放胆创造。

再看，余叔岩与言菊朋二位名须生吧。他们都精研韵律，所以他们能够唱得依字行腔，韵味浓厚。他们"唱"，不扯着脖子乱"喊"。

说到这里，就非请出郭老来作证不可了。郭老是：诗人、科学家、古文字学家、历史学家、文学家、和平战士，萃于一身。他博学多闻，生活经验丰富，又掌握了科学分析的方法。他还善于鉴定古器。他喜爱观赏绘画，并且写得一笔好字。他有这么多本领，所以他对作家这个称号的确当之无愧！

咱们历史上的文人都讲究在诗文之外还学习琴棋书画，并争取上知天文，下晓地理。郭老承袭了这个传统，可比古人还高超许多。古人不大懂科学，郭老懂；古人只知真草隶篆，而郭老是甲骨文研究的专家。甲骨文是真草隶篆的老祖宗啊！没有郭老的历史知识、科学的考证方法和诗人的想象，就创作不出郭老的那些部历史戏来。

齐白石大师也多么伟大呀：画好，诗好，刻印好，书法好。在他的一幅作品里，四妙咸备，样样表现着他终生勤学苦练、奋斗不懈的精神。

用上述的那些大师来衡量自己，是有好处的。是的，在他们的面前，我怎能不想以"文艺学徒"代替"作家"呢？

这篇小文本是为表示我自己的态度，可是我必须顺手提到两位给我来过信的青年。这两位青年只代表他们自己，不代表别人。一位是初中学生，告诉我：他要马上停学，专搞文艺创作，以便及早成为作家。您看，他的连历史、地理、物理、化学等基本知识都弃而不学的办法妥当吗？我不想多说什么。

另一青年来信控诉：我写了一篇小说，六次投稿，六次退回；这是怎么一回事？我知道，这位青年人求成心切，愿意一战成功。可是，检查自己一下，究竟自己都具备了哪些当作家的条件，是不是比控告刊物编辑更聪明呢？即使那一篇小说被选用了，又怎样呢？随时努力从各方面充实自己，自有成功的那一天；随时发表可有可无的作品，尽管作了作家协会的会员，又有什么好处呢？我知道，作家的称号每每使我面红耳赤，我年已六十，也许连文艺学徒也当不好了。我切盼这位有志于文艺创作的青年，先放下当作家的虚荣心，而去真下一番苦工夫，从社会主义哲学思想上，科学知识上，艺术修养上，生活经验上，道德品质上，充实自己。创作出优秀的作品是勤学苦练，博学多闻的结果；反之，不事耕耘，但求收获，恐怕不会得到什么好结果。

载 1959 年《新港》8 月号

向妇女同志们致敬

有男人工作的地方，也就有妇女工作着，这是今天我们全国的普遍现象。多么美丽的现象啊！

是呀，当我在街上走着，我的头时常点一点，表示我的喜悦与赞叹。看，汽车站住了，女售票员下来，那么活泼，那么紧张而和颜悦色。她也还不到二十岁呢，可是她多么老练，多么负责！我不能不点头称赞，没有她不行啊！

电车过来了，司机的是位女青年啊！开电车不是简单的事，关系着全车乘客的安全呀！可是，我们的女司机是那么尽职，那么自信，叫我没法子不向她致敬！

这种新型的女子到处皆是呀！到百货公司，她们在卖货物；到工厂去，她们在搞生产；到老药房制药车间去，她们在耐心地制造着一切人常需的药丸散膏丹；在人民公社里，有的生产大队的队长是位年青姑娘或中年妇女。这种事说不完，说几天也说不完，妇女的劳动已是我们建设社会主义绝对不可缺少的力量！男的建设社会主义，女的也建设社会主义，这才真叫作男女平等！

年轻的妇女出去工作，老大娘可就也精神焕发起来了。多少作婆婆或外婆的，都担任起管家务、照看孙子和孙女的工作，以便叫女儿或媳妇出去服务。老太太们真是越活越年青了。她们而且不只管家务。街道上的工作，也少不了她们哪。街道上办食堂、托儿所什么的，她们也伸一把手啊。这么一来，家里老少妇女一齐活动起来，收入自然增多，日子好过了，而且母女婆媳的关系越来越亲密起来。闲着吵嘴闹气的事儿越来越少，因为谁也不闲着，没工夫争吵啊。一个大院里，乃至一条胡同里，邻居们的关系也好了。家家妇女一条心，不再各扫门前雪，关系还能不好吗？

古代的圣贤总是提倡家庭要和睦，邻居要互助，可是始终作不到。他们没有找到妇女解放这个法宝。妇女不解放，而想齐家、治国只是纸上谈兵而已。自从一有中国共产党，党就不但要解放妇女，而且要求彻底解放。于是妇女就都站起来了，想想看，有三亿左右妇女站了起来，岂止对中国，对全人类说也是极其了不起的事啊！

妇女站起来了，当然会干劲冲天。在旧社会里，男人常说这种俏皮话：女人就是不行！你们会作饭，可是名厨有几个是女的？你们会作衣裳，可是最好的裁缝是谁？男的呀！现在，妇女们堵上了说这种俏皮话的嘴。看，那天我去参观妇女食堂，到厨房里看了看。你猜掌灶的大师傅是谁？一位女同志！再看各处的缝纫小组吧，都是妇女，什么活儿作的都不差。男同志们，今天哪，咱们顶好少夸口，轻看妇女。要不然，咱们的嘴准叫她们给堵住！咱们应当把她们还不会的老老实实地教给她们！男女地位平等，本领平等，是咱们的骄傲啊！

就连干力气活儿，男人也不必瞎吹。你没看见修十三陵水库的时候，妇女的干劲吗？没看见妇女粮店的女同志也把二百斤一个的粮袋扛起就走吗？而且，男人的力气大呀，架不住妇女会找窍门，巧干哪！一句话，大男人主义在今天是吃不开了。我们都应该感谢党，把咱们的母嫂姐妹都解放了，跟咱们一齐，一个劲儿建设社会主义！这是多么了不起的事呀！

中国妇女彻底解放万岁！

载 1959 年 3 月 7 日《光明日报》

乍看舞剑忙提笔

齐白石大师题画诗里有这么一句："乍看舞剑忙提笔"，这大概是说由看到舞剑的鹤立星流而悟出作画的气势，故急于提笔，恐稍纵即逝也。

刘宝全老夫子是位乐师，弹得一手好琵琶，这大有助于他对京韵大鼓的创造新腔，自成一家。

梅兰芳院长喜画。他说过：会画几笔，懂得些彩墨的运用，对设计戏装、舞台布景等颇有帮助。

这类的例子还很多，不必一一介绍。这说明什么？就是：艺术各部门虽各有领域，可是艺术修养却不限于在一个领域里打转转。一位音乐家而会写写诗，填填词，必能按字寻声，丝丝入扣，给歌词制出更好的曲谱来。一位戏曲演员而懂些音韵学，也必能更好地行腔吐字，有余叔岩、言菊朋二家为证。据说：王维的诗中有画，画中有诗，或正因为他既是诗人，又是画家。业精于专，而不忌博也。艺术修养本有专与博的两面，缺一不可。专凭一技之长，不易获得丰富的艺术生活与修养，且往往不能使这一技达乎尖端，有所创辟。古代文人于诗文之外，还讲究精于琴棋书画，也许有些道理。

爱去看戏，还宜自己也学会唱几句。爱看画展，何不自己也学画几笔。自己动手，才能提高欣赏。我记得从前有不少戏曲名演员经常和文人与画家们在一起，你教教我，我教教你，互为师生。我看这个办法不错。当初，我在重庆遇到滑稽大鼓歌手富少舫先生，他要求我给写新词儿，我请他先教会我一些老段子。他教给了我两段最不易唱的，《白帝城》与《长坂坡》。于是，我就能给他写新词儿了。这种互为师生的办法确是不坏。

用不着说，习字学画，或学点吹打拉弹，对陶冶性情也大有好处。每当我工作一天之后，头昏火盛，想发脾气，我就静静地磨点墨，找些废纸，乱写一番。字不成体，全无是处，故有"歪诗怪字愧风流"之语以自嘲。虽愧风流，可是不发脾气了，几乎有练气功之效，连跟我捣乱的白猫也不忍去叱喝一声了。

我有几把戏曲名演员写画的扇子。谈及目前青年演员练字学画，将它们给《北京日报》的记者看了看，证明演员们业余写字作画已有传统。他们嘱我说几句话，就写成这么几行。

载 1961 年 6 月 8 日《北京日报》

春 联

欢度春节，要贴春联。大红的纸，黑亮的字，分贴门旁，的确增加喜气。写的又都是赞美春天或鼓舞士气的话语，更非全无意义。这个形式为汉语所独有，一个字对一个字，不能此长彼短；两腿一样长，站得稳稳当当，看起来颇觉舒服。因此，编写春联也是练习文字运用之一道，起码要左右平衡，不许一只靴子一只鞋。

如此说来，练习一番便了。

第一联是说今年春节在月份牌上的特点：旧除夕正赶上立春，双重喜气，理当祝贺。联曰：

除夕立春同日双节
随时进步一刻千金

对仗虽不甚工，可是相信道出了迎春的心情。是的，春天即来，应当人人奋勇，个个争先，争取今年的工作成绩确比去年的更强。

第二联是写给我的儿女的：

劳逸妥安排健康多福

油盐休浪费勤俭持家

　　我愿意看到他们都干劲冲天，可也希望他们会劳逸结合，注意健康，以免进攻很猛，而后力不佳。他们都不爱乱花钱，下联所言，希望巩固下来，把勤俭持家成为家庭传统。

　　赠北京人民艺术剧院一联：

人民要好戏
艺术登高峰

　　既有此联，就须也给青年艺术剧院写一副，两家都是我的好友啊。

破浪乘风前途无量
降龙伏虎干劲冲天

　　这一联未免过猛一些，而又不许下小注，怎么办呢？对了，以"轻松愉快"当横披，不就行了么？

　　赠诗人臧克家一联，已写好送去。其他各联，因没有时间研墨，无法写在红纸上。克家好学，为人豪爽，故曰：

学知不足
文如其人

　　最后，还得给自己写一联：

付出九牛二虎力

不作七拼八凑文

作文章最忌七拼八凑。欲免此弊，必须卖尽力气，不怕改了再改；实在无法再改，可是还不通畅，那就从头另写，甚至写好几回。我不能经常这样，有时候一忙，就勉强交卷，以后应当改正。

在我十来岁的时候，春节以前总去帮着塾师或大师哥在街上摆对子摊。我的任务是研墨和为他们拉着对子纸。他们都有一本对子本，里面分门别类，载有各样现成联语。他们照抄下来，分类存放。买春联的人只须说出要一副灶王对、一副大门对等等，他们便一一拿将出来，说好价钱，完成交易。因此，那时候的胡同里，往往邻近的好几家门外都贴着"天增岁月人增寿，春满乾坤福满门"。至于灶王龛上，更是一致地贴着"上天言好事，下界保平安"。自从北京解放，大家贴的春联，多数是新编的，不事抄袭。这也是个进步。附带说说，证明不要厚古薄今。

载 1962 年 2 月 3 日《北京日报》

可喜的寂寞

既可喜，却又寂寞，有点自相矛盾。别着急，略加解释，便会统一起来。

近来呀，每到星期日，我就又高兴，又有点寂寞。高兴的是：儿女们都从学校、机关回家来看看，还带着他们的男女朋友，真是热闹。听吧，各屋里的笑声，辩论声，都连续不断，声震屋瓦，连我们的大猫都找不到安睡懒觉的地方，只好跑到房上去呆坐。虽然这么热闹，我却很寂寞。他们所讨论的，我插不上嘴；默坐旁听，又听不懂！

我的文艺知识不很丰富，可是几十年来总以写作为业，按说对儿女们应该有些影响。事实并不如此。他们都不学文艺，虽然他们也爱看小说、话剧、电影什么的。他们，连他们带来的男女朋友，都学科学。我家最小的那个梳两条小辫的娃娃，刚考入大学，又是学物理！这群小科学家们凑到一处，连说笑似乎都带点什么科学味道，我听不懂。

他们也并不光说笑、争辩。有时候，他们安静下来：哥哥帮助妹妹算数学上的难题，或几个人都默默地思索着一个什么科学上的道理。在这种时候，我看得出来，他们的深思苦虑和诗人的呕尽心血并没有什么不同。我可也看到，当诗人实在找不到最好的字的时候，他也只好暂且将就用个次好的字，而小科学家们可不能这么办，他们必须找到那个最正确的答案，差一点点也不行。当他们得到了答案的时候，他们便高兴得又跳又唱，觉得已拿到打开宇宙秘密的一把小钥匙。

我看到了一种新的精神。是，从他们决定投考哪个学校，要选修哪门科学的时候起，我就不断地听到"尖端""发明"和"革新"等等悦耳的字眼儿。因此，我没有参加意见，更不肯阻拦他们。他们是那么热烈地讨论着，那么努力预备考试，我还有什么可说的呢！我看出来，是那个新精神支配着他们，鼓舞着他们，我无权阻拦他们。

他们的选择不是为名为利，而是要下决心去埋头苦干。是，从他们怎么预备功课和怎么制订工作计划，我就看出：他们所选择的道路并不是容易走的。他们有勇气与决心去翻山越岭，攀登高峰。他们的选择不仅出于个人的嗜爱，而也是政治热情的表现——现在是原子时代，而我们的科学技术还有些落后，必须急起直追。想建设一个有现代工业、农业与文化的国家，非有现代科学技术不可！我不能因为自己喜爱文艺而阻拦儿女们去学科学。建设伟大的祖国，自力更生，必须闯过科学技术关口。儿女们，在党的教育培养下，不但看明此理，而且决心去作闯关的人。这是多么可喜的事啊！是呀，且不说别的，只说改良一个麦种，或制造一种尼龙袜子，就需要多少科学研究与试验啊！科学不发达，现代化就无从说起。

我们的老农有很多宝贵的农业知识与经验，但专凭这些知识与经验而无现代的科学技术，便难以应付农业现代化的要求。我们的手工业有悠久的传统和许多世代相传的窍门，但也须进一步提高到科学理论上去，才能发展、提高。重工业和新兴的工业更用不着说，没有现代的科学技术，寸步难行。小科学家们，你们的责任有多么重大呀！

于是，我的星期日的寂寞便是可喜的了。我不能摹仿大猫，听不懂就跑上房去。我默默地听着小将们的谈论，而且想到：我若是也懂点科学，够多么好！写些科学小品，或以发明创造为内容的小说，够多么新颖，多么富有教育性啊。若是能把青年一代这种热爱科学的新精神写出来，不就更好吗？是呀，我们大概还缺乏这样的作品。我希望这样的作品不久就会出现。这应当是文艺创作的一个新的重要题材。

载 1963 年 1 月 1 日《北京晚报》

不成问题的问题

任何人来到这里——树华农场——他必定会感觉到世界上并没有什么战争，和战争所带来的轰炸、屠杀，与死亡。专凭风景来说，这里真值得被称为乱世的桃源。前面是刚由一个小小的峡口转过来的江，江水在冬天与春天总是使人愿意跳进去的那么澄清碧绿。背后是一带小山。山上没有什么，除了一丛丛的绿竹矮树，在竹、树的空处往往露出赭色的块块儿，像是画家给点染上的。

小山的半腰里，那青青的一片，在青色当中露出一两块白墙和二三屋脊的，便是树华农场。江上的小渡口，离农场大约有半里地，小船上的渡客，即使是往相反的方向去的，也往往回转头来，望一望这美丽的地方。他们若上了那斜着的坡道，就必定向农场这里指指点点，因为树上半黄的橘柑，或已经红了的苹果，总是使人注意而想夸赞几声的。到春暖花开的时候，或遇到什么大家休假的日子，城里的仕女有时候也把逛一逛树华农场作为一种高雅的举动，而这农场的美丽恐怕还多少的存在一些小文与短诗之中咧。

创办一座农场必定不是为看着玩的：那么，我们就不能专来诔赞风景而忽略更实际一些的事儿了。由实际上说，树华农场的用水是没有问题的，因为江就在它的脚底下。出品的运出也没有问题。它离重庆市不过三十多里路，江中可以走船，江边上也有小路。它的设备是相当可观的：有鸭鹅池、有兔笼、有花畦、有菜圃、有牛羊圈、有果园。鸭蛋，鲜花，青菜，水果，牛羊乳……都正是像重庆那样的都市所必需的东西。况且，它的创办正在抗战的那一年：重庆的人口，在抗战后，一天比一天多；所以需要的东西，像青菜与其他树华农场所产生的东西，自然的也一天比一天多。赚钱是没有问题的。

从渡口上的坡道往左走不远，就有一些还未完全风化的红石，石旁生着几丛细竹。到了竹丛，便到了农场的窄而明洁的石板路。离竹丛不远，相对的长着两株青松，松树上挂着两面粗粗刨平的木牌，白漆漆着"树华农场"。石板路边，靠江的这一面，都是花；使人能从花的各种颜色上，慢慢的把眼光移到碧绿的江水上面去。靠山的一面是许多直立的扇形的葡萄架，架子的后面是各种果树。走完了石板路，有一座不甚高，而相当宽的藤萝架，这便是农场的大门，横匾上刻着"树华"两个隶字。进了门，在绿草上，或碎石堆花的路上，往往能看见几片柔软而轻的鸭鹅毛，因为鸭鹅的池塘便在左手方。这里的鸭是纯白而肥硕的，真正的北平填鸭。对着鸭池是平平的一个坝子，满种着花草与菜蔬。在坝子的末端，被竹树掩覆着，是办公厅。这是相当坚固而十分雅致的一所两层的楼房，花果的香味永远充满了全楼的每一角落。牛羊圈和工人的草舍又在楼房的后边，时时有羊羔悲哀的啼唤。

这一些设备，教农场至少要用二十来名工人。可是，以它的生产能力，和出品销路的良好来说，除了一切开销，它还应当赚钱。无论是内行人还是外行人，只要看过这座农场，大概就不会想象到这是赔钱的事业。

然而，树华农场赔钱。

创办的时候，当然要往"里"垫钱。但是，鸡鸭、青菜、鲜花、牛羊乳，都是不需要很长的时间就可以在利润方面有些数目字的。按照行家的算盘上看，假若第二年还不十分顺利的话，至迟在第三年的开始就可以绝对的看赚了。

可是，树华农场的赔损是在创办后的第三年。在第三年首次股东会议的时候，场长与股东们都对着账簿发了半天的愣。

赔点钱，场长是绝不在乎的，他不过是大股东之一，而被大家推举出来做场长的。他还有许多比这座农场大得多的事业。可是，即使他对这小小的事业赔赚都不在乎，即使他一走到院中，看看那些鲜美的花草，就把赔钱的事忘得一干二净，他现在——在股东会上——究竟有点不大好过。他自信是把能手，他到处会赚钱，他是大家所崇拜的实业家。农场赔钱？这伤了他的自尊心。他赔点钱，股东他们赔点钱，都没有关系：只是，下不来台！这比什么都要紧！股东们呢，多数的是可以与场长立在一块儿呼兄唤弟的。他们的名望、资本、能力，也许都不及场长，可是在赔个万儿八千块钱上来说，场长要是沉得住气，他们也不便多出声儿。很少数的股东的确是想投了资，赚点钱，可是他们不便先开口质问，因为他们股子少，地位也就低，假若粗着脖子红着筋的发言，也许得罪了场长和大股东们——这，恐怕比赔点钱的损失还更大呢。

事实上，假若大家肯打开窗子说亮话，他们就可以异口同声的，确凿无疑的，马上指出赔钱的原因来。原因很简单，他们错用了人。场长，虽然是场长，是不能、不肯、不会、不屑于到农场来监督指导一切的。股东们也不会十趟八趟跑来看看的——他们只愿在开会的时候来做一次远足，既可以欣赏欣赏乡郊的景色，又可以和老友们喝两盅酒，附带的还可以露一露股东的身份。除了几个小股东，多数人接到开会的通知，就仿佛在箱子里寻找迎节当令该换的衣服的时候，偶然的发现了想不起怎么随手放在那里的一卷钞票——"呕，这儿还有点玩意儿呢！"

农场实际负责任的人是丁务源，丁主任。

丁务源，丁主任，管理这座农场已有半年。农场赔钱就在这半年。

连场长带股东们都知道，假若他们脱口而出的说实话，他们就必定在口里说出"赔钱的原因在——"的时节，手指就确切无疑的伸出，指着丁务源！丁务源就在一旁坐着呢。但是，谁的嘴也没动，手指自然也就无从伸出。

他们，连场长带股东，谁没吃过农场的北平大填鸭，意大利种的肥母鸡，琥珀心的松花，和大得使儿童们跳起来的大鸡蛋鸭蛋？谁的瓶里没有插过农场的大枝的桂花、腊梅、红白梅花，和大朵的起楼子的芍药，牡丹与茶花？谁的盘子里没有盛过使男女客人们赞叹的山东大白菜，绿得像翡翠般的油菜与嫩豌豆？

这些东西都是谁送给他们的？丁务源！

再说，谁家落了红白事，不是人家丁主任第一个跑来帮忙？谁家出了不大痛快的事故，不是人家丁主任像自天而降的喜神一般，把大事化小，小事化无？

是的，丁主任就在这里坐着呢。可是谁肯伸出指头去戳点他呢？

什么责任问题，补救方法，股东会都没有谈论。等到丁主任预备的酒席吃残，大家只能拍拍他的肩膀，说声"美满闭会"了。

丁务源是哪里的人？没有人知道。他是一切人——中外无别——的乡亲。他的言语也正配得上他的籍贯，他会把他所到过的地方的最简单的话，例如四川的"啥子"与"要得"，上海的"唔啥"，北平的"妈拉巴子"……都美好的联结到一处，变成一种独创的"普通话"；有时候也还加上一半个"孤得"，或"夜司"，增加一点异国情味。

四十来岁，中等身量，脸上有点发胖，而肉都是亮的，丁务源不是个俊秀的人，而令人喜爱。他脸上那点发亮的肌肉，已经教人一见就痛快，再加上一对光满神足，顾盼多姿的眼睛，与随时变化而无往不宜的表情，就不只讨人爱，而且令人信任他了。最足以表现他的天才而使人赞叹不已的是他的衣服。他的长袍，不管是绸的还是布的，不管是单的还是棉的，永远是半新半旧的，使人一看就感到舒服；永远是比他的身材稍微宽大一些，于是他垂着手也好，揣着手也好，掉背着手更好，老有一些从容不迫的气度。他的小褂的领子与袖口，永远是洁白如雪；这样，即使大褂上有一小块油渍，或大襟上微微有点褶皱，可是他的雪白的内衣的领与袖会使人相信他是最爱清洁的人。他老穿礼服呢厚白底子的鞋，而且裤脚儿上扎着绸子带儿。快走，那白白的鞋底与颤动的腿带，会显出轻灵飘洒；慢走，又显出雍容大雅。长袍，布底鞋，绸子裤脚带儿合在一处，未免太老派了，所以他在领子下面插上了一支派克笔和一支白亮的铅笔，来调和一下。他老在说话，而并没说什么。"是呀""要得么""好"，这些小字眼被他巧妙的插在别人的话语中间，就好像他说了许多话似的。到必要时，他把这些小字眼也收藏起来，而只转转眼珠，或轻轻一咬嘴唇，或给人家从衣服上弹去一点点灰。这些小动作表现了关切、同情、用心，比说话的效果要大得多。遇见大事，他总是斩钉截铁的下这样的结论——没有问题，绝对的！说完这一声，他便把问题放下，而闲扯些别的，使对方把忧虑与关切马上忘掉。等到对方满意的告别了，他会倒头就睡，睡三四个钟头；醒来，他把那件绝对没有问题的事忘得一干二净。直等到那个人又来了，他才想起原来曾经有过那么一回事，而又把对方热诚的送走。事情，照例又推在一边。及至那个人快恼了他的时候，他会用农场的出品使朋友仍然和他和好。天下事都绝对没有问题，因为他根本不去办。

他吃得好，穿得舒服，睡得香甜，永远不会发愁。他绝对没有任何理想，所以想发愁也无从发起。他看不出彼此敷衍有什么不对的地方。他只知道敷衍能解决一切，至少能使他无忧无虑，脸上胖而且亮。凡足以使事情敷衍过去的手段，都是绝妙的手段。当他刚一得到农场主任的职务的时候，他便被姑姑老姨舅爷，与舅爷的舅爷包围起来，他马上变成了这群人的救主。没办法，只好一一敷衍。于是一部分有经验的职员与工人马上被他"欢送"出去，而舅爷与舅爷的舅爷都成了护法的天使，占据了地上的乐园。

没被辞退的职员与园丁，本都想辞职。可是，丁主任不给他们开口的机会。他们由书面上通知他，他连看也不看。于是，大家想不辞而别。但是，赶到真要走出农场时，大家的意见已经不甚一致。新主任到职以后，什么也没过问，而在两天之中把大家的姓名记得飞熟，并且知道了他们的籍贯。"老张！"丁主任最富情感的眼，像有两条紫外光似的射到老张的心里，"你是广元人呀？乡亲！硬是要得！"丁主任解除了老张的武装。

"老谢！"丁主任的有肉而滚热的手拍着老谢的肩膀，"呕，恩施？好地方！乡亲！要得么！"于是，老谢也缴了械。

多数的旧人们就这样受了感动，而把"不辞而别"的决定视为一时的冲动，不大合理。那几位比较坚决的，看朋友们多数鸣金收兵，也就不便再说什么，虽然心里还有点不大得劲儿。及至丁主任的胖手也拍在他们的肩头上，他们反觉得只有给他效劳，庶几乎可以赎出自己的行动幼稚、冒昧的罪过来。"丁主任是个朋友！"这句话即使不便明说，也时常在大家心中飞来飞去，像出笼的小鸟，恋恋不忍去似的。大家对丁主任的信任心是与时俱增的。不管大事小事，只要向丁主任开口，人家丁主任是不会眨眨眼或愣一愣再答应的。他们的请托的话还没有说完，丁主任已说了五个"要得"。丁主任受人之托，事实上，是轻而易举的。比方说，他要进城——他时常进城——有人托他带几块肥皂。在托他的人想，丁主任是精明人，必能以极便宜的价钱买到极好的东西。而丁主任呢，到了城里，顺脚走进那最大的铺子，随手拿几块最贵的肥皂。拿回来，一说价钱，使朋友大吃一惊。"货物道地，"丁主任要交代清楚，"你晓得！多出钱，到大铺子去买，吃不了亏！你不要，我还留着用呢！你怎样？"怎能不要呢，朋友只好把东西接过去，连声道谢。

大家可是依旧信任他。当他们暗中思索的时候，他们要问：托人家带东西，带来了没有？带来了。那么人家没有失信。东西贵，可是好呢。进言无二价的大铺子买东西，谁不会呢，何必托他？不过，既然托他，他——堂堂的丁主任——岂是挤在小摊子上争钱讲价的人？这只能怪自己，不能怪丁主任。

慢慢的，场里的人们又有耳闻：人家丁主任给场长与股东们办事也是如此。不管办个"三天"，还是"满月"，丁主任必定闻风而至，他来到，事情就得由他办。烟，能买"炮台"就买"炮台"，能买到"三五"就是"三五"。酒，即使找不到"茅台"与"贵妃"，起码也是绵竹大曲。饭菜，呕，先不用说饭菜吧，就是糖果也必得是冠生园的，主人们没法挑眼。不错，丁主任的手法确是太大；可是，他给主人们作了脸哪。主人说不出话来，而且没法不佩服丁主任见过世面。有时候，主妇们因为丁主任太好铺张而想表示不满，可是丁主任送来的礼物，与对她们的殷勤，使她们也无从开口。她们既不出声，男人们就感到事情都办得合理，而把丁主任看成了不起的人物。这样，丁主任既在场长与股东们眼中有了身份，农场里的人们就不敢再批评什么，即使吃了他的亏，似乎也是应当的。

及至丁主任做到两个月的主任，大家不但不想辞职，而且很怕被辞了。他们宁可舍着脸去逢迎谄媚他，也不肯失掉了地位。丁主任带来的人，因为不会做活，也就根本什么也不干。原有的工人与职员虽然不敢照样公然怠工，可是也不便再像原先那样实对实的每日做八小时工。他们自动把八小时改为七小时，慢慢的又改为六小时，五小时。赶到主任进城的时候，他们干脆就整天休息。休息多了，又感到闷得慌，于是麻将与牌九就应运而生；牛羊们饿得乱叫，也压不下大家的欢笑与牌声。有一回，大家正赌得高兴，猛一抬头，丁主任不知道什么时候神不知鬼不觉的站在老张的后边！大家都愣了！

"接着来，没关系！"丁主任的表情与语调顿时教大家的眼都有点发湿。"干活是干活，玩是玩！老张，那张八万打得好，要得！"

大家的精神，就像都刚和了满贯似的，为之一振。有的人被感动得手指直颤。

大家让主任加入。主任无论如何不肯破坏原局。直等到四圈完了，他才强被大家拉住，改组。"赌场上可不分大小，赢了拿走，输了认命，别说我是主任，谁是园丁！"主任挽起雪白的袖口，微笑着说。大家没有异议。"还玩这么大的，可是加十块钱的望子，自摸双？"大家又无异议。新局开始。主任的牌打得好。不但好，而且牌品高，打起牌来，他一声不出，连"要得"也不说了。他自己和牌，轻轻的好像抱歉似的把牌推倒。别人和牌，他微笑着，几乎是毕恭毕敬的送过筹码去。十次，他总有八次赢钱，可是越赢越受大家敬爱；大家仿佛宁愿把钱输给主任，也不愿随便赢别人几个。把钱输给丁主任似乎是一种光荣。

不过，从实际上看，光荣却不像钱那样有用。钱既输光，就得另想生财之道。由正常的工作而获得的收入，谁都晓得，是有固定的数目。指着每月的工资去与丁主任一决胜负是做不通的。虽然没有创设什么设计委员会，大家可是都在打主意，打农场的主意。主意容易打，执行的勇气却很不易提起来。可是，感谢丁主任，他暗示给大家，农场的东西是可以自由处置的。没看见吗，农场的出品，丁主任都随便自己享受，都随便拿去送人。丁主任是如此，丁主任带来的"亲兵"也是如此，那么，别人又何必分外的客气呢？

于是，树华农场的肥鹅大鸭与油鸡忽然都罢了工，不再下蛋，这也许近乎污蔑这一群有良心的动物们，但是农场的账簿上千真万确看不见那笔蛋的收入了。外间自然还看得见树华的有名的鸭蛋——为孵小鸭用的——可是价钱高了三倍。找好鸭种的人们都交头接耳的嘀咕："树华的填鸭鸭蛋得托人情才弄得到手呢。"在这句话里，老张、老谢、老李都成了被恳托的要人。

在蛋荒之后，紧接着便是按照科学方法建造的鸡鸭房都失了科学的效用。树华农场大闹黄鼠狼，每晚上都丢失一两只大鸡或肥鸭。有时候，黄鼠狼在白天就出来为非作歹，而在它们最猖獗的时间，连牛犊和羊羔都被劫去。多么大的黄鼠狼呀！

鲜花、青菜、水果的产量并未减少，因为工友们知道完全不工作是自取灭亡。在他们赌输了，睡足了之后，他们自动的努力工作，不是为公，而是为了自己。不过，产量虽未怎么减少，农场的收入却比以前差得多了。果子、青菜，据说都闹虫病。果子呢，须要剔选一番，而后付运，以免损害了农场的美誉。不知道为什么那些落选的果子仿佛更大更美丽一些，而先被运走。没人能说出道理来，可是大家都喜欢这么做。菜蔬呢，以那最出名的大白菜说吧，等到上船的时节，三斤重的就变成了一斤或一斤多点。那外面的大肥叶子——据说是受过虫伤的——都被剥下来，洗净，另捆成一把一把的运走，当作"猪菜"卖。这种猪菜在市场上有很高的价格。

这些事，丁主任似乎知道，可没有任何表示，当夜里闹黄鼠狼子的时候，即使他正醒着，听得明明白白，他也不会失去身份的出来看看。及至次晨有人来报告，他会顺口答音的声明："我也听见了，我睡觉最警醒不过！"假若他高兴，他会继续说上许多关于黄鼬和他夜间怎样警觉的故事。当被黄鼬拉去而变成红烧的或清炖的鸡鸭，摆在他的面前，他就绝对不再提黄鼬，而只谈些烹饪上的问题与经验，一边说着，一边把最肥的一块鸭夹起来送给别人："这么肥的鸭子，非挂炉烧烤不够味；清炖不相宜，不过，汤还看得！"他极大方的尝了两口汤。工人们若献给他钱——比如卖猪菜的钱——他绝对不肯收。"咱们这里没有等级，全是朋友。可是主任到底是主任，不能吃猪菜的钱！晚上打几圈儿好啦！要得吗？"他自己亲热的回答上，"要得！"把个"得"字说得极长。几圈麻将打过后，大家的猪菜钱至少有十分之八，名正言顺的入了主任的腰包。当一五一十的收钱的时候，他还要谦逊的声明："咱们的牌都差不多，谁也说不上高明。我的把弟孙宏英，一月只打一次就够吃半年的。人家那才叫会打牌！不信，你给他个司长，他都不做，一个月打一次小牌就够了！"秦妙斋从十五岁起就自称为宁夏第一才子。到二十多岁，看"才子"这个词儿不大时兴了，乃改称为全国第一艺术家。据他自己说，他会雕刻，会作画，会弹古琴与钢琴，会作诗，小说，与戏剧：全能的艺术家。可是，谁也没有见过他雕刻，画图，弹琴，和做文章。

在平时，他自居为艺术家，别人也就顺口答音的称他为艺术家，倒也没什么。到了抗战时期，正是所谓国乱显忠臣的时候，艺术家也罢，科学家也罢，都要拿出他的真正本领来报效国家，而秦妙斋先生什么也拿不出来。这也不算什么。假若他肯虚心的去学习，说不定他也许有一点天才，能学会画两笔，或作些简单而通俗的文字，去宣传抗战，或者，干脆放弃了天才的梦，而脚踏实地的去做中小学的教师，或到机关中服务，也还不失为尽其在我。可是他不肯去学习，不肯去吃苦，而只想飘飘摇摇的做个空头艺术家。

他在抗战后，也曾加入艺术家们的抗战团体。可是不久便冷淡下来，不再去开会。因为在他想，自己既是第一艺术家，理当在各团体中取得领导的地位。可是，那些团体并没有对他表示敬意。他们好像对他和对一切好虚名的人都这么说：谁肯出力做抗战工作，谁便是好朋友；反之，谁要是借此出风头，获得一点虚名与虚荣，谁就趁早儿退出去。秦妙斋退了出来。但是，他不甘寂寞。他觉得这样的败退，并不是因为自己的浅薄虚伪，而是因为他的本领出众，不见容于那些妒忌他的人们。他想要独树一帜，自己创办一个什么团体，去过一过领导的瘾。这，又没能成功，没有人肯听他号召。在这之后，他颇费了一番思索，给自己想出两个字来：清高。当他和别人闲谈，或独自呻吟的时候，他会很得意的用这两个字去抹杀一切，而抬高自己："而今的一般自命为艺术家的，都为了什么？什么也不为，除了钱！真正懂得什么叫作清高的是谁？"他的鼻尖对准了自己的胸口，轻轻的点点头。"就连那做教授的也算不上清高，教授难道不拿薪水么？……"可是"你怎么活着呢？你的钱从什么地方来呢？"有那心直口快的这么问他。"我，我，"他有点不好意思，而不能回答，"我爸爸给我！"

是的，秦妙斋的父亲是财主。不过，他不肯痛快的供给儿子钱花。这使秦妙斋时常感到痛苦。假若不是被人家问急了，他不肯轻易的提出"爸爸"来。就是偶尔的提到，他几乎要把那个最有力量的形容字——不清高——也加在他的爸爸头上去！

按照着秦老者的心意，妙斋应当娶个知晓三从四德的老婆，而后一扑纳心的在家里看守着财产。假若妙斋能这样办，哪怕就是吸两口鸦片烟呢，也能使老人家的脸上纵起不少的笑纹来。可是，有钱的老子与天才的儿子仿佛天然是对头。妙斋不听调遣。他要作诗，画画，而且——最使老人伤心的——他不愿意在家里蹲着。老人没有旁的办法，只好尽量的勒着钱。尽管妙斋的平信，快信，电报，一齐来催钱，老人还是毫不动感情的到月头才给儿子汇来"点心费"。这点钱，到妙斋手里还不够还债的呢。我们的诗人，是感受着严重的压迫。挣钱去吧，既不感觉趣味，又没有任何本领；不挣钱吧，那位不清高的爸爸又是这样的吝啬！金钱上既受着压迫，他蛮想在艺术界活动起来，给精神上一点安慰。而艺术界的人们对他又是那么冷淡！他非常的灰心。有时候，他颇想模仿屈原，把天才与身体一齐投在江里去。投江是件比较难于做到的事。于是，他转而一想，打算做个青年的陶渊明。"顶好是退隐！顶好！"他自己念叨着，"世人皆浊我独清！只有退隐，没别的话好讲！"

高高的个子，长长的脸，头发像粗硬的马鬃似的，长长的，乱七八糟的，披在脖子上。虽然身量很高，可好像里面没有多少骨头，走起路来，就像个大龙虾似的那么东一扭西一躬的。眼睛没有神，而且爱在最需要注意的时候闭上一会儿，仿佛是随时都在做梦。

做着梦似的秦妙斋无意中走到了树华农场。不知道是为欣赏美景，还是走累了，他对着一株小松叹了口气，而后闭了会儿眼。

也就是上午十一点钟吧，天上有几缕秋云，阳光从云隙发出一些不甚明的光，云下，存着些没有完全被微风吹散的雾。江水大体上还是黄的，只有江岔子里的已经静静的显出绿色。葡萄的叶子就快落净，茶花已顶出一些红瓣儿来。秦妙斋在鸭塘的附近找了块石头，懒洋洋的坐下。看了看四下里的山、江、花、草，他感到一阵难过。忽然的很想家，又似乎要作一两句诗，仿佛还有点触目伤情……这时候，他的感情极复杂，复杂到了既像万感俱来，又像茫然不知所谓的程度。坐了许久，他忽然在复杂混乱的心情中找到可以用话语说出来的一件事来。"我应当住在这里！"他低声对自己说。这句话虽然是那么简短，可是里边带着无限的感慨。离家，得罪了父亲，功未成，名未就……只落得独自在异乡隐退，想住在这静静的地方！他呆呆的看着池里的大白鸭，那洁白的羽毛，金黄的脚掌，扁而像涂了一层蜡的嘴，都使他心中更混乱，更空洞，更难过。这些白鸭是活的东西，不错；可是它们干吗活着呢？正如同天生下我秦妙斋来，有天才，有志愿，有理想，但是都有什么用呢？想到这里，他猛然的，几乎是身不由己的，立了起来。他恨这个世界，恨这个不教他成名的世界！连那些大白鸭都可恨！他无意中的、顺手的捋下一把树叶，揉碎，扔在地上。他发誓，要好好的，痛快淋漓的写几篇文字，把那些有名的画家、音乐家、文学家都骂得一个小钱也不值！那群不清高的东西！

他向办公楼那面走，心中好像在说："我要骂他们！就在这里，这里，写成骂他们的文章！"

丁主任刚刚梳洗完，脸上带着夜间又赢了钱的一点喜气。他要到院中吸点新鲜空气。安闲的，手揣在袖口里，像采菊东篱下的诗人似的，他慢慢往外走。

在门口，他几乎被秦妙斋撞了个满怀。秦妙斋，大龙虾似的，往旁边一闪，照常往里走。他恨这个世界，碰了人就和碰了一块石头或一株树一样，只有不快，用不着什么客气与道歉。

丁主任，老练，安详，微笑的看着这位冒失的青年龙虾。

"找谁呀？"他轻轻问了声。

秦妙斋稍一愣，没有搭理他。

丁主任好像自言自语的说："大概是个画家。"

秦妙斋的耳朵仿佛是专为听这样的话的，猛的立住，向后转，几乎是喊叫的："你说什么？"

丁主任不知道自己的话是说对了，还是说错了，可是不便收回或改口。迟顿了一下，还是笑着："我说，你大概是个画家。"

"画家？画家？"龙虾一边问，一边往前凑，做着梦的眼睛居然瞪圆了。

丁先生不晓得怎样回答才好，只啊啊了两声。

妙斋的眼角上汪起一些热泪，口中的热涎喷到丁主任的脸上："画家，我是——画家，你怎么知道？"说到这里，他仿佛已筋疲力尽，像快要晕倒的样子，摇晃着，摸索着，找到一只小凳，坐下，闭上了眼睛。

丁主任还笑着，可是笑得莫名其妙，往前凑了两步。还没走到妙斋的身边，妙斋的眼睛睁开了。"告诉你，我还不仅是画家，而且是全能的艺术家！我都会！"说着，他立起来，把右手扶在丁主任的肩上。

"你是我的知己！你只要常常叫我艺术家，我就有了生命！生我者父母，知我者——你是谁？"

"我？"丁主任笑着回答，"小小园丁！"

"园丁？"

"我管着这座农场！"丁主任停住了笑。"你姓什么！"毫不客气的问。

"秦妙斋，艺术家秦妙斋。你记住，艺术家和秦妙斋老得一块儿喊出来；一分开，艺术家和我就都不存在了！"

"呕！"丁主任的笑意又回到脸上，进了大厅，眼睛往四面一扫——壁上挂着些时人的字画。这些字画都不甚高明，也不十分丑恶。在丁主任眼中，它们都怪有个意思，至少是挂在这里总比四壁皆空强一些。不过，他也有个偏心眼，他顶爱那张长方的，石印的抗战门神爷，因为色彩鲜明，"真"有个意思。他的眼光停在那片色彩上。

随着丁主任的眼，妙斋也看见了那些字画，他把眼光停在了那张抗战画上。当那些色彩分明的印在了他的心上的时候，他觉得一阵恶心，像忽然要发痧似的，浑身的毛孔都像针儿刺着，出了点冷汗。定一定神，他扯着丁先生，扑向那张使他恶心的画儿去。发颤的手指，像一根挺身作战的小枪似的，指着那堆色彩："这叫画？这叫画？用抗战来欺骗艺术，该杀！该杀！"不由分说，他把画儿扯了下来，极快的撕碎，扔在地上，用脚狠狠的揉搓，好像把全国的抗战艺术家都踩在了泥土上似的。他痛快的吐了口气。

来不及拦阻妙斋的动作，丁主任只说了一串口气不同的"唉"！

妙斋犹有余怒，手指向四壁普遍的一扫："这全要不得！通通要不得！"

丁主任急忙挡住了他，怕他再去撕毁。妙斋却高傲的一笑："都扯了也没有关系，我会给你画！我给你画那碧绿的江、赭色的山、红的茶花、雪白的大鸭！世界上有那么多美丽的东西，为什么单单去画去写去唱血腥的抗战？浑蛋！我要先写几篇文章，臭骂，臭骂那群污辱艺术的东西们。然后，我要组织一个真正艺术家的团体，一同主张——主张——清高派，暂且用这个名儿吧，清高派的艺术！我想你必赞同？""我？"丁主任不知怎样回答。

"你当然同意！我们就推你做会长！我们就在这里作画、治乐、写文章！"

"就在这里？"丁主任脸上有点不大得劲，用手摸了摸。"就在这里！今天我就不走啦！"妙斋的嘴犄角直往外溅水星儿，"想想看，把这间大厅租给我，我爸爸有钱，你要多少我给多少。然后，我们艺术家们给你设计，把这座农场变成最美的艺术之家，艺术乐园！多么好！多么好！"丁主任似乎得到一点灵感，口中随便用"要得""不错"敷衍着，心中可打开了算盘。在那次股东会上，虽然股东们对他没有什么决定的表示，可是他自己看得清清楚楚，大家对他多少有点不满意。他应当把事情调整一下，教大家看看，他不是没有办法的人。是呀，这里的大厅闲着没有用，楼上也还有三间空房，为什么不租出去，进点租钱呢？况且这笔租金用不着上账；即使教股东们知道了，大家还能为这点小事来质问吗？对！他决定先试一试这位艺术家。"秦先生，这座大厅咱们大家合用，楼上还有三间空房，你要就得都要，一年一万块钱，一次交清。"

妙斋闭了眼："好啦，一言为定！我给爸爸打电报要钱。"

"什么时候搬进来？"丁主任有点后悔。交易这么容易成功，想必是要少了钱。但是，再一想，三间房，而且在乡下，一万元应当不算少。管它呢，先进一万再说别的！"什么时候搬进来？"

"现在就算搬进来了！"

"啊？"丁主任有点悔意了。"难道你不去拿行李什么的？"

"没有行李，我只有一身的艺术！"妙斋得意的哈哈的笑起来。

"租金呢？"

"那，你尽管放心，我马上打电报去！"

秦妙斋就这样的侵入了树华农场。不到两天，楼上已住满他的朋友。这些朋友，有男有女，有老有少，都时来时去，而绝对不客气。他们要床，便见床就搬了走；要桌子，就一声不响的把大厅的茶几或方桌拿了去。对于鸡鸭菜果，他们的手比丁主任还更狠，永远是理直气壮的拿起就吃。要摘花他们便整棵的连根儿拔出来。农场的工友甚至于须在夜间放哨，才能抢回一点东西来！

可是，丁主任和工友们都并不讨厌这群人。首要的因为这群人中老有女的，而这些女的又是那么大方随便，大家至少可以和她们开句小玩笑。她们仿佛给农场带来了一种新的生命。其次，讲到打牌，人家秦妙斋有艺术家的态度，输了也好，赢了也好，赌钱也好，赌花生米也好，一坐下起码二十四圈。丁主任原是不屑于玩花生米的，可是妙斋的热情感动了他，他不好意思冷淡的谢绝。

丁主任的心中老挂念着那一万元的租金。他时常调动着心思与语言，在最适当的机会暗示出催钱的意思。可是妙斋不接受暗示。

虽然如此，丁主任可是不忍把妙斋和他的朋友撵了出去。一来是，他打听出来，妙斋的父亲的的确确是位财主；那么，假若财主一旦死去，妙斋岂不就是财产的继承人？"要把眼光放远一些！"丁主任常常这样警诫自己。二来是，妙斋与他的友人们，在实在没有事可干的时候，总是坐在大厅里高谈艺术。而他们的谈论艺术似乎专为骂人。他们把国内有名的画家、音乐家、文艺

作家，特别是那些尽力于抗战宣传的，提名道姓的一个一个挨次
咒骂。这，使丁主任闻所未闻。慢慢的，他也居然记住了一些艺
术家的姓名。遇到机会，他能说上来他们的一些故事，仿佛他同
艺术家们都是老朋友似的。这，使与他来往的商人或闲人感到惊
异，他自己也得到一些愉快。还有，当妙斋们把别人咒腻了，他
们会得意的提出一些社会上的要人来，"是的，我们要和他取得
联络，来建设起我们自己的团体来！那，我可以写信给他，我
要告诉明白了他，我们都是真正清高的艺术家！"……提到这些
要人，他们大家口中的唾液都好像甜蜜起来，眼里发着光。"会
长！"他们在谈论要人之后，必定这样叫丁主任："会长，你看怎
样？"丁主任自己感到身量又高了一寸似的！他不由的怜爱了这
群人，因为他们既可以去与要人取得联络，而且还把他自己视为
要人之一！他不便发表什么意见，可是常常和妙斋肩并肩的在院
中散步。他好像完全了解妙斋的怀才不遇，妙斋微叹，他也同情
的点着头。二人成了莫逆之交！

　　丁主任爱钱，秦妙斋爱名，虽然所爱的不同，可是在内心上
二人有极相近的地方，就是不惜用卑鄙的手段取得所爱的东西。
因此，丁主任往往对妙斋发表些难以入耳的最下贱的意见，妙斋
也好好的静听，并不以为可耻。

　　眨眨眼，到了旧历年。

　　除夕，大家正在打牌，宪兵从楼上抓走两位妙斋的朋友。丁
主任口里直说"没关系"，心中可是有点慌。他久走江湖，晓得
什么是利，哪是害。宪兵从农场抓走了人，起码是件不体面的
事，先不提更大的干系。

　　秦妙斋丝毫没感到什么。那两位被捕的人是谁？他只知道他

们的姓名，别的一概不清楚。他向来不细问与他来往的人是干什么的。只要人家捧他，叫他艺术家，他便与人家交往。因此，他有许多来往的人，而没有真正的朋友。他们被捕去，他绝对没有想到去打听打听消息，更不用说去营救了。有人被捕去，和农场丢失两只鸭子一样无足轻重。本来嘛，神圣的抗战，死了那么多的人，流了那么多的血，他都无动于衷，何况是捕去两个人呢？当丁主任顺口搭音的盘问他的时候，他只极冷淡的说："谁知道！枪毙了也没法子呀！"丁主任，连丁主任，也感到一点不自在了。口中不说，心里盘算着怎样把妙斋赶了出去。"好嘛，给我这儿招来宪兵，要不得！"他自己念叨着。同时，他在表情上，举动上，不由的对妙斋冷淡多了。他有点看不起妙斋。他对一切不负责任，可是他心中还有"朋友"这个观念。他看妙斋是个冷血动物。

妙斋没有感觉出这点冷淡来。他只看自己，不管别人的表情如何，举动怎样。他的脑子只管计划自己的事，不管替别人思索任何一点什么。

慢慢的，丁主任打听出来：那两位被捕的人是有汉奸的嫌疑。他们的确和妙斋没有什么交情，但是他们口口声声叫他艺术家，于是他就招待他们，甚至于允许他们住在农场里。平日虽然不负责任，可是一出了乱子，丁主任觉出自己的责任与身份来。他依然不肯当面告诉妙斋："我是主任，有人来往，应当先告诉我一声。"但是，他对妙斋越来越冷淡。他想把妙斋"冰"了走。

到了一月中旬，局势又变了。有一天，忽然来了一位有势力、与场长最相好的股东。丁主任知道事情要不妙。从股东一进门，他便留了神，把自己的一言一笑都安排得像蜗牛的触角似的，去试探，警惕。一点不错，股东暗示给他，农场赔钱，还有汉奸随便出入，丁主任理当辞职。丁主任没有否认这些事实，可也没有承认。他说着笑着，态度极其自然。他始终不露辞职的口气。

股东告辞，丁主任马上找了秦妙斋去。秦妙斋是——他想——财主的大少爷，他须起码叫少爷明白，他现在是替少爷背了罪名。再说，少爷自称为文学家，笔底下一定很好，心路也多，必定能替他给全体股东写封极得体的信。是的，就用全体职工的名义，写给股东们，一致挽留丁主任。不错，秦妙斋是个冷血动物；但是，"我走，他也就住不下去了！他还能不卖气力吗？"丁主任这样盘算好，每个字都裹了蜜似的，在门外呼唤："秦老弟！艺术家！"

秦妙斋的耳朵竖了起来，龙虾的腰挺直，他准备参加战争。世界上对他冷淡得太久了，他要挥出拳头打个热闹，不管是为谁，和为什么！"宁自一把火把农场烧得干干净净，我们也不能退出！"他喷了丁主任一脸唾沫星儿，倒好像农场是他一手创办起来似的。

丁主任的脸也增加了血色。他后悔前几天那样冷淡了秦妙斋，现在只好一口一个"艺术家"的来赎罪。谈过一阵，两个人亲密得很有些像双生的兄弟。最后，妙斋要立刻发动他的朋友："我们马上放哨，一直放到江边。他们假若真敢派来新主任，我就会叫他怎么来，怎么滚回去！"同时，他召集了全体职工，在大厅前开会。他蹲在一块石头上，声色俱厉的演说了四十分钟。

妙斋在演说后，成了树华农场的灵魂。不但丁主任感激，就是职员与工友也都称赞他："人家姓秦的实在够朋友！"

　　大家并不是不知道，秦先生并不见得有什么高明的确切的办法。不过，闹风潮是赌气的事，而妙斋恰好会把大家感情激动起来，大家就没法不承认他的优越与热烈了。大家甚至于把他看得比丁主任还重要，因为丁主任虽然是手握实权，而且相当的有办法，可是他到底是多一半为了自己；人家秦先生呢，根本与农场无关，纯粹是路见不平，拔刀相助。这样，秦先生白住房、偷鸡蛋，与其他一切小小的罪过，都变成了理所当然的事。他，在大家的眼中，现在完全是个侠肠义胆的可爱可敬的人。

　　丁主任有十来天不在农场里。他在城里，从股东的太太与小姐那里下手，要挽回他的颓势。至于农场，他以为有妙斋在那里，就必会把大家团结得很坚固，一定不会有内奸，捣他的乱。他把妙斋看成了一座精神堡垒！等到他由城中回来，他并没对大家公开的说什么，而只时常和妙斋有说有笑的并肩而行。大家看着他们，心中都得到了安慰，甚至于有的人喊出："我们胜利了！"

　　农场糟到了极度。那喊叫"我们胜利了"的，当然更肆无忌惮，几乎走路都要模仿螃蟹；那稍微悲观一些的，总觉得事情并不能这么容易得到胜利，于是抱着干一天算一天的态度，而拼命往手中搂东西，好像是说："滚蛋的时候，就是多拿走一把小镰刀也是好的！"

　　旧历年是丁主任的一"关"。表面上，他还很镇定，可是喝了酒便爱发牢骚。"没关系！"他总是先说这一句，给自己壮起胆气来。慢慢的，血液循环的速度增加了，他身上会忽然出点汗。想起来了：张太太——张股东的二夫人——那里的年礼送少了！他愣一会儿，然后，自言自语的说："人事，都是人事；把关系拉好，什么问题也没有！"酒力把他的脑子催得一闪一闪的，忽然想起张三，忽然想起李四，"都是人事问题！"

新年过了，并没有任何动静。丁主任的心像一块石头落了地。新年没有过好，必须补充一下；于是一直到灯节，农场中的酒气牌声始终没有断过。

灯节后的那么一天，已是早晨八点，天还没甚亮。浓厚的黑雾不但把山林都藏起来，而且把低处的东西也笼罩起来，连房屋的窗子都像挂起黑的帘幕。在这大雾之中，有些小小的雨点，有时候飘飘摇摇的像不知落在哪里好，有时候直滴下来，把雾色加上一些黑暗。农场中的花木全静静的低着头，在雾中立着一团团的黑影。农场里没有人起来，梦与雾好像打成了一片。

大雾之后容易有晴天。在十点钟左右，雾色变成红黄，一轮红血的太阳时时在雾薄的时候露出来，花木叶子上的水点都忽然变成小小的金色的珠子。农场开始有人起床。秦妙斋第一个起来，在院中绕了一个圈子。正走在大藤萝架下，他看见石板路上来了三个人。最前面的是一位女的，矮身量，穿着不知有多少衣服，像个油篓似的慢慢往前走，走得很吃力。她的后面是个中年的挑案，挑着一大一小两只旧皮箱，和一个相当大的、风格与那位女人相似的铺盖卷，挑案的头上冒着热汗。最后，是一位高身量的汉子，光着头，发很长，穿着一身不体面的西服，没有大衣，他的肩有些向前探着，背微微有点弯。他的手里拿着个旧洋瓷的洗脸盆。

秦妙斋以为是他自己的朋友呢，他立在藤萝架旁，等着和他们打招呼。他们走近了，不相识。他还没动，要细细看看那个女的，对女的他特别感觉兴趣。那个大汉，好像走得不耐烦了，想赶到前边来，可是石板路很窄，而挑案的担子又微微的横着，他不容易赶过来。他想踏着草地绕过来，可是脚已迈出，又收了回去，好像很怕踏损了一两根青草似的。到了藤架前，女的立定了，无聊的，含怨的，轻叹了一声。挑案也立住。大汉先往四下一望，而后挤了过来。这时候，太阳下面的雾正薄得像一片飞烟，把他的眉眼都照得发光。他的眉眼很秀气，可是像受过多少什么无情的折磨似的，他的俊秀只是一点残余。他的脸上有几条来早了十年的皱纹。他要把脸盆递给女人，她没有接取的意思。她仅"啊"了一声，把手缩回去。大概她还要夸赞这农场几句，可是，随着那声"啊"，她的喜悦也就收敛回去。阳光又暗了一些，他们的脸上也黯淡了许多。

那个女的不甚好看。可是，眼睛很奇怪，奇怪得使人没法不注意她。她的眼老像有什么心事——像失恋，损伤了儿女或破产那类的大事——那样的定着，对着一件东西定视，好久才移开，又去定视另一件东西。眼光移开，她可是仿佛并没看到什么。当她注意一个人的时候，那个人总以为她是一见倾心，不忍转目。可是，当她移开目光的时节，他又觉得她根本没有看见他。她使人不安、惶惑，可是也感到有趣。小圆脸，眉眼还端正，可是都平平无奇。只有在她注视你的时候，你才觉得她并不难看，而且很有点热情。及至她又去对别的人，或别的东西愣起来，你就又有点可怜她，觉得她不是受过什么重大的刺激，就是天生的有点白痴。

现在，她扭着点脸，看着秦妙斋。妙斋有点兴奋，拿出他自认为最美的姿态，倚在藤架的柱子上，也看着她。"哪个叨？"挑案不耐烦了，"走不走吗？"

"明霞，走！"那个男人毫无表情的说。

"干什么的？"妙斋的口气很不客气的问他，眼睛还看着明霞。

"我是这里的主任。"那个男的一边说，一边往里走。

"啊？主任？"妙斋挡住他们的去路，"我们的主任姓丁。"

"我姓尤，"那个男的随手一拨，把妙斋拨开，还往前走，"场长派来的新主任。"

秦妙斋愣住了，闭了一会儿眼，睁开眼，他像条被打败了的狗似的，从小道跑进去。他先跑到大厅。"丁，老丁！"他急切的喊，"老丁！"

丁主任披着棉袍，手里拿着条冒热气的毛巾，一边擦脸，一边从楼上走下来。

"他们派来了新主任！"

"啊？"丁主任停止了擦脸，"新主任？"

"集合！集合！叫他怎么来的怎么滚回去！"妙斋回身想往外跑。

丁主任扔了毛巾，双手撩着棉袍，几步就把妙斋赶上，拉住。"等等！你上楼去，我自有办法！"

妙斋还要往外走，丁主任连推带搡，把他推上楼去。而后，把钮子扣好，稳重庄严的走出来。拉开门，正碰上尤主任。满脸堆笑的，他向尤先生拱手："欢迎！欢迎！欢迎新主任！这是——"他的手向明霞高拱。没有等尤主任回答，他亲热的说："主任太太吧？"紧跟着，他对挑案下了命令："拿到里边来吗！"把夫妻让进来，看东西放好，他并没有问多少钱雇来的，而把大小三张钱票交给挑案——正好比雇定的价钱多了五角。

尤主任想开门见山的问农场的详情，但是丁务源忙着喊开水，洗脸水；吩咐工友打扫屋子，丝毫不给尤主任说话的机会。把这些忙完，他又把明霞大嫂长大嫂短的叫得震心，一个劲儿和她扯东道西。尤主任几次要开口，都被明霞给截了回去；乘着丁务源出去那会儿，她责备丈夫："那些事，干吗忙着问，日子长着呢，难道你今天就办公？"

第一天一清早，尤主任就穿着工人装，和工头把农场每一个角落都检查到，把一切都记在小本儿上。回来，他催丁主任办交代。丁主任答应三天之内把一切办理清楚。明霞又帮了丁务源的忙，把三天改成六天。

一点合理的错误，使人抱恨终身。尤主任——他叫大兴——是在英国学园艺的。毕业后便在母校里做讲师。他聪明，强健，肯吃苦。做起"试验"来，他的大手就像绣花的姑娘的那么轻巧、准确、敏捷。做起用力的工作来，他又像一头牛那样强壮，耐劳。他喜欢在英国，因为他不善应酬，办事认真，准知道回到祖国必被他所痛恨的虚伪与无聊给毁了。但是，抗战的喊声震动了全世界，他回了国。他知道农业的重要，和中国农业的急应改善。他想在一座农场里，或一间实验室中，把他的血汗献给国家。

回到国内，他想结婚。结婚，在他心中，是一件必然的，合理的事。结了婚，他可以安心的工作，身体好，心里也清静。他把恋爱视成一种精力的浪费。结婚就是结婚，结婚可以省去许多麻烦，别的事都是多余，用不着去操心。于是，有人把明霞介绍给他，他便和她结了婚。这很合理，但是也是个错误。

明霞的家里有钱。尤大兴只要明霞，并没有看见钱。她不甚好看，大兴要的是一个能帮助他的妻子，美不美没有什么关系。

明霞失过恋，曾经想自杀；但这是她的过去的事，与大兴毫不相干。她没有什么本领，但在大兴想，女人多数是没有本领的。结婚后，他曾以身作则的去吃苦耐劳，教育她，领导她；只要她不瞎胡闹，就一切不成问题。他娶了她。

明霞呢，在结婚之前，颇感到些欣悦。不是因为她得到了理想爱人——大兴并没请她吃过饭，或给她买过鲜花——而是因为大兴足以替她雪耻。她以前所爱的人抛弃了她，像随便把一团废纸扔在垃圾堆上似的。但是，她现在有了爱人；她又可以仰着脸走路了。

在结婚后，她的那点欣悦和婚礼时戴的头纱差不多，永远收藏起去了。她并不喜欢大兴。大兴对工作的努力，对金钱的冷淡，对三姑六姨的不客气，都使她感到苦痛。但是，当有机会夫妇一道走的时候，她还是紧紧的拉着他，像将被溺死的人紧紧抓住一把水草似的。无论如何，他是一面雪耻的旗帜，她不能再把这面旗随便扔在地上！

大兴的努力、正直、热诚，使自己到处碰壁。他所接触到的人，会慢慢很巧妙的把他所最珍视的"科学家"三个字变成一种嘲笑。他们要喝酒去，或是要办一件不正当的事，就老躲开"科学家"。等到"科学家"天天成为大家开玩笑的用语，大兴便不能不带着太太另找吃饭的地方去！明霞越来越看不起丈夫。起初，她还对他发脾气，哭闹一阵。后来，她知道哭闹是毫无作用的，因为大兴似乎没有感情；她闹她的气，他做他的事。当她自己把泪擦干了，他只看她一眼，而后问一声："该做饭了吧？"她至少需要一个热吻，或几句热情的安慰；他至多只拍拍她的脸蛋。他决不问闹气的原因与解决的办法，而只谈他的工作。工作与学问是他的生命，这个生命不许爱情来分润一点利益。有时候，他也在她发气的时候，偷偷弹去自己的一颗泪，但是她看得出，这只是怨恨她不帮助他工作，而不是因为爱她，或同情她。只有在她病了的时候，他才真像个有爱心的丈夫，他能像做试验时那么细心来看护她。他甚至于坐在床边，拉着她的手，给她说故事。但是，他的故事永远是关于科学的。她不爱听，也就不感激他。及至医生说，她的病已不要紧了，他便马上去工作。医生是科学家，医生的话绝对不能有错误。他丝毫没想到病人在没有完全好了的时候还需要安慰与温存。

她不能了解大兴，又不能离婚，她只能时时的定睛发呆。

现在，她又随着大兴来到树华农场。她已经厌恶了这种搬行李，拿着洗脸盆的流浪生活。她做过小姐，她愿有自己的固定的，款式的家庭。她不能不随着他来。但是既来之则安之，她不愿过十天半月又走出去。她不能辨别谁好谁坏，谁是谁非，但是她决定要干涉丈夫的事，不教他再多得罪人。她这次须起码把丈夫的正直刚硬冲淡一些，使大家看在她的面上原谅了尤大兴。她开首便帮忙了丁务源，还想敷衍一切活的东西，就连院中的大鹅，她也想多去喂一喂。尤主任第一个得罪了秦妙斋。秦妙斋没有权利住在这里，清出！秦妙斋本没有任何理由充足的话好说，但是他要反驳。说着说着，他找到了理由："你为什么不称呼我为艺术家呢？"凭这个污辱，他不能搬走！"咱们等着瞧吧，看谁先搬出去！"

尤主任只知道守法讲理是当然的事。虽然回国以后，已经受过多少不近情理的打击，可是还没遇见这么荒唐的事。他动了气，想请警察把妙斋捉出去。这时候，明霞又帮了妙斋的忙，替他说了许多"不要太忙，他总会顺顺当当的搬出去"……

妙斋和丁务源开了一个秘密会议。妙斋主战，丁务源主和，但是在妙斋说了许多强硬的话之后，丁务源也同意了主战。他称赞妙斋的勇敢，呼他为侠义的艺术家。妙斋感激得几乎晕了过去。

事实上，丁务源绝对不想和尤主任打交手战。在和妙斋谈过话之后，他决定使妙斋和尤大兴作战，而他自己充好人。同时，关于他自己的事，他必定先和明霞商议一下，或者请她去办交涉。他避免与尤主任做正面冲突。见着大兴，他永远摆出使人信任的笑脸，他知道出去另找事做不算难，但是找与农场里这样的舒服而收入又高的事就不大容易。他决定用"忍"字对付一切。假若妙斋与工人们把尤主任打了，他便可以利用机会复职。即使一时不能复职，他也会运动明霞和股东太太们，叫他做个副主任。他这个副主任早晚会把正主任顶出去，他自信有这个把握，只要他能忍耐。把妙斋与明霞埋伏在农场，他进了城。

尤主任急切的等着丁务源办交代，交代了之后，他好通盘的计划一切。但是，丁务源进了城。他非常着急。拿人一天的钱，他就要做一天的事，他最恨敷衍与慢慢的拖。在他急得要发脾气的时候，明霞的眼又定住了。半天，她才说话："丁先生不会骗你，他一两天就回来，何必这么着急呢？"

大兴并不因妻的劝告而消了气，但是也不因生气而忘了做事。他会把怒气压在心里，而手脚还去忙碌。他首先贴出布告：大家都要六时半起床，七时上工。下午一点上工，五时下工。晚间九时半熄灯上门，门不再开。在大厅里，他贴好：办公重地，闲人免进。而后，他把写字台都搬了来，职员们都在这里办事——都在他眼皮底下办事。办公室里不准吸烟，解渴只有白开水。

命令下过后，他以身作则的，在壁钟正敲七点的时节，已穿好工人装，在办公厅门口等着大家。丁务源的"亲兵"都来得相当的早，因为他们知道自己毫无本事，而他们的靠山能否复职又无把握，所以他们得暂时低下头去。他们用按时间做事来遮掩他们的不会做事。有的工人迟到，受了秦妙斋的挑拨，他们故意和新主任捣乱。

尤主任忍耐的等着。等大家都来齐，他并没发脾气，也没说闲话。开门见山的，他分配了工作，他记不清大家的姓名，但是他的眼睛会看，谁是有经验的工人，谁是混饭吃的。对混饭吃的，他打算一律撤换，但在没有撤换之前，他也给他们活儿做——"今天，你不能白吃农场的饭。"他心里说。"你们三位，"他指定三个工人，"去把葡萄枝子全剪了。不打枝子，下一季没法结葡萄。限两天打完。"

"怎么打？"一个工人故意为难。

"我会告诉你们！我领着你们去做！"然后，他给有经验的工人全分配了工作，"你们三位给果木们涂灰水，该剥皮的剥皮，该刻伤的刻伤，回来我细告诉你们。限三天做完。你们二位去给菜蔬上肥。你们三位去给该分根的花草分根……"然后，轮到那些混饭吃的："你们二位挑沙子，你们俩挑水，你们二位去收拾牛羊圈……"

混饭吃的都噘了嘴。这些事，他们能做，可是多么费力气，多么肮脏呢！他们往四下里找，找不到他们的救主丁务源的胖而发光的脸。他们祷告："快回来呀！我们已经成了苦力！"

那些有经验的工人，知道新主任所吩咐的事都是应当做的。虽然他所提出的办法，有和他们的经验不甚相同的地方，可是人家一定是内行。及至尤主任同他们一齐下手工作，他们看出来，人家不但是内行，而且极高明。凡是动手的，尤主任的大手是那么准确，敏捷。凡是要说出道理的地方，尤主任三言五语说得那么简单，有理。从本事上看，从良心上说，他们无从，也不应当，反对他。假若他们还愿学一些新本事，新知识的话，他们应该拜尤主任为师。但是，他们的良心已被丁务源给蚀尽。他们的手还记得白板的光滑，他们的口还咂摸着大曲酒的香味；他们恨恶镰刀与大剪，恨恶院中与山上的新鲜而寒冷的空气。

现在，他们可是不能不工作，因为尤主任老在他们的身旁。他由葡萄架跑到果园，由花畦跑到菜园，好像工作是最可爱的事。他不叱喝人，也不着急，但是他的话并不客气，老是一针见血的使他们在反感之中又有点佩服。他们不能偷闲，尤主任的眼与脚是同样快的：他们刚要放下活儿，他就忽然来到，问他们怠工的理由。他们答不出。要开水吗？开水早送到了。热腾腾的一大桶。要吸口烟吗？有一定的时间。他们毫无办法。

他们只好低着头工作，心中憋着一股怨气。他们白天不能偷闲，晚间还想照老法，去捡几个鸡蛋什么的。可是主任把混饭的人们安排好，轮流值夜班。"一摸鸡鸭的裆儿，我就晓得正要下蛋，或是不久就快下蛋了。一天该收多少蛋，我心中大概有个数目，你们值夜，夜间丢失了蛋，你们负责！"

尤主任这样交派下去。好了，连这条小路也被封锁了！

过了几天，农场里一切差不多都上了轨道。工人们到底容易感化。他们一方面恨尤主任，一方面又敬佩他。及至大家的生活有了条理，他们不由得减少了恨恶，而增加了敬佩。他们晓得他们应当这样工作，这样生活。渐渐的，他们由工作和学习上得到些愉快，一种与牌酒场中不同的、健康的愉快。

尤主任答应下，三个月后，一律可以加薪，假若大家老按着现在这样去努力。他也声明：大家能努力，他就可以多做些研究工作，这种工作是有益于民族国家的。大家听到民族国家的字样，不期然而然都受了感动。他们也愿意多学习一点技术，尤主任答应下给他们每星期开两次晚班，由他主讲园艺的问题。他也开始给大家筹备一间游艺室，使大家得到些正当的娱乐。大家的心中，像院中的花草似的，渐渐发出一点有生气的香味。

不过，向上的路是极难走的。理智上的崇高的决定，往往被一点点浮浅的低卑的感情所破坏。情感是极容易发酒疯的东西。有一天，尤大兴把秦妙斋锁在了大门外边。九点半锁门，尤主任绝不宽限。妙斋把场内的鸡鹅牛羊全吵醒了，门还是没有开。他从藤架的木柱上，像猴子似的爬了进来，碰破了腿，一瘸一点的，他摸到了大厅，也上了锁。他一直喊到半夜，才把明霞喊动了心，把他放进来。

由尤主任的解说，大家已经晓得妙斋没有住在这里的权利，而严守纪律又是合理的生活的基础。大家知道这个，可是在感情上，他们觉得妙斋是老友，而尤主任是新来的，管着他们的人。他们一想到妙斋，就想起前些日子的自由舒适，他们不由的动了气，觉得尤主任不近人情。他们一一的来慰问妙斋，妙斋便乘机煽动，把尤大兴形容得不像人。"打算自自在在的活着，非把那个猪狗不如的东西打出去不可！"他咬着牙对他们讲，"不过，我不便多讲，怕你们没有胆子！你们等着瞧吧，等我的腿好了，我独自管教他一顿，叫你们看看！"

他们的怒气被激起来，大家都不约而同的留神去找尤大兴的破绽，好借口打他。

尤主任在大家的神色上，看出来情势不对，可是他的心里自知无病，绝对不怕他们。他甚至于想到，大家满可以毫无理由的打击他，驱逐他，可是他决不退缩，妥协。科学的方法与法律的生活，是建设新中国的必经的途径。假若他为这两件事而被打，好吧，他愿做了殉道者。

一天，老刘值夜。尤主任在就寝以前，去到院中查看，他看见老刘私自藏起两个鸡蛋。他不能睁着一只眼，闭着一只眼的敷衍。他过去询问。

老刘笑了："这两个是给尤太太的！"

"尤太太？"大兴仿佛不晓得明霞就是尤太太。他愣住了。及至想清楚了，他像飞也似的跑回屋中。

明霞正要就寝。平平的黄圆脸上没有任何表情，坐在床沿上，定睛看着对面的壁上——那里什么也没有。

"明霞！"大兴喘着气叫，"明霞，你偷鸡蛋？"她极慢的把眼光从壁上收回，先看看自己拖鞋尖的绣花，而后才看丈夫。

"你偷鸡蛋？"

"啊！"她的声音很微弱，可是一种微弱的反抗。

"为什么？"大兴的脸上发烧。

"你呀，到处得罪人，我不能跟你一样！我为你才偷鸡蛋！"她的脸上微微发出点光。

"为我？"

"为你！"她的小圆脸更亮了些，像是很得意，"你对他们太严，一草一木都不许私自动。他们要打你呢！为了你，我和他们一样的去拿东西，好教他们恨你而不恨我。他们不恨我，我才能为你说好话，不是吗？自己想想看！我已经攒了三十个大鸡蛋了！"她得意的从床下拉出一个小筐来。尤大兴立不住了。脸上忽然由红而白。摸到一个凳子，坐下，手在膝上微颤。他坐了半夜，没出一声。

第二天一清早，院里外贴上标语，都是妙斋编写的。"打倒无耻的尤大兴！""拥护丁主任复职！""驱逐偷鸡蛋的坏蛋！""打倒法西斯的走狗！""消灭不尊重艺术的魔鬼！"……大家罢了工，要求尤大兴当众承认偷蛋的罪过，而后辞职，否则以武力对待。

大兴并没有丝毫惧意，他准备和大家谈判。明霞扯住了他。乘机会，她溜出去，把屋门倒锁上。

"你干吗？"大兴在屋里喊，"开开！"

她一声没出，跑下楼去。

丁务源由城里回来了，已把副主任弄到手。"喝！"他走到石板路上，看见剪了枝的葡萄，与涂了白灰的果树："把葡萄剪得这么苦。连根刨出来好不好！树也擦了粉，硬是要得！"进了大门，他看到了标语。他的脚踵上像忽然安了弹簧，一步催着一步的往院中走，轻巧，迅速；心中也跳得轻快，好受；口里将一个标语按照着二黄戏的格式哼唧着。这是他所希望的，居然实现了！"没想到能这么快！妙斋有两下子！得好好的请他喝两杯！"他口中唱着标语，心中还这么念道。

刚一进院子，他便被包围了。他的"亲兵"都喜欢得几乎要落泪。其余的人也都像看见了久别的手足，拉他的，扯他的，拍他肩膀的，乱成一团；大家的手都要摸一摸他，他的衣服好像是活菩萨的袍子似的，挨一挨便是功德。他们的口一齐张开，想把冤屈一下子都倾泻出来。他只听见一片声音，而辨不出任何字来。他的头向每一个人点一点，眼中的慈祥的光儿射在每一个人的身上，他的胖而热的手指挨一挨这个，碰一碰那个。他感激大家，又爱护大家，他的态度既极大方，又极亲热。他的脸上发着光，而眼中微微发湿。"要得！""好！""呕！""他妈拉个巴子！"他随着大家脸上的表情，变换这些字眼儿。最后，他向大家一举手，大家忽然安静了。"朋友们，我得先休息一会儿，小一会儿；然后咱们再详谈：不要着急生气，咱们都有办法，绝对不成问题！"

"请丁主任先歇歇！让开路！别再说！让丁主任休息去！"大家纷纷喊叫。有的还恋恋不舍的跟着他，有的立定看着他的背影，连连点头赞叹。

丁务源进了大厅，想先去看妙斋。可是，明霞在门旁等着他呢。

"丁先生！"她轻轻的，而是急切的，叫，"丁先生！"

"尤太太！这些日子好吗？要得！"

"丁先生！"她的小手揉着条很小的，花红柳绿的手帕，"怎么办呢？怎么办呢？"

"放心！尤太太！没事！没事！来！请坐！"他指定了一张椅子。

明霞像做错了事的小女孩似的，乖乖的坐下，小手还用力揉那条手帕。

"先别说话，等我想一想！"丁务源背着手，在屋中沉稳而有风度的走了几步。"事情相当的严重，可是咱们自有办法。"他又走了几步，摸着脸蛋，深思细想。

明霞沉不住气了，立起来，追着他问："他们真要打大兴吗？"

"真的！"丁副主任斩钉截铁的回答。

"那怎么办呢？怎么办呢？"明霞把手帕团成一个小团，用它擦了擦鼻洼与嘴角。

"有办法！"丁务源大大方方的坐下，"你坐下，听我告诉你，尤太太！咱们不提谁好谁歹，谁是谁非，咱们先解决这件事，是不是？"

明霞又乖乖的坐下，连声说："对！对！"

"尤太太看这么办好不好？"

"你的主意总是好的！"

"这么办：交代不必再办，从今天起请尤主任把事情还全交给我办，他不必再分心。"

"好！他一向太爱管事！"

"就是呀！教他给场长写信，就说他有点病，请我代理。"

"他没有病，又不爱说谎！"

"在外边混事，没有不扯谎的！为他自己的好处，他这回非说谎不可！"

"呕！好吧！"

"要得！请我代理两个月，再教他辞职，有头有脸的走出去，面子上好看！"

明霞立起来："他得辞职吗？"

"他非走不可！"

"那——"

"尤太太，听我说！"丁务源也立起来。"两个月，你们照常支薪，还住在这里，他可以从容的去找事。两个月之中，六十天工夫，还找不到事吗？"

"又得搬走？"明霞对自己说，泪慢慢的流下来。愣了半天，她忽然吸了一吸鼻子，用尽力量的说："好！就是这么办啦！"她跑上楼去。

开开门一看，她的腿软了，坐在了地板上。尤大兴已把行李打好，拿着洗面盆，在床沿上坐着呢。

沉默了好久，他一手把明霞搀起来："对不起你，霞！咱们走吧！"

院中没有一个人，大家都忙着杀鸡宰鸭，欢宴丁主任，没工夫再注意别的。自己挑着行李，尤大兴低着头向外走。他不敢看那些花草树木——那会教他落泪。明霞不知穿了多少衣服，一手提着那一小筐鸡蛋，一手揉着眼泪，慢慢的在后面走。

树华农场恢复了旧态，每个人都感到满意。丁主任在空闲的时候，到院中一小块一小块的往下撕那些各种颜色的标语，好把尤大兴完全忘掉。不久，丁主任把妙斋交给保长带走，而以一万五千元把空房租给别人，房租先付，一次付清。到了夏天，葡萄与各种果树全比上年多结了三倍的果实，仿佛只有它们还记得尤大兴的培植与爱护似的。

果子结得越多，农场也不知怎么越赔钱。

载 1943 年 1 月《大公报》